捧卷偕春山

李艳霞——著

北方联合出版传媒（集团）股份有限公司

春风文艺出版社

·沈阳·

图书在版编目（CIP）数据

捧卷傍春山/李艳霞著．—沈阳：春风文艺出版
社，2022.9
ISBN 978－7－5313－6218－0

Ⅰ．①捧… Ⅱ．①李… Ⅲ．①散文集 — 中国 — 当代
Ⅳ．①I267

中国版本图书馆CIP数据核字（2022）第048541号

北方联合出版传媒（集团）股份有限公司
春风文艺出版社出版发行
http://www.chunfengwenyi.com
沈阳市和平区十一纬路25号　邮编：110003
成都蓉军广告印务有限责任公司印刷

责任编辑：刘晓欢		助理编辑：周珊伊	
责任校对：张华伟		封面设计：毕萍萍	
印制统筹：刘　成		幅面尺寸：155mm × 230mm	
字　　数：244千字		印　　张：18	
版　　次：2022年9月第1版		印　　次：2022年9月第1次	
书　　号：ISBN 978-7-5313-6218-0			
定　　价：78.00元			

目录 Contents ▶

第一卷　春山可望

第二卷　花影流年

第三卷　纸上日月

第一卷

此 山 中

　　木格子窗外，有鸟儿围着苹果树飞上飞下，它们扑棱翅膀的声音把我从梦中扯醒，接着，几声鸡鸣缠绕着一缕晨曦滑进窗来。

　　穿衣下床，推开门，母亲的猫竟守在我门口，一见我便伸出粉红色的舌头舔我的脚。

　　抬眼是群山连绵，就是它们，在昨夜环抱着我，容我在它们怀里做梦，容我在梦里飞翔，容我也变成了一座沉默而丰富的山。

　　还是先去门前的小溪边洗个脸，顺便照照自己的容颜，看看她是否日复一日地老去。就算老了，我也不会像童话里的王后那样，对着镜子恼羞成怒。我只相信邻家姐姐的话：日日清晨在这里洗脸，会变得像溪畔的桃花、杏花那样美丽。

　　然后，我动身上山，寻我的不老泉。

　　小时候，我上山采药，每每经过一泓山泉，便摘下一片核桃叶折成杯子舀水喝。那水甘甜、清冽，常年不枯。当家门口的溪水干得小鱼开始挣扎的时候，乡亲们就会挑着水桶寻它而来。

　　在这山上，野生着各种我从小就叫得出名字的中药材，比如血参、三七、桔梗、柴胡、连翘，以及长在峭壁上珍贵的马蹄草。

　　山泉边还有金银花、何首乌、薄荷草、蒲公英、车前子、夏枯草等。泉水里肯定也渗进了药草的精华，喝了可以延年益寿，为

3

此，我称它为不老泉。

我来到不老泉边，捧一捧泉水喝，顿觉浑身清透轻盈了许多。朝前，是一片林子，长在山间难得的一小块平地上。

这片林子是我的老朋友了，见我远道而来，伸出一根根树枝亲切地拉我。我曾无数次坐在这林中，遨游在书的世界里。这里无比寂静，只偶尔听得见几声牛铃叮当，但牛是不喜欢林子的，它们更爱青草丰美的水边。

站在树下，抬头仰望，洁白的云朵从对面山头滚过来，又滚过去。就在我痴痴望云的时候，一只野兔从脚边蹿过，仿佛天上的云滚下来了一小团，像是不小心落在地上，蹭了浅浅一层灰色。

我多想化作这林中的一棵树，头顶长空，脚踏厚土，繁茂的枝叶是我宽广的怀抱。我要尽情拥抱这山中日月，拥抱河流和田野，拥抱每一声天籁，拥抱一夜一夜满天的星辰。

山，屹立了千年，我，来去匆匆。山无言，如智，如禅，我却总是迷失。好在，此刻，我在山中。

不拒绝每一场春雨

是呀，谁会拒绝春雨呢？

虽然，这个春天雨多洒了几场。人们把厚衣反复洗好叠好放于高阁，却又不得不在雨天重新取下。嘴上抱怨着，这都农历春三月了，还冷。心里，却如被雨滋润过的土地一样无尽温柔。

三月的每一朵花，也不拒绝春雨。桃花、杏花、梨花用各种姿态接受着清洗和沐浴。"梨花一枝春带雨"的样子，绝不是美人在哭泣，那是梨花因雨而更加清新娇美的模样。艳倾天下的牡丹在雨中初放，被雨洗尽华贵雍容而清丽绝伦，美得令人想要哭泣。

当然，没有人会在春雨里哭泣。春雨绵绵洒洒，在天地之间润着万物生长，融化一颗颗冰冻的心。那颗心，或许只播下了半粒种子，但是，在无尽的等待与坚守过后，在一场场春雨的滋润和催生里，半粒种子也会拥有一个完美的春天。

门口的小河更加不拒绝春雨了，似乎更愿意让雨下得有暴雨一样的气势。因为，那个经常到河边洗衣的小姑娘总说，小河呀，你太瘦了，胖起来多好！小河知道，是因自己太浅了，一场雨过，小姑娘就会高兴，河床丰盈，升了几寸。

蜜蜂和蝴蝶也不拒绝春雨。它们可以暂时合起美丽自由的翅膀，躲起来休息。它们会藏在哪里呢？藏在哪里，它们都是一样自由，像世间一些不受任何羁绊的灵魂呢！

春雨中，走过田野。那是走进一场不会老去的梦境，永远是最多憧憬的少年情怀。似乎，额头的皱纹已被缓缓抚平，心结被一双手默默打开，恩怨已彻底放下、遗忘。张开双臂，突然之间你就拥有了整个世界。

春雨润物无声。那是春雨正在奏响天地间大美无声的旋律。那无声的天籁，从亘古传来，从第一滴春雨开始，从第一颗种子发芽，到如今满世界的生命和苍翠，春雨，是弹奏的高手，是不变的传奇。

春雨飘在城市的上空，城市更不会拒绝。那些日夜穿行的拥挤的人群，若缺了这春雨润润心田，将会是多么疲惫。

是呀，谁都不会拒绝一场春雨，春天毕竟那么短。

蒙蒙春雨动春犁

门外的泡桐，擎起一树树紫色的云朵，雨水渐渐多了起来。此时迎来春天最后一个节气：谷雨。谷雨，春雨增多，"雨生百谷"。城里，桃李正盛，牡丹怒放。山村，开始进入最忙碌的播种期。

"苞米下种谷雨天。"山里那些最大块儿的地是留给玉米的。"蒙蒙春雨动春犁。"犁完，耙平整，播种机里放上玉米种子，娘在前面拉，爹掌握着耧，一上午工夫，就把玉米播完了。庄稼人就喜欢玉米红薯饭，这饭最养人……

"谷雨前后栽红薯，一棵能收一大筐。"从集上买回几把红薯苗，用剪刀剪掉一部分根须。栽红薯要等太阳爬到了山那边，以免刚栽进土里就被晒蔫了。一年红薯半年粮啊，娘小心翼翼地栽苗，爹去井里挑水，娘再用葫芦瓢小心翼翼地给娇嫩的小苗浇水，像给着一个个可爱的小娃娃沐浴。

晚饭过后还要继续忙活，剥花生，花生也该种了。房后的山我们叫后坡，是沙土。这领地年年都被花生一家占据着。"沙山花生土山粮。"只要不逢极端的自然灾害，家里花生榨的油就够全家吃一年了。

往往在早晨做一个好梦的工夫，忙着春种的爹便从地里回来了。他先是天蒙蒙亮就去南地撒种芝麻，种完芝麻看天色尚早，又去北沟的岭上撒种了小谷子。

记忆里有件种棉花与种高粱的趣事，让平时相安无事的爹娘差点翻脸。小河边那块地爹要种些高粱，说让娃子们吃高粱面壮筋骨。娘却说："河边那块地你不种棉花，看到时候咋给闺女陪嫁？你不要跟我瞎争。"爹瞬间不乐意了："就凭那巴掌一块地你种棉花缝被子，你种二十年也缝不了半条被子！"吵了半天嘴，爹娘各自退让半步，那块地一半种高粱，一半种棉花。如今，姊妹们都已出嫁，那块地依旧是半边高粱半边棉花。娘说，摘了花要给孙子孙女做棉袄棉裤，啥都没自己种的棉花暖和。

农历三月真是个忙碌的时节，各种药材也要抓紧时间种了。种天麻、种桔梗、种柴胡、种茯苓、种血参，反正就是忙。门口大银杏树下闲聊的人更少了，小路上见面碰了头，各自背着锄头或镢头，随口问一句："你家还有啥没种？啥种上了？赶紧，再不种都晚了。""嗯，赶紧！赶紧！"

三月忙，忙不过来的时候，爹娘常唤闺女回家帮帮忙，抢种抢栽，节气催人。哪怕是帮着爹娘点种一粒粟，都能收获人间万般爱。

捧卷傍春山

家门口，流淌着一条长长的河。顺着父亲的手望过去，那河的源头，就在对面的跑马岭下，就藏在莽莽苍苍的八百里伏牛山深处。这条河像一匹小野马，马蹄嗒嗒地踩着山路奔跑，最后汇入了母亲河。

河依着山，山挨着河，我傍着山。春天一步步向着我们走近，携着春风挥毫泼绿，山上的树木，河边的草，都已经绿得浩浩荡荡了。

穿过这一条河，坐于山下，就自然地坐在了阳光下的春天里。手里捧一本心仪已久，终于有缘一读的书。看书间隙偶一抬头，春山青青，手中书也是绿色的封面，身上春衫也居然巧合地是绿色，这春意是越来越浓烈了。

一缕春风替我翻开书页，和我一起醉读那美妙的诗句，周围的群山便有了悠远的格调。在遥远的过去，可曾有人如我，在这里坐在同一个位置手捧书卷呢？她是谁，他又是谁？是谁重要吗？最后都消失在岁月的烟尘里，而手中书是穷尽一生也难以读完的。

山中读书，读着读着，眼前的山便幻化成了一本本由书堆积的山峰。我看见自己，沿着一条小径，执着地向上攀登，途中看到了绮丽多姿的风景，看到了宇宙的神秘，世界的辽阔，生命的伟大与渺小。而我，仍脚步不停，去寻找峰顶的风光无限。哪怕，一直在路上。

我庆幸，我居于此山中。可以傍着春山读书，一抬头都是山呢。当我把这句话和图片传给城里一位爱读书的朋友时，朋友立刻回我："我也在读书，可我一抬头看到的都是楼！"言语之中满是羡慕。

是呀，手捧书卷傍春山和车马喧嚣临窗读书总是有所不同。我在这里读书，偶尔会有一只蜜蜂或蝴蝶轻落于书上，然后张张羽翅飞走了，把我的目光拉向很远很远。想想晋时的陶潜吧，还有古代的那些高人隐士，不知道他们归隐之后读什么样的书，但是可以肯定，他们面前或背后应该都有一座山。不管是春夏秋冬，我想，山中读书的滋味，定然是可以绵长无尽的。

山外的朋友，我邀你到山中来，暂放一日的忙碌，和我一起对着这千峰无语，对着这连绵春山，手捧书卷，静读美丽的风景，体悟静美安好的时光。我邀你到山中来，读这天地山水流云、花鸟草木故人，手中一卷，读到地老天荒山瘦水远，不留一点点遗憾。

给自己写一封情书

借着这一季又临人间的春风，与即将迤逦而来的万千春色，我在清晨的阳光里，铺开一纸洁白的素笺……

笔墨与花影交叠，崇山与流水互诉，瑶琴与锦瑟共鸣，镜中明月，水中落花，而我，此生唯一的情书只写给自己。

我一路从大山深处走来，带着泥土的气息，多想用草木的清芬和山泉水洗濯文字，多想在这初春的风里，像一枚薄如蝉翼的叶子融入永恒的春天。

我感谢自己，走过很多城市，遇到过许多人，经过无数个路口，看过许多风景，而我却从未迷失，也从未在一些不属于自己的风景里流连。

因此，我深爱自己。尽管布衣素食，尽管奔波忙碌，但，一卷书在手，一支笔轻握，一曲清乐入耳，世间便无可烦之事、可恼之人。生之满足，仅此而已。

写给自己一封情书，告诉自己，此生你就是自己身后的那一座山，头上的那一把伞，永远依靠着自己，不需要谁的怜悯。站着，站着，经历一些风雨……该来的自然会来。

东水流逝，苍茫天地。在一俯一仰之间，青山常在，日月灼灼。低头走路，抬头看天，一年年，真的没有岁月可回头。

一朵花有一朵花的世界，一棵树有一棵树的年轮，一朵云有一朵云的归宿，一棵草有一棵草的青春。不管天地怎么阔大，不管宇宙怎么永恒，不管你认为岁月的路是短暂还是漫长，是平坦还是曲折，你一踏上，这便是一条不归路。从此，跋山涉水，被时光追赶着一直前行，怀着一颗朝圣之心，一路追问，一路探寻，从心飞扬的小小少年郎直至华发三千的垂垂老者。

有多少美好需要继续，有多少遗憾需要弥补，有多少情意需要倾诉，有多少梦想需要祝福，走过的岁月已经留不住。耳边，儿时的声声柳笛和着青春的哨音，已化作岁月紧锣密鼓的催促；少女时雀跃过的一条花径，几度花落花开；一溪流水再难映出如花容颜，往事如昨谁在轻叹流年。

白驹过隙，瞬间春夏秋冬。号角吹起，岁月快马加鞭。时光荏苒，镜辞朱颜花辞树。不知明镜里，何处得秋霜？

英雄暮年醉里挑灯看剑，美人迟暮镜辞花间朱颜。落花流水，春去又春回，梁间燕子，无情似有情。

站在岁月的渡口遥望，只看见"黄河之水天上来，奔流到海不复回"，只看见"无边落木萧萧下，不尽长江滚滚来"。伸出双手，欲捧起丰盛满怀，却无奈只握住一把苍凉。

蜗牛角上争何事，石火光中寄此身。生而为人，岁月不等，既然没有岁月可回头，那就踏实朝前走，过好人生每一秒，活好当下每一刻，再回首，才不负岁月不负君。

我深爱内心强大、执着如一、善良如初的自己，若不是如此，我一定会在某些时刻，被现实打倒，跌入深渊。自我拯救是深藏的美德。

尽管某些时候，也会有痛恨，因这世间，你必将有所隐忍。但是，毕竟爱胜过恨，未来美过遗憾，这一刻的我会胜过下一秒的我。所以，我更爱下一秒的我。

下一秒的我，必定比上一秒的我精彩。尽管，华发早生，岁月不减。爱自己，就是此生的动力和力量！给自己写一封情书，薄薄的纸，有着千斤的重……

给自己写一封情书。

借着这一季又临人间的春风，与即将迤逦而来的万千春色，我在清晨的阳光里，铺开一纸洁白的素笺……

大野长风

　　我在水泥森林里，渴望风，渴望原始的风。大野在召唤："来呀，风在！"于是我循着风的声音走向大野。

　　站立在大野之上，风正越过大山的肩头，浩荡而来。火红的夕阳吐着最后的火焰，很快便被阵阵长风卷到了山的那一边。

　　风继续着它的来势汹汹，满目青山似撼动，云岚在天空跌宕翻涌，竹林被飒飒摇响，松海在呼呼咆哮。河水狂皱，与亿万片的树叶在做生命壮美的吟诵与歌唱。

　　桔梗田被风吹成一幅动感的油画，风起时，大片大片的桔梗花仿佛向天边涌去的紫霞，风落时，落成一片浪漫温柔的紫海。从紫色花海走过的女子仿佛正在走向一个不可言说的美妙的梦。

　　玉米和葵花在长风中昂首阔步，是田野上风华正茂的代表。人们的希望聚焦，仿佛它们就是自己渐渐成熟的儿女。从幼苗到青葱，怎可不沐雨不经风呢？所以，风，尽可以猛烈！

　　大野的风，风乍起时，田野之上绿浪翻卷；风住时，天地间一片肃穆，只有蜜蜂和杜鹃鸟不知藏在何处私语。如果有幸，你还会听到老奶奶唤儿孙回家吃晚饭的声音，一声一声连在一起，尾音拖得又绵又长，群山都发出了呼应与回声。

　　思想在风中徘徊，像一匹旷野上的马。被一些往事触疼或幸福着，有隐隐的失落又有淡淡的满足，对未来既担忧又无所畏惧。张开双臂，风，在头顶盘旋，在清除那些忧郁不安和负重，忽然，我看清了自己的寻找，丢弃欲望，挣脱诱惑。我，要重新拥抱这个世界。我要呼应这风的磅礴，在风中自省，热爱，永远热爱。爱生命，爱大地，爱大地上的所有事情。那一刻，凤凰涅槃，苍鹰重生。

听风。风声似从远古吹来，从岁月深处吹来，携着文明的温度、历史的尘烟。花开荣辱四季更替，吹来了，却永远吹不散。宋玉依然在风中作赋，帝王的《大风歌》仍旧在今日的风中飞扬，诗仙正欲驱长风破浪。历史的车轮滚滚，风驰电掣，俱往矣，风带走了什么，又带来了什么？日新月异，现代文明的加速前进，谁能够在岁月长河中留下足迹唱大风呢？

夜要来了，风的脚步未停。它会带来满天的星斗或一轮皓月，还会带来生生不息的属于大野的无声告白和无穷诗情。

感谢你，大野长风。自由奔放的风，轰轰烈烈的风。长风破浪，云帆已张。

山野问菊

　　野菊花一朵接一朵地开了，从这个坡顶爬上那个山尖，从这个田埂跃到那个地沿。刚刚还在小溪的这边蓬勃着，不一会儿就跳过溪水到对面灿烂了。深秋的山野，远远望去，一朵朵黄灿灿的小野菊像是忘了归程的小星星。

　　深秋的风吹落一地黄叶，却催开了一地飘着寒香的黄花。霎时，山野变得辽阔起来，一直辽阔到了东晋的那个南山脚下，夕阳西下，一个消瘦的身影，把酒东篱，赋闲归隐。一朵菊花从此在历史的书页上不朽。

　　所有的花都在春天竞开，为何菊花要迟迟开在霜重露寒之时？不由得想起了黛玉的《问菊》，"孤标傲世偕谁隐，一样花开为底迟"。秋天的船筏，满载着菊花的清香，流经岁月。隔着时空，我仿佛听到陶潜和林妹妹正与一朵朵菊花交谈。卓然离俗、淡泊静雅是菊花的符号，不惧霜寒、花枯不落是它凛然超逸的风骨。

　　一朵朵小野菊，多像这山间每个平凡的生命！我的父辈终日在这里劳作。野菊开时，开始种小麦。闪亮的犁铧翻开土地，新鲜的泥土气息和着菊花香，在田野里弥漫。村子里还有最后一头老牛，它的主人也已经很老了。当那些大型机器进不去小块地时，老牛和它的老主人一起披挂上阵。牛在前面拉着耙，主人站在行驶的耙

16

上，挥着鞭子。长长的耙齿划过土地，地面立时变得平整。歇息时，我看到一个小孩走过来，拿着一大串野菊做的花环，套在牛脖子上。牛晃了晃脖子，铃铛发出清脆的笑声。

在所有的花里，也许只有菊花的眼睛是明亮的。它淡看一切繁杂喧嚣，兀自清醒独立。于是，它也愿意把它的明亮分一些给普通的人们。饮菊花茶可以明目，连不识字的母亲都知道。母亲知道我常常熬夜看书、写字，生怕我的眼睛早早地坏了，于是每年秋天，便会去采菊花，回去后蒸蒸晒晒，干了拿给我，并千叮咛万嘱咐煮粥时丢几朵，水杯里泡几朵。

摘一朵菊花簪头，行走在属于野菊花的旷野里。不禁想到"人淡如菊"一词，真是喜欢这词语呀，有说不出的韵致。那个被赞淡如菊的人，一定是修成了俗世里的飘逸智慧之人。

眼前的野菊花依旧在一朵接一朵地开，等待着那些柔软的目光拂过。

一 溪 月

山村的月色属于秋天。秋天的月色属于门前流淌的一弯小溪。

月光柔柔地静静地从夜空落进溪水里，那么长那么长的一段路程呢。月光落下来，悄悄穿过花朵绕过柳梢，在溪水里洗尘呢。水是多么纯净啊，永远新鲜永远澄澈，永远不知疲倦地向前流着，流着。把少年郎都流老了，小溪却不会老，仍是叫小溪呢。水里的鱼一直都是小鱼，也许是不想长大，因为小溪太小吗？溪边的野百合和狗尾巴草，日复一日地摇曳着，草丛里的秋虫开始和小溪一起歌唱了。

月亮爱小溪。也只有这明净的溪水，才能容纳她的皎洁，清洗她的容颜，让她千年不会老去。月亮的眼眸很明很亮，小溪在哪儿，它就在哪儿，倾心一洒，便水月交融。月色融化在溪水里，溪水瞬间由清清浅浅变得浓情蜜意。让人禁不住掬一捧水月在手，仿佛这世间再无哀愁清苦。

小溪也是极爱月亮的。它在自己身旁布置了柳林和翠竹，稻穗和谷香，野菊和蒲草，邀请了白蝴蝶和红蜻蜓，同自己来给月亮做伴。有一天，从土墙蓝瓦的院落里走来一位小姑娘，披着月光做的舞衣在小溪边翩翩起舞。又一天，那位小姑娘搀着头发花白的奶奶来到溪边，给奶奶蘸着溪水梳头，给奶奶洗脚，还给奶奶洗衣服。

多么有爱心的孩子呀！小溪一定看到了这一切，到晚上时还会讲给月亮听呢。

月光下的一切是美好的，做一条单纯的溪流也是幸福的。我常常对着这样一溪月色遐思，这溪水是不是那一滴一滴花瓣上的晨露和天底下所有的最幸福的泪滴交汇而成呢？这一弯流水环绕着村庄，这一溪月色清雅安详。这月亮和溪水的情意不是来自一阕诗词，应该来自纯净和天然吧。

秋日到山村去，等明月初升，去看看那月下的小溪吧。明月照大江，照出的是天高地阔；明月海上生，生出的是辽阔浩荡；明月出天山，彰显的是磅礴大气；明月映小溪，映出的是纯净悠远、禅意朗朗。明月映溪，让所有纷纷扰扰随溪而流；明月映溪，我只见一溪月，不喧于世，美好如初。

山中初雪

一朵朵雪花，携着新冬并不寒冷的温度，在山间飞舞。那是天空和大地之间开出的洁白花朵，也是大山和草木在冬日相遇的小精灵。最先落下的那一朵，还没来得及对它轻轻问候一声，它便悄然隐身于茫茫之中。群山浩荡连绵，在这一场初雪里，由明亮的深蓝化为一片灰茫茫的山村背景，显得更加沉寂无声，透出一种坚定不移的写意风骨。

雪终究是让素日繁忙的农事搁浅下来。摘山茱萸的人手中的篮子、山中采药人手中的镢头、砍柴人手中的斧子都被静悄悄地挂在了门后。人们心中一边叹着，这雪耽误事，又一边感激着雪，终于可以停下来歇歇了！

屋内生起火来，木柴噼噼啪啪地响着，炉盖上摆了一圈花生或栗子，等烤熟了，再煮一壶金银花或是现采的竹叶尖、茅根茶来，剥栗子，喝茶。

山里，家家户户的门，白天都是敞开着，只有天黑了才关上，雪花便斜斜地飘到屋里短暂地做会儿客。雪天里，狗和猫也会跟着主人串串门，串了一家又一家。串门的人来了，头上肩上鞋上披了一层白，连猫狗身上也顶了一层白。主人赶快起身替来者拍拍雪，让个位子坐下。不多一会儿，又有人来了，主人再起身找个椅子去。往往火炉旁挤得已经没有位子了，最先来串门的那个人赶紧找个借口有事起身出门，其实是给后来者让个位子呢。热情的主人不停地到屋外抱柴火，往炉里添柴，让屋里时刻暖烘烘的。

不去串门的人，在屋里也不会闲着，剥玉米、刮桔梗、捏山茱萸的皮、劈柴，可都是活呢！孩子们永远都是不知忧虑的，雪地里疯跑，雪落进脖子里化了也不会知道呢！

有人站在雪里，眼前纷纷扬扬的雪使她想起了李白的词"应是天仙狂醉，乱把白云揉碎"，狂醉的天仙揉碎了满天的白云，一把把撒向天地之间，多么确切豪放的比喻和联想啊，诗仙总归是诗仙。

山中飘扬的雪，和大观园中的那场雪应该是一样的洁白。不同的是，大观园中的女儿怀着一颗诗心，在芦雪庵中即景联诗，让那场雪变得风雅净美。尤喜黛玉和薛宝琴的对句，写雪"没帚山僧扫，埋琴稚子挑"，黛玉说深深的白雪淹没了山中寺庙僧人的扫帚，宝琴便对小孩子挑的瑶琴也被雪埋住了琴梢。二人再对"无风仍脉脉，不雨亦潇潇"，这两句有美妙的旋律感。此美妙的句子必该出自玲珑的冰雪女儿心。白雪无瑕，却不得久长，曹雪芹最终让一场红楼女儿梦消失在白茫茫的大雪里，供后人去寻踪和仰望。

李白的雪、大观园的雪都已落幕，山中的雪仍在翩翩而落。飞掠过每一个屋顶、每一个树梢、每一片麦田和河流，飞掠过你的发梢和睫毛，留下纯净的足迹和印记。雪花簌簌，天地一片洁白。远远的雪径上，走来一位老人，风雪挑肩亦无所怨。因为所有的人都知道，雪，是冬的使者，待冬去春来，严寒过后，仍是山花烂漫，清风白云，岁月山河。

那些野生的甜

小时候，在春天跑向野外，是不懂得欣赏风景的。更多的时候，是去寻找野地里那些可以果腹的东西。

迎春花开，正是青黄不接时。大人们都去地里干活了。一帮孩子折了大捆的迎春花，坐到地上一朵一朵地去吮吸甜丝丝的花蜜，来缓解腹中的饥饿。没过多久，迎春花败了。蒲公英开始爬满了门前屋后，我们就去找那些待开的花骨朵，小心剥开外层，把里面圆圆的黄色花蕾塞进嘴里吃掉，称其为"吃鸡蛋"。蒲公英的花茎，嫩的吃起来也是微甜的，不过还带着些苦味。

野蔷薇还没开花，它的枝上有许多刺。寻找那些小拇指般粗嫩的碧绿的蔷薇枝，我们叫它"蔷蔷苔"。折下来，小心去掉刺，像剥甘蔗一样剥去皮，吃起来又脆又青甜。白茅根是祛火的一味草药，它会长出像狗尾巴草一样的小穗，这个小穗嫩的时候也是可以吃的，我们叫它"茅芽儿"，还边吃边唱"吃茅芽儿，拉棉花"。

接下来，一些林子里，地边，河边，会出现好多红艳欲滴的野草莓，几乎想吃多少就有多少。就算是今天这个地方被摘完了，第二天又会蹦出许多来。大自然是真的神奇！

山坡上还有一种矮矮的野植，叶子绿色有点像锯齿，记得它叫"猫递爪儿"。这个要吃它的根茎，有点像桔梗。挖它的工具必须是镢头，否则挖不出来整根的。挖出来之后不用洗，用指甲刮去皮，直接就可以吃，味道鲜甜。

差不多已到四月半，映山红映红了山。它的花朵如同火焰般美丽绝伦，几乎都开在陡峭的地方。我们去摘它抱回家，不仅装点了简陋的屋子、院落和教室，而且它也是可以吃的，酸甜相交的味道至今都忘不掉。

渐渐地，麦子开始扬花，结出麦穗。掐三四个麦穗，双手搓掉麦壳，把闪着碧玉般光泽的麦粒送进嘴里，好甜！烧麦穗，做碾馈又是另外一种香甜……马上有希望吃到白白的馒头，饥饿感慢慢也消除了。

写到这里时，一阵风送来了甜甜的槐花香。又想起了上小学时的那条路，三里多，路旁有杨树和槐树，槐花开时，放学路上饥肠辘辘的我们，不知吃了多少花呢！槐树就在窗下，家乡却很远。怀念仍在蔓延，怀念那些野生的甜。

无人不道看花回

在春天铺开的画卷里，各种花是画中的主角，也是春天的主旋律。这时节，如果对面走过来一个熟人，往往还没等你开口打招呼，她就抢着说："我刚看花回来！"那声音里带着欢喜。"哦，"你说，"真巧，我也是呀！"

一枝迎春花的嫩黄迎来春天，之后黄色也顺势铺展。从野地里的蒲公英，到岭上的菜花，再到小山上的连翘花，初春和仲春好像是被黄色占据的。如果画家来调色，那肯定会先调黄色，而且是明亮的金黄。对，要先画岭上的油菜花。我觉得油菜花在田野上是最有视觉冲击力的花，成片，像流动的金色湖泊，它的颜值并不高，可是最有协作精神，一朵两朵三朵，无疑要淹没在春色里，于是呼朋引伴拉起手来站在一起，成功俘虏人们的视线，一条条金黄宽大的长毯铺陈在沟沟岭岭，光华夺目，大有君临天下之风。

金黄的油菜花开时，山上的连翘花也不甘落后，枝蔓披拂映衬着蓝天，也是一丛丛、一簇簇的，黄得明亮。此时的山，野草、藤蔓、杂树绿意尚浅，在阳光下，烟雾朦胧而且有透明的质地，连翘花的颜色恰似点睛，让沉静中透着一丝寂寥的山岭增添了活泼灵动的气息。

一定不要忽略了野地上的蒲公英，它们像从夜空掉落地上的繁星一般，到处都是，溪边、地边，房前屋后。我能感到它们的谦逊，它们虔诚地匍匐在地上，却又自由自在。一点都不在乎别人能否看到，既不拉帮结派，也不长在高处，可人们还是能感受到它那旺盛的生命力。我在一株小小的蒲公英身上似乎还看到一种含蓄的野性，听到一种无畏无惧的吟唱。

自古无地难为家，土能生万物，地可发千祥。在乡村，土地就是人们的信仰，一直守护土地的人们有着岩石般的坚韧，他们相信土地是最后的生命保障，总是认真地去耕种，春撒籽，秋收获，不舍得有一丝敷衍。一场春雨后，泥土变得松软，似乎在说，等我长出丰硕的希望和沉甸甸的果实来吧。土地是褐黄色的，这种颜色的符号太明显，黄河水，黄种人，我想，如果作画，一定要画画土，它具有母亲的朴实气质。

土地上，最有生命力、最不可摧的颜色，是绿。此时大多还在蓄势之中。不知名的小野草，积极地、随性洒脱地自由生长。那绿有浓有淡、有深有浅，但都像滴水似的，拽一片叶子都能把手染绿。看着这些小草，我似乎能看到它们的表情，眉眼弯弯笑脸盈盈，对世界一点都不畏惧。它们的身边有大片大片的麦田，麦田其实是田野之上绿的先锋和统帅，绿的气势一丝不苟，和油菜花的黄极像，它们总是要集合千军万马，在各处安营扎寨，大有不可败给百花之心，它们真的做到了。但是它们也很有包容之心，绿色的麦田和百花平分了春色！

可爱深红爱浅红，桃花给人的印象是艳丽，而山野之中的桃花自有超逸之风，用艳我总觉不恰当，其实它们清丽孤傲，少见成片成林，像个独处洁净的女子。但是，在不经意之间，就袅娜大方地出现在你目光里了。它们大多长在一些山谷转弯处，或一些陡峭的石壁之上，或溪畔临水照影，暗香自赏。世有桃花，怎可不画呢？

梨花的白，衬着初绽的绿芽，清新娇嫩，俨然不食人间烟火、不染俗尘的样子。我偶一抬头，看见天空白色的云朵飘浮，竟然想到，这梨花的白和云似乎有着莫名的秘密和关联，是云借了花的玉骨，还是花借了云的颜色呢？心里这样想着，再看天空的云，仿佛每一朵云都带着梨花的浅香。

站在田野上高高大大的桐树，我觉得最霸气，魁梧敷张满身豪气。但是它紫色的花朵，让它在英气逼人之外，显露出许多温柔平顺。风吹过时，满树的紫云随风势倾斜摇曳，画面极美。

蝴蝶、蜜蜂在花间穿梭，是给百花表演的舞蹈家，调皮灵动的舞姿真是美妙。听一位老人说，每年春天，总有远道来的放蜂人在此用百花蜜养蜂，若没有遍野的花，怎么能引来蜜蜂呢？

古人有诗"无人不道看花回"，我看过这么多美丽的花，却只能恨自己不是丹青手，那我就只管走进画中吧。

春野画桥

最真实的春色必在大野，而春野之上的花草，已经抢占了许多镜头，也渐为寻常。

大自然总会给人以惊喜，我看见一座古石桥横卧田野之上，显得如此与众不同，让春天乱花迷人眼的风景显得更有层次和美感，增添了许多不可言说的意蕴。

看过江南的小桥流水，那是永不褪色的经典画幅。而我眼前的桥却像是虔诚的乡野守望者和见证者。

古桥以淡定的姿态见证了多少四季轮回中的杏花春雨和桃红柳绿燕双飞，见证过多少生命的蔼然和相依相偎；守望着年复一年的日出日落，守望春种秋收冬藏，守望晴空和风雨霜雪，守望一些悲喜交加的爱与故事。

那弯弯的桥身上，时时刻刻搭载所有桥上行人的梦。

桥的姿势很美，浅看弯弯如月，深看，仿佛看到迸发的生命张力。背负与承载、责任与嘱托随时扛在弯着的脊背上，像乡间的男人。

我觉得这些桥是夹在唐诗宋词中的一行句子，很短，却有唯美古典的意境。

在缓缓流淌的水面之上，在苍郁的古树和老屋旁，或者在星空朗月之下，这桥又像舒展开的眉头，轻轻抖落着岁月尘埃，与天地过客，与小鸟白云淡淡抒情。

有人的地方便有路，有路的地方才会有桥。桥上走过荷锄的农人，走过牛羊和摘花的姑娘，桥下有捉鱼的少年和游荡的鸡鸭，组合成为一幅生动纯净的画。

野外的古石桥在日复一日的宁静中，沉静、从容、淡泊、与世无争。

我企图在桥边找到一块碑刻，看看是否记载这桥的名字，甚至故事和传说。但是什么也没有，桥就是桥，它没用任何只言片语来证明自己，知道自己是桥，就够了。

无言而立的桥，已经历百年风雨，我们如何解读，都是一种无知。所以，我还是像桥一样沉默吧。

这样的桥在野外不止一座，大多没有名字。它们和我一样，喜欢对着春天的野外出神，不同的是，它们永远在春野，在画中，而我却要奔波于尘世。

药草的春天

我从小生长的那个村子处于伏牛山腹地，母亲很早就对我说，咱们住在牛肚子里，牛肚子里有"牛百样"。

后来渐渐明白母亲所说的"牛百样"就是房前屋后、田埂沟畔、坡上坡下的百十种野生中草药。耳濡目染，我从小就能辨别它们，不仅经常勤工俭学挖草药去卖钱，而且生病时，几乎没看过医生，母亲出去掐一把药草混在一起熬了给我喝，喝完就好了。

春天，是万物共同支撑的美丽大舞台。在山野坡地，除了那些耀眼的花朵，野生的药草更具有自己独特的颜色和风采，别看它们其貌不扬，对我来说却备感亲切。在大自然的舞台上和画家的笔下，谁敢说它们只是配角呢？一株小小的药草也值得拥有更美的春天。

在一片林子的边上，一棵血参出现在我眼前。它有一蓬绿色的叶子，有茸茸的质感，摸起来却并不光滑。它真正有用的地方是根茎，主茎大的有小拇指般粗细，红色的外皮，血液一样的颜色，还有许多根须，非常像人体的大小血管，它最主要的功效便是活血、补血、凉血。等到夏秋之交时，它便开出紫色的小花朵，小时候我常掐了放在嘴里，吸那甜丝丝的花蜜。

在这棵血参的旁边，还有几棵刺角芽。这种个性凌厉的植物，叶子边缘上都是刺，触碰到人的肌肤像针尖扎的一般疼。但是，就在这样的外表之下，却藏着颗火热的心，这很像一种人物，外表飞扬跋扈，内心深沉多情，真是古道热肠。不知道为什么，我小的时候很容易流鼻血，我周围的很多小伙伴都有这样的经历。在儿时的记忆画面里，我们正在野外疯玩，不知谁就突然流鼻血不止，流鼻血的人吓得大哭，以为自己要死了。这时候，我一低头看见大石头边上有棵刺角芽，不顾手被扎得生疼，一把从土里薅了出来，在石头上砸成绿色的草汁，放在流鼻血的小伙伴鼻孔那里，不一会儿血就不再流了。而这种方法是奶奶在我流鼻血时用过的。有时候膝盖磕破了，或手指划破了，都会赶快找一棵刺角芽来。那时候我们根本不懂什么药理，就是知道野外一些野生植物很神奇而已，后来在《本草纲目》里觅到了此物的影子，才知道它是可以止血的。

溪流和泉眼藏于春日的浅草丛里，羞涩地发出叮咚之声。就在这样的溪边，我看见了节节草。这种草像笔芯一样粗细，绿色，像竹子一样一节一节的，轻轻一折就断一节。它们是丛生的，被水滋润着的泥土，让它们牢牢扎根生长。在小时候，家里不管是谁牙疼得厉害了，母亲便会到河边拽一把回来，用铁锅煮了，放上白糖，让他喝下去，半个时辰之后，真的就不疼了。

水芹菜，长在水边，既是一种野菜，也是一味药材，流行的一种说法叫药食同源。它的模样很像是芹菜的缩小版，不过它的秆是紫青色的，掐断时有一种特殊的味道，混合了一点点西芹的清新。就是这种叫水芹菜的植物，在我小时候的每一次感冒发烧时都担当了退热的重担。常记得大人们从地里干活回来，看到我无精打采没有力气的样子，便赶紧摸摸额头，好像是发烧了。母亲扔下锄头就去门口的河边掐一大把水芹菜，一边走着一边把水芹菜的秆去掉，只留白白的根，加上一根大葱葱白，熬成之后放一勺红糖给我喝，说是发汗。大人们让我蒙头睡一觉，出出汗就好了，果真如此，一觉醒来，觉得浑身轻快，又跑出去玩了。

眼前这些被称作药的植物，它们在无数个春天里蓬勃生长，最后无声地完成自己作为一株药草的使命，为人体注入能量。我的身体和血液里一定还有绵绵流淌的药香，所以一直被护佑着，健康地走过人生四季。

只映青山一片红

家乡的农历四月，主题只有两种颜色：红和绿。

绿的麦田，绿的树木，绿的草以及遮不住的青山，绿得漫无边际，仿佛要绿到人们的梦里或天涯之外去。山下流淌的小河似乎也被染成了绿色，流向远方，肆意成一片绿的汪洋。

红的是花，是山上那一簇簇热烈绽放的映山红，像铺开的霞色云锦，像一束束擎起的火炬。她们此时是山的主人，主宰了山的情绪，也燃烧了人们的目光，火一样的热情绵延到人心的最深处，几乎不会让人想到这世间还存在苦难和绝望。

映山红，普通而平凡。不是高大的乔木，也不像华贵的牡丹。它，只是四月里盛开的一种花。它不需要呵护，不讲究条件。一抔黄土，一滴雨水就可以生长，可以盛开，可以冲破隆冬的禁锢。燃烧自己，在悬崖边，峭壁上，哪怕是一片贫瘠的土壤，就会火红出一片灿烂。如果你一个人上山，面前出现了一树树映山红，你一定会惊讶于它生命力的磅礴，它的顽强和坚守，你的心会为之微微颤动，会没来由地轻泣，你会感动于它那撼人心魄的美。继而，你会无言，你不敢呼吸，难以迈步，无法抽离目光，突然之间定格，直到感觉自己也化身为其中一朵。从此，摇曳在这青山之上，任日月和清风爱抚，不离开，不凋零。

记忆中的童年，始终有一树花在心头慢慢绽开花瓣，甜甜酸酸的味道不曾消散。于是我记起那时，映山红开满山野的时候，我们像欢快的小鹿，奔跑着，几乎是手脚并用，跌跌撞撞地爬上了山坡。鞋子里灌进了沙土，树枝挂乱了头发，扯破了衣服，也不在意，呼喊着看谁先摘到第一朵花。

映山红映红了山的脸，也映红了我们童年的笑脸。第一个摘到花的人，是骄傲的，她可以有大家给她摘花做花环的权利。我们在花丛之间穿梭嬉闹，找自己眼中最美丽的花来摘。映山红的花朵吃起来又酸又甜，吃多了，嘴角会被汁液染成紫红色，下山时一定要去小河里洗洗，要不回家被大人看见会挨骂，因为吃得多了会流鼻血。一路下山，每个人的怀里都抱着一捆映山红。现在想想，那种感觉像是抱着一团火热的梦与期待。映山红一年年花落花开，童年也一年年远去，儿时的欢乐却在残存的记忆中不时呈现，像是一种平静的召唤和暗示……

记忆中，有一个人，听到了我脚受伤的消息后，翻过了十几架开满映山红的山，从他的山走到我的山，从早晨走到傍晚，一路上，他看见溪水中倒映的映山红，花影在水里，水映着山，风轻轻一拂，所有的心事都融化了。他翻山而来只为给我送一本书，那本书名字叫作《平凡的世界》，当然他还送给我半个怀抱的映山红。那本书读完的时候我的脚伤已痊愈，养在院中的映山红也还在兀自盛放，我的心中开始有苍鹰和凤凰在飞翔，我已懂得重生和生命存在的意义。在能下地走路的第一天，我给他写了一封信，我说，我一定活得平凡而不平庸，就做一株映山红吧，自由而又顽强，不贪慕不献媚不嫉妒，一生只为一次干净澄澈、奔放热烈的盛开。收到他的回信时，他已身在异国的一艘渔船上，要在那儿度过三年。他说那里没有映山红，他心底却永远有一株，盛开经年！

山河不改，花谢花开，而你，只映青山一片红。四月，我把自己交付于山冈，和映山红一样，都是大山的主人。

山野初夏

　　山野的桃花开过了，城里的牡丹开过了，园里的芍药也怒放过了。缤纷的春天优雅地转一转身子，留一个让我们依依不舍的背影，在山野的那条小径上，慢慢离去。夏天踩着小碎步，不动声色地缓缓走来。用一缕风携带着夏的热烈气息，轻轻拂过田野，宣告它的来临，不需要任何仪式。

　　油菜结出细弯饱满的荚，麦子在田野上排出青葱浩荡的阵势，抽出喜人的穗，那是田野最大的光荣与梦想。树上的樱桃红得好馋人哪！还有一颗颗珠子般的小青杏散缀在树上，哟，看着好酸呢！火红的石榴花是农家院里燃烧的火，怒放山冈的映山红则是初夏不灭的野火。

　　那些爱美的小女孩早已穿上了花裙子白凉鞋，背着大人偷偷地跑向河边，迫不及待地把捂了一个冬春的双足伸到河里，禁不住要叫一声"好凉"，迅速抽出，然后再放进河里慢悠悠地洗。有小鱼从脚面上游过，滑腻腻的感觉，几只小螃蟹也从石板下钻了出来，挥舞着小钳耀武扬威。

　　初夏的山野是以绿色为主题的。麦田、青山、绿树，放眼一望，绿得铺天盖地。长在瓦房顶的草也绿了，井壁上的青苔也绿了，绿的还有母亲那双手，她弯着腰去拔麦地里的杂草，不一会儿，草的汁液会染绿她的手。河边杨树林里，几只白色的小羊在专心吃草，羊的嘴也被染绿了呢。

山野初夏的清晨，晨露微凉，在野外行走，鞋子会被草叶上的露水打湿呢！阳光初升，你走在山间小路上，光影在枝叶间斑驳，鸟鸣和着山光水色一遍遍奏响夏的旋律，为盛夏热身。薄暮时分，如果再来一场雨，山野流淌在升起的炊烟和雾霭里，朦朦胧胧湿湿润润。撑着小伞到野外走走吧，满目的绿色，在傍晚的绿野里留下你的仙踪。

山野的初夏和美丽的春天，一样不可以辜负，我们和夏天一样热情。

山间夏雨

　　城市的雨敲打在玻璃窗或阳台的雨搭上，听起来有点单调，有点喧闹，特别是直直垂下来的那一滴重响，在夜里，使人不安。

　　而山里的雨，则像耳语般落在茂密的林梢，悠悠然落在窄窄的河面，轻快快落在老屋的青瓦上，静悄悄落在院中的指甲草花蕊里，没有半点声息，即使有声音，也像是在柔柔地低吟浅唱。

　　到了午后，虽看不见太阳，天地之间却亮了许多，远山的雨雾白亮亮朦朦胧胧，从天空落下的雨，也变得像千根万根透明的丝线。气温也不像晨间和上午那么凉了，但是脱去厚衣服的勇气似乎还不够坚定。

　　雨渐小了，撑伞似乎显得有点多余。独自出去走走，小路沿着山弯弯曲曲延伸，路旁的小溪叮咚叮咚弹着琴，野百合和金银花正在盛开。

　　青青的山茱萸果到秋后会变成红玛瑙一样。青皮核桃压弯了树枝是少有的景象，过了农历六月六就灌满了油，再过半月，全村出动，背着竹竿打核桃。

　　路上碰到了表舅爷，他说，今年真是好年景啊，麦子能打几十袋，玉米长得也壮。风调雨顺，想起这个词时，起了一点微风，风送来的都是好消息呢。

接近傍晚时，雨似乎还没有停的迹象，就那么悠闲地下着，下了一天。这时候，雨滴落在河面上仿佛激起了更密的涟漪，落在小路上则成为更稠的泥泞。

炊烟在雨幕里袅袅升起，我裹着厚外套，竟有立于秋雨之中的错觉。

下吧，就这样慢慢地下吧！吃过晚饭，一定要早早地躺到床上去，手握一卷书，必定是唯美的散文或诗词，看累了，就睡去，在雨里拥被做一个温温润润的梦。

风吹过麦田

风，吹过田野，麦田里绿浪翻滚。宽广浩荡的绿海，不久将蝶变为一个浩瀚无际的金黄色梦境。

而此时，每一株麦子都在积蓄能量，拼尽全力轰轰烈烈。它们渴望成长、结实，一寸阳光、一滴露水、一缕空气及农人们渴盼的目光，全部在它们体内酝酿、裂变、孕育、升华。

从麦田穿过，驻足。细细地倾听，仿佛听到麦子分蘖拔节、排潮裂空的声音，继而幻化成一声声属于生命走向成熟的呐喊。

一粒粒小麦种，勇敢历经寒露霜降到严冬，坚韧洒脱地一步步走向春天。清明孕穗，立夏灌浆，至小满抽出令庄稼人眉开眼笑的穗，麦子的使命仍未完成。这时，一个个饱满的麦穗像是紧握宣誓的手臂，它们的宣言在风中播散，年复一年传播着属于自己的光荣与梦想。

当它们仿佛一夜之间抽出麦穗，阳光下的麦田便成为大地上最具魅力最有希望的主角。庄稼人的目光聚焦在一日一变的麦地，心里总是默默期许。微微的南风从远方赶来，带领着田野上所有植物的叶子，伸出绿色的巴掌热烈鼓掌。布谷鸟在麦田上空飞翔，拍着翅膀歌唱，传播着麦子即将成熟的讯息，一声接一声喊着"麦天咋过……麦天咋过"。父辈们的皱纹和汗水在发光中期待，一个金灿灿的日子即将到来。

晚霞如火，驼着身子的祖父站在麦田边自言自语。该收拾打麦场，该张罗收割机了，没收割机还得提前磨磨镰刀哩。邻居大伯听到了就笑他，别操心了，有俺们年轻人呢。祖父这才稍微安心似的蹲在麦田的地坎沿上，抽一袋烟。

晚风阵阵拂来麦子新香清甜的味道。馋嘴的孩子早已掐了一把青麦穗回去烤熟了吃。每天傍晚都来麦田看麦的祖父，他历经的岁月，和麦穗的生长方式一样真实。而收获的全部意义，不仅仅是汗滴禾下土，也不仅仅是一个季节，那是一个独一无二的过程，属于每一种生命的个体体验。

风，吹过麦田，正在走向无边的丰盛。幸福与收获，正由一粒一粒的种子，化作一斤一斤的称量，一年一年不变的向往。

我无法描摹秋天

我站在山顶，站在连绵的重重秋色里，我，便不是我了。

我化为云岚，化为薄雾，化为一缕晨光，化为一条绕着山坡没有尽头的小溪流。

尽管我搜尽世间所有赞美的词语，想要表达，可最后还是选择了沉默。

我知道，我一落笔，便是浅薄，远不及一张纸的厚度。我一开口，就会被嘲笑，所以我只好安静做个观者。

那我该做些什么呢？这秋天如此好，像是抵达了遥不可及的幸福。

林间小鸟尚能婉转歌唱，落叶正谱清冽之曲，一朵朵野菊插在山的鬓角，高大的栎树守护着山坡。

而我呢？我像是一个失态的闯入者，多么无礼呀！无礼到令自己羞惭、摇头。

我擅自闯入了一个早晨，闯入了一片深厚的寂静，闯入了一个属于世外的秘境。

野树、野草、野花，以及蚂蚁、瓢虫会欢迎我吗？

作为一个渺小的人类，我无法窥测到蚂蚁和虫子的心理，只是他们已经爬上了我的裙裾，是对我这个闯入者的驱赶，还是礼节性地问好呢？

我虽是蚂蚁眼中的庞然大物，但是我敢说比它们富有，比它们更具安全感吗？看看蚂蚁和虫子躺在一片叶子上就可以做个美美的梦，而我们，终其一生都在奔波，却好像永远无家可归。

这片屋后的山坡，曾经安放过我的少年和青春，那时感觉岁月漫长，可以尽情挥霍。独自在山顶看书、沉思，消磨了生命中很长一部分光阴。

而今，秋天，又把我唤了回来，于是我固执地认为，它应该对我私语，对我讲述一些秘密。可是，秋天什么也没说。

我在这山顶，只听落叶飒飒，却仅能拥有片刻，等不到看那夜空的浩瀚星河，便要匆匆赶赴一个更老的岁月和自己。

白天不懂夜，因为它不知夜的样子。夜进入不了白天，因为它只是夜。你不是我，你看不到我的世界。

我无法在这静寂之中准确地描摹今天和明天，更无法描摹过去和未来，正如同我无法描摹这个在生命中一闪而逝的秋天。

秋天的访客

秋，把自己的家园装点得很美，金灿灿的；很重，沉甸甸的，充盈而踏实。每一年推开秋天的大门，感受到她积蓄的热情带给我们的富足和安稳。

她携一枚枚红叶给人们送出了她的邀请函；她派秋风送来一缕缕果香传递丰收的消息；她用一朵朵金色的野菊花报告着依然绚烂的生命底色；她张开怀抱盛情相邀人们的到来。

于是一年年，永不失约的造访，使我们成为秋天家园里最为自豪的访客。秋天不会让人们失望，她总是用自己的妙手打造一场绝世的盛宴：秋之专属味道！这味道来自每一颗果实、每一株植物的内心，来自大自然的每一种造化和奉献！

我们用眼光捕捉，还能看到秋水之湄浣足的女子，听到足与水激起的乐声，似从远古传来，缥缥缈缈，隐隐约约。

秋水长天，天空之下，长河之上，燕儿向南，用灵动的剪影留给我们一个秋的圆满和春的归期。燕儿衔着春天的阳光和花香翩翩归来，又用远征的豪迈在秋天潇洒离开。

我们在秋的家园里驻足，企图与秋天对话，而秋不言。因为聒噪是秋蝉的事情，秋，已把自己的所有呈现，她不需要语言的炫耀和侃侃的自夸，一切都让眼睛说话。

每一年，作为秋的访客，我们享受了最高的礼遇，可我们又能回报些什么？我们究竟该以什么样的礼物来献给主人呢？秋天仍旧无言，我们的些许贪婪和狭隘在秋的怀抱中融化了。

其实答案就在秋的博大和幽远里，承载了多少收获就有多少奉献，而我们是应该要做些什么的，就算做秋天的一穗饱满的玉米，我想，已经足够！

冬 之 歌

　　时光飞速流转，季节无声更替，春花凋落，秋月无迹。这个时候，冬天信步而来，从容而歌。

　　冬天应是四季里最沉默的，虽然沉默，却在凛冽中自显正气。冬天拒绝浓墨重彩，拒绝雕琢和粉饰，拒绝转瞬即逝的斑斓。如一个外表柔弱的女子，内心却有着超乎寻常的清醒独立，刚直而坚忍。

　　冬天的到来，让阳光下一棵普通的青松，身姿更加挺立，傲骨凛然；墙角凌寒而立的红梅以出尘的暗香，浸透融化所有受过苦的心；窗前的千竿翠竹，正耐心迎接一个洁白的雪夜，等待那满怀诗情的诗人去聆听雪落的声音，期待一首流传千古的诗篇，为每一个冬天倾情代言。

　　冰与火之歌，应当是一曲绝然委婉的恋歌。大野的冰天雪地，滴水成冰。室内相亲相爱的人共守一炉火。炉里的柴添了又添，长了小翅膀的火苗在舞蹈歌唱，歌唱那永不熄灭的热望。透过窗，仿佛望不见冬，看不见岁月，只听见温暖的一首歌在静静流淌，流进心里，流进远古，也流进未来。

　　也有独自走在雪野的人，心怀洁白坦荡，宽广无垠，拒绝藏污纳垢，却又嘉善包容，他们在雪野里思考，在雪夜里徘徊，心中有远方也有天下。他们的心是暖的，也恰如冬日里燃起来的那些火，他们心里也必定唱着一首关于生命和智慧的歌。

看看那些太阳下的枯草，那些藤条，那些花的干枝和卸下翠绿的树木，过了这一季，青春复返疯长，生命继续昂首阔步。这是多么令人振奋和喜悦呀！

如果你漫步在山间，你还会看见一些令你心头微颤的东西。比如，一颗遗落枝头的红山果，一棵柿子树最高枝丫上挂着两个风干的红柿子，不远处，还看见了只剩骨架的一个稻草人，和风中飘扬的稻草人头顶红纱巾……这一切似乎都是一种诗意的坚守。

为什么人会在成长的过程中慢慢地不再惧怕寒冷，格外珍惜那严冬早晨的第一缕阳光呢？又为什么会在不断的磨砺和承受之后爱上冬天呢？答案就在一曲曲的冬之歌中……

山间漫步

山路很窄，并排走不下两个人。路旁的枯草丛里藏着一条干涸的小溪，春天时溪旁开着蒲公英和紫云英，夏天则是大片的野蔷薇与金银花。这两边的山像极了敞开的怀抱，怀拥着一切，我们这里这样的地形随处可见，被称为沟。而我们居住的小村大多也是以沟来命名的。

在这方圆四五公里之内，就有半沟、沙沟、果山沟、进一沟、黄楝树沟等等。我现在进的这个沟叫凤凰沟，不知这个美丽的沟名是谁起的，就像我不知道我们村为什么叫天桥沟一样。幼时问大人，是不是见过凤凰飞进沟里，大人摇头，但我宁愿相信那山上的泡桐树曾栖息过一只凤凰。

讲起沟，还有个有趣的事呢！记得青年时期给南方的一个朋友寄信，留的地址是"河南嵩县车村镇天桥沟村上沟组"，而我朋友回信时信封上写的是"河南山高县、车村、天桥、沟上沟"。这封信虽然地址有变化，但还是顺利地从江南水乡小镇飞到了我的山沟沟。的确，我们这里可以称得上是山高沟多人烟稀，如果有陌生人进山，乡亲们会热情地留宿管饭，第二天走时还不忘给你的包里塞上花生、核桃、板栗什么的。

后来我走出山沟沟四处奔波，别人问我是哪里人时，我还常常自豪地回答，俺是山高县人。

沿着山路行走，穿过一片竹林，黄黄的竹叶遍地，脚踩上去发出沙沙之声。一阵风吹起，头顶几只山雀扑棱棱叽叽喳喳飞走，翅膀上映出阳光细碎的光影。

走出竹林，路开阔了一点。偶尔会有砍柴人背着柴下来，肩上的柴捆重，所以要走快，从身旁过时，他们身上是裹挟着呼呼的风的。老家现在冬日取暖以及平时做饭仍以烧柴为主，所以冬天农闲时要储备一整年的柴火。

已经有十年没进过凤凰沟了，远远地看见那里有烟，是谁在那里做什么呢？

我加快脚步，想上去看个究竟。上去是没有路的，要在满眼的野海棠、酸枣、黄栌柴里穿行。一棵野海棠树上，奇迹般残存了几颗被风干的海棠果，我便探身去摘，居然发现树下掉落着几根五色斑斓的锦鸡羽毛，忙欣喜弯腰捡起。那锦鸡去哪儿了？

小时候看戏，戏里杨门女将出征时背上插着长长的翎，我问爷爷那是什么，爷爷说那是锦鸡翎。那时候，我好想拥有一根。后来，哥哥从别人手里得到了两根锦鸡羽毛，在我几次哭鼻子要赖下，哥哥终于分给我了一根，我把它插在背上，在镜子前照了又照，故意把它弄得漾来漾去的，跑出去眼气小伙伴们。

手里拿着锦鸡羽毛，爬上了半山腰，才发现那烟已散去，却看见一位大嫂在洞前的空地上支了锅做饭，我在山下看到的烟便是她生火时飘散的炊烟。问她怎么在此，她说她和丈夫在附近承包了几个山头，现在正清理杂草，明年开春准备种药材，离家远，中午就随便在这里做些饭吃。大嫂说着把一把挂面丢进锅里，还放上了自家腌制的酸菜，我不禁暗自佩服大嫂夫妻俩开荒种药材的魄力。

告别大嫂，按照她指的路，我很快就爬上了山顶。极目远眺，在山沟里零星散落的几户人家皆是靠山而居，门前有小溪，门后有菜园，院中有各种果树，柿子树、核桃树、枣树光秃秃的枝干，在冬日的阳光下像一件件艺术品。

　　可惜这个冬天，家乡还没迎来第一场雪。一场大雪过后，那将是另一番景象。那时小溪丰盈了，麦苗更绿更精神了，大地白了，大山也披上了银装，家乡就更美了。

雪夜独步

身后的门，关上了一扇，又关上了一扇。我的天真在发芽，想把岁月囚禁在那门内，不让它继续流走，不断疯长。我想着那门里的少年和青春正在交谈，会谈些什么？

我这么想着想着，就独自走进了今夜的一场雪。一场雪也是催促，这又是过了一年。这一场雪又将染白多少人的双鬓？

这是雪给我们最深重的警示呀，你看沧海横流沧桑变幻，日月经天大地苍茫。英雄在哪？美人何处？

雪无言语，夜无声息。一朵朵雪花，盛开在大地与夜的胸怀，而时间也在一秒秒流走。我一个人的雪夜，仿佛独立于岁月的河畔，听到了惊心动魄的水声，铿然漫过心房，一株心花半枝凋零。

剩下的半枝，我要好好爱着，我要精心养着，不让它被冷风吹得瑟瑟发抖，不让它在苦水里泡着流泪。我要让它沐浴阳光，畅饮春天的甘露。这是一个关于幸福和美好的梦，还有多少路程啊！是的，这是一条坚持不懈的路，路总要靠自己一个人走。

就如今晚的雪径，如此寒冷。幸好有两盏路灯，映出了一双脚印。其实，我并不孤独，也从不惧怕孤独。循着来路回时，不是又多了一串脚印吗？孤独或者喧闹，平庸或者自持，任何一种姿态走路，是自己的选择。

头上落雪，衣上有雪，我捧起一把雪轻轻入口，一丝冰凉清甜，洗洗俗尘杂念，留一颗冰雪心。

　　雪夜已渐深。走回那扇紧闭的门，我幻想关闭岁月的那扇门，像孩子一样贴耳上前，听听我的少年和青春的对话。一瞬间，记忆复活，往事如雪汹涌而来，不管痛还是喜悦，都让我流泪了。我的悲伤被岁月看透，雪，请你把它埋葬。

　　打开一扇门，再打开一扇门。我坦然放出了年少和青春岁月，挥手作别。关不住，就让它走吧，与自己一起走，不管是走进满目冰雪一地风霜，还是走进花开如锦一片乐土。

　　我踏进门里，雪花依旧在片片飞落。

家乡的彩雪

雪后，乘车回了一趟老家。

晚上，我睡在十年前未嫁时的那间小屋，做了一个长长的梦。

梦中，被一声嘹亮的鸡鸣唤醒。推开门，绵延的群山映入眼帘，山梁逶迤，耸立成山峰，好像一排排站岗的勇士，积雪是灰灰的铠甲。扑面一阵山风吹来，一点也不刺骨，似乎还携着初雪那一丝丝沁人心脾的清凉。东方渐渐露出了鱼肚白，先是蓝汪汪的白，后来渐白渐亮，再后来是淡淡的胭脂涂抹了半个天空。

一切都亮丽起来了。

四围除了山还是山，山上除了雪还是雪。一些高高大大的树，让山梁和天空对接了。太阳刚爬上山顶，霞光便立即映照了山上未化的残雪，白亮亮的，透出一点点微红和淡蓝，不禁心底叫了句"彩雪"。其实，大自然才是才华横溢的诗人呢，眼前呈现的分明就是一首诗。

阳光洒满了小院，小院开启了温馨时光。几只鸡自由自在地觅食，刚下过雪，土松软多了。一只黄母鸡刨出了几粒玉米和黄豆，刚吃了一颗，就被其他几只鸡一抢而光，一时间，小院子热闹多了。墙角有一个小雪堆，印满了鸡的爪印，还掺着一些泥土，看上去花花的。猫咪阿雪优雅地爬上雪堆顶部，看着远处，我看到它的小眼珠也几乎是彩色的。

门前的小溪早已干涸了，里面堆满了从院里、路上扫了倒进去的积雪和枯枝败叶。但愿雪化之后，又是从前的小溪。我可以像许多年前一样，在那儿洗脸、梳头，把美丽的蝴蝶结发带挂在垂柳上，随四季风飘动，亦如飞扬的少年心。

溪畔是小菜园，也盖着薄雪。推开篱笆门，几畦蒜苗争先恐后钻出来，在白雪的衬托下，绿得晶莹透亮。还有一小畦菠菜舒展着翡翠一样的叶子，仰着脸接受雪后阳光的爱抚。应该是在秋后吧，父亲在菜园里挑一个合适的位置，挖个深一两米的大坑，把大白菜、胡萝卜、白萝卜、红薯、土豆放进去，盖上一块塑料布，上面再覆盖厚厚的玉米秆，就是一个简单的菜窖了。这里边的菜足够吃一整个冬天，任什么天寒地冻，雪花飞舞也不用担心。此时，盖着菜窖的玉米秆上，也还有一些雪。可以想象出，母亲用手扒开积雪，抽掉玉米秆去掏菜时的情形，这样的菜一定是最好吃的，忽然明白了自己一直喜欢吃大白菜的原因，因为那是亲人的味道。

今冬的雪很知人们心思，早早地来了。最喜欢这片左边依着山，右边临着菜园的麦田了。看看嫩绿的麦苗，洁白的积雪，平整的田垄，连着远处的群山，白的白着，绿的绿着，高的高着……住在城里的人们，哪里有这样的眼福呢。好雪应是三场，三场过后，乡亲们眼里的片片麦田，应该全是金灿灿黄澄澄的希望吧。是的，一定是的。生活和大自然是彩色的，梦和希望也是彩色的……

月光照亮回家路

农历十二月，总有月光照亮游子回家的那条路……

一场飞雪，让麦苗愈加嫩绿，一枝墙角斜逸的红梅，正向村庄之外，山的另一边传递着春的消息。

那条印满来来往往脚印的小路上，已经开始有许多盼归的目光。夜空的月亮倾洒在天地间的清晖，是从岁月深处暑往寒来，所留存的一缕缕遥遥的思念。思念的味道清冽而香醇，在农历十二月的月光下一点一滴蔓延，飘向更遥远的地方。

清风明月共一乡。这时候，游子站在异乡的同一片月光下，目光穿过高楼与霓虹、嘈杂与喧嚣，真切看到家乡那条小路上，娘站在山风里，站在冬雪里，站在今夜的月光里，一次次地朝自己这座城市的方向张望；同时听到娘一声声地呼唤，喊着自己的乳名。

大山也陪着娘呼喊，喊得河水都要解冻了，迎春花都要开放了。月色凉如水，慢慢打湿眼眶。你决意打点行装，早日启程，明月夜，朝着家的方向。曾经年少轻狂，以为家就是一张张的票根，于是，一次次从终点回到起点，又从起点回到终点。直到最后，梦想飞起的地方，也是最终落脚的地方。

人生，是一粒种子。落地，便会生根。家乡的土地，因此不再贫瘠寂寥，不再荒芜苍白。种子破土而出，向阳而生，成长之后随风呼啸向远方。它的根却紧紧地拥抱着土地，心，片刻都未曾远离，而梦想依旧能飞得更高走得更远。

那些属于村庄的孩子，是一只只挥着翅膀的小鸟，驮着小小的梦飞呀飞，东西南北，春夏秋冬，不知疲倦，不知辛劳。用诚挚火热与善良敲开世界的一扇小小的门，推开一扇小小的窗，一点点微光都可以将年华灿然照亮。

那些属于村庄的孩子，有哪一个没有在星光下启程奔赴远方的经历，有哪一个没有在深夜归来时披着一身皎洁的月光？

月光，就这样，伴着你的脚步走向天涯。月光，也一年年照亮那条回家的路，牵着你的衣角，拉着你的手，洗着思乡的尘土，亲吻着你的脚步。一年三百六十五天，三百六十五里路，有千年不老的月光，就有万年常新的祝福。身心已在家的呼唤里启程，归来，一轮明月在天心，永远照亮我们共同的回家路。

年年不忘回家路

　　一年又一年，白了的不仅是父母的头发，还有我们拼命呼喊却唤不回的岁月。岁月匆匆，如水无痕。我们的脚步，随着岁月跋涉千山万水，漫游在世界上任何一个地方，却始终在那条与家相连的路上，留下了清晰的足印和方向。就算不辨东西南北，也从来不会忘记回家的路。

　　每年腊月，去各地的火车站、机场、码头看看吧，看看每年一次声势浩大的春运，看看那排队买票的长龙，每个人脸上写满的焦急和不时踮起脚的张望，以及每个人的眼睛里那闪烁着的虔诚、坚定的光芒，仿佛要去朝圣。这时，家，真的就是世界上最神圣的地方。回家，就是最美的信仰。

　　那张薄薄的车票，终于被紧紧握在手里，列车载着浓浓的思念踏上归途；当那张同样薄薄的机票被握在手中，归心，瞬间长了翅膀；那张小小的船票，和归人蹚过大江长河，最终停泊在家的湖心。

　　曾经年少归家路是那样多舛，在异乡用一架罗兰电钢琴，换取一张回家的车票。也曾风雪夜行三十里，只想亲手在家门口挂起红灯笼，在除夕夜燃起的烛火里，一家人，守岁岁圆满，共年年温暖。在爆竹惊天动地的欢喜声中，倾听春天的好消息。

　　生命的最初，家是我们的摇篮；生命的盛放，家助我们放飞了梦想；生命的最后，家成了一棵大树，我们都终将成为一片寻根的落叶，一只思归的鸟。寻梦的路上，走着走着，我们已不再年轻，于是踏上归来的路，家是我们永远的终点。

家是港湾，是安放一切喜悦和痛苦的地方，曾经我们驾着小舟扬起青春的帆，划向远方，最终我们还是要靠岸。不管你曾经多么耀眼夺目或者默默无闻，家，始终愿意与你分享喜悦，同时抚慰你的创伤。

归来吧，家是我们灵魂的栖息地。一束目光，始终照亮你回家的路；一汪清泉，等着为你洗去满身疲惫；一缕山风，为你吹落一身风尘；一轮圆月，圆了你的思念和梦。记住回家的路，记住路上的一棵小草、一朵小花和路旁一棵柳树上的鸟鸣吧。

孤舟五更家万里，年年不忘回家路，纵然隔着千山万水，家也永远是春天开始的地方！

仍记来时路

我从山中来。

是那山间的风，和着草淡淡的香，和着鸟儿婉转的鸣叫，和着小溪一路的长歌，和着母亲温柔的叮咛。山间的风在送我。

我启程。脚尖还带着泥土的芳香。

路旁。一汪清澈见底的山泉，可以看见泉底几片枯叶，几尾小鱼。

看我身上，还披着昨晚的星辉和月光。那星辰不陨，注视着起起落落；那月光皎洁，照耀着世道人心。这星月见证了多少悠远苍茫多少喜悦悲伤，多少寂寞哀愁，多少婉约悲壮。此时，我身上的月光，照过了山，照过了水，照过了青青瓦舍，照亮了美梦一朵。山中月光，披在身上，但并非脚步到哪，哪里就是故乡。

我在行走。身上行囊已满。双手握着热情，脚底有稳稳踏实的小径，眼中有远方，心中装满真善和美梦。这些行囊伴我上路，已经足够。这是我最简单又最真实可贵的行囊。

这条路，走过来来往往多少人。一头连着山中冷月，一头连着城中霓虹；一头连着父母双亲，一头连着故交新朋；一头连着悠然田园，一头连着梦中之城。

在这路上，走走停停，曲曲折折前行。坎坷风雨，雨过后看见彩虹。暗夜似乎将尽，有一束微光照亮行程，我抵达了一处处绮丽风景。来时路上，有山风、泥土、清泉、月光、行囊陪伴，无论走向何方，在何处停留，眼睛、心路、脚步绝不会迷失。

我从山中来，仍记来时路。

书 间 花

　　夜深无眠，起身，书架上随意抽取一本书。封面一株兰，于空谷寂然。一缕幽香正穿透岁月的屏障，跋山涉水绕径而来。这是年少时读过，并且随着我的足迹到过江南、去过塞北的一本。一页一页地读着，仿佛时光已经倒流。

　　昔时，是书跟着我行走。今夜，我在书间回顾，像一朵自由行走的花。不会凋零，不见落红纷飞，美丽的灵魂永远根植于春天和大地。我的指尖轻触着每一行文字，摩挲着书页，岁月坚硬冷绝的质地，霎时柔软如这一季的暖。

　　如诗沉醉的夜，安然静寂。翻书的声音清亮美妙。这样的音节是如此美好。如果，这是书自身的语言，那么懂者是谁？喧嚣和浮躁、功利和惰性的世界是不懂的，更不会有机会听到书籍翻开时的声音。那么懂者是谁？懂者是那些纯良善美、自身会散发光芒的心灵。一本好书，必定会遇到千万个这样的人，他们会认真聆听，并为之面带笑容。

　　第一次捧起这本书，是在一个感觉遥远的春天。黛色尽染的远山，青得滴翠的草，还有倒映杨柳初妆、粉面桃花的小溪。喜欢白衣胜雪的少女坐在溪边的桃花树下，书中的一行行字，曾令我迷醉。从那时起，开始认为文字是长了翅膀的，可以带我飞。

记忆的画面在书页里跌宕迂回，而我已不再是那个白衣少女。少时的青涩已经翻篇，转眼不惑将至，唯一不变的是手中书一直在握，不曾丢弃，如同抓住了梦的衣襟。时光太匆匆，而有许多书未读。在某些时候，我并不祈求许多财富，我只需要更多读书的光阴。生命是一场无声的告白和远行，也是一个人独自的朝圣路，如果你觉得孤独，那么请你带上一本书，同时带上你足够的虔诚。

　　灯光映照在手中的旧书上，有落花般的美丽怅惘。就在这时，万般巧合地，一片花瓣自书中缓缓飘落，已变淡的粉紫，透明如玉。捡起来轻放于掌心，相隔经年，居然还留着一丝清雅的香。记起来了，少时读书，喜欢把各种花朵、桃花、芍药、牡丹、木槿，一片片撕下花瓣夹在书里，像是藏起一个个香甜如诗的秘密。

　　这片书间花连同我的一些记忆飘落，在岁月的河水里荡起涟漪。我不由得再次起身去书架上抽取那些旧书，并一一翻开，果然，片片花瓣散落，如同一只只飞舞的蝶。渐渐，眼前竟繁花如海，我踩着花潮在书间行走，真的变成一朵自由行走的花。

最初的诗情

诗人问我，你也写诗吗？这句话像一只有力的手，一下子把我拉回生命中属于诗歌的一段纯美岁月。

我出生在伏牛山深处一个叫天桥沟的小得不能再小的小山村里。如果我的人生中确定有诗，那个小村便是诗心萌发的源头。

那里人烟稀少，人们只顾埋头春种秋收，四季变换的山水风景也是寻常，耳朵听到的不过是流水、鸡鸣和风声，似乎不晓得世外还有不一样的日月。我梳着羊角辫，穿着又鲜艳又土气的花布裤，坐在门前的石凳上，常常会不经意地把目光投向远方，远方是山，再远还是山，四周都是山，山阻挡了我望向外部世界的视线，也引发了我探索外界的渴望。看不见山外，我就仰头看天，看天上的白云，看它们不停变换形状，有时候看一朵云像是个穿着漂亮衣裙的小仙女，瞬间就变成了狰狞的大妖怪；大片涌过来的云像奔腾而来的一群骏马，一会儿又像妈妈从地里摘回来摊在房顶晒太阳的棉花。看天的时候，会偶尔觉得天不那么大，可为什么妈妈总说天掌管着人的一切呢？

这样想着的时候，也许妈妈正在从庄稼地里回来的路上，那时她还年轻，头发乌黑，眼神充满光彩，额头上挂着汗珠，肩上搭着毛巾，背着锄头，裤管高高卷起，虽然辛勤劳作了一天，走在回来的路上依旧那么充满力量，不知疲惫。当一只温暖的手抚上我的头顶，她已在我眼前，她脚边的篮子里，我有时看到的是红艳艳的野草莓，有时看到的是一串紫色的野葡萄，或者是几个青涩微酸的猕猴桃，或者一把五味子，或者两个八月炸、野莎梨等，总之，随着季节的交接，妈妈不断地变着花样把这些野果带回来给我们品尝。

渐渐地长大，我上了距家三里之外的小学，开始认字。家里还有些父亲的旧书，兄姐们的课本，我都拿来贪婪地读。至此，山外的世界为我打开了一丝丝缝隙，让我感到兴奋和一点迷茫。慢慢地，我觉得即使不向山外张望，我也知道世界的宽广，想着，有一天，我会飞到山那边去。同时，文字也成为我的寄托，我的小小翅膀。在有着皎洁月光的夜晚，我就伏在门前溪畔的一块光滑的大石板上，涂抹自己的心事，我写："早上，下雨了，老天爷一大早怎么就哭了呢？下午，彩虹和我们一起，笑得五颜六色。"那时很缺纸缺笔，我就找那种废旧电池，砸开来，抽出里面的一根黑色的、伙伴们叫"电棒儿"的东西在石板上写，或者是寻找一种叫化石的石头在地上写，那些浸润着月色的句子，我称它为诗。

我家距县城一百五十里，距镇上三十里，所幸在我十一岁时和同学去镇上看戏，邂逅了真正的诗。在当时还叫作乡的镇上，在唯一的一家破旧的杂货店一样的书店里，看到了一本汪国真的诗集，看到了那首《热爱生命》："我不去想是否能够成功／既然选择了远方／便只顾风雨兼程。……我不去想未来是平坦还是泥泞／只要热爱生命／一切，都在意料之中。"这些诗句瞬间就撞开了我心中的一扇门，我十分想拥有这本书，口袋里却没有钱，便赶忙求店主帮我留着，发誓钱凑够了一定来买。

回家后，我和同学到山上挖了几天草药，冒着雨去野外采金银花，又把同学卖草药的钱也借了过来，步行到镇上买了那本诗集，这本书几十年来依然保存着，现在还在我的书架上。读了汪国真的诗，我的眼里看到的任何事物，我心里的喜与乐、哀与伤，都是满满地奔涌着，好像必须要用文字表达出来，若不，我便会烦躁不安难以平静。于是，那早上花尖的晨露，那风中摇曳的绿柳，那山间奔腾的小溪，那林间吹过的风，那傍晚袅袅的炊烟，那深夜的一弯冷月，便纷纷进入诗的意境。

岁月长河，已到人生中游。如今，我已不会写诗。

生活的磨砺使人成长，却也丢失了一些东西。不过还好，每当尘世的洪流滚滚而来，总有剩余的一份曾经纯净不染的诗情，抵挡住汹涌的诱引，溯回到诗的源头。

梦回天桥沟

天桥沟，每一座山峰都盛开着白云，每一滴夜露都沾着星光，每一条小河都翻动着微微的波澜，每一条小径都藏着伸向远方的梦。

我虽已离开，却又未曾离开。眼前常常浮现屋后山坡上那随风摇曳的一朵朵小野花，红色的瞿麦、紫色的牵牛、粉色的野蔷薇，还有山沟里那一颗颗野果，酸甜的牛铃铛、绵甜的木胡梨、香甜的八月炸……

柴胡、桔梗、血参根、地丁、紫苏、金银花，每一棵药草都是上天赐予天桥沟人治愈病痛的神奇良方啊……跟着我去天桥沟走一走，我会告诉你每一种野生药草的生长季节与疗效。

天桥沟，是我永远走不远的脚步，回不去的时光。梦里的我挥着轻盈的翅膀，穿过城市的高楼，穿过一切坚硬，飞向那连绵的伏牛山深处，最后化作一滴柔软的水躺在伊河的怀里，在伊河的怀抱里继续做梦。

很小的时候，户口本上写着三个字，父亲告诉我念作"天桥沟"。上学了，我的作业本封面写着"天桥沟小学"。早上，墙上的喇叭用《歌唱祖国》的音乐叫醒我，我背着母亲做的花书包，由一条大黄狗做伴步行三里地去上早自习。我这个小小的读书郎在那条上学路上，一天来回三次，像一头不知疲倦奔跑的小鹿，一头求知若渴的小鹿。

当把天桥沟这三个字完整读写下来时，我一遍一遍念着，天桥，天桥。真有这座桥吗？为什么叫天桥？终于有一天，暴雨过后，我站在了天桥下边。我站立的位置前方矗立着两座山峰，在两座峰之间，有一架窄窄的石板砌成的桥，桥上飘着白云，白云笼着峰顶，这座桥果然像通到了天上。恰好那时桥的上方升起一道彩虹，虹如桥，桥如虹。虹是大自然的恩赐，而这座桥呢，肯定不是天赐的，那一定是遥远时代的前辈用双手与智慧，用血和汗水筑成的，他们架了这座桥，肯定是要去一个美好的地方，会是哪里呢？少年的我，第一次开始了思考。

那架天桥，那弯雨后的彩虹，让我触摸到了生命中的第一缕诗意，我开始写有一点像诗的句子。夜晚，让一轮明月为我掌灯读书，常常枕着落花进入梦乡。我有着诗一样的梦，想写出梦一样的诗。青年时期，这些诗句通过家里那一台小收音机在电台播出来后，我开始收到全国各地的听众来信。那信封上的地址仍然是：天桥沟。

我鼓起青春的帆去远行，脚步每停留一个地方，我都要告诉他们我来自哪里，来自那个山深处的天桥沟，我从不畏惧那些对山里人鄙夷的目光和嘲笑。我是山的女儿，我是水的姐妹，我是草木的弟兄，我是鸟儿的近邻。我喝着山泉水长大，希望像洁白的羊一样善良。

我像感谢母亲一样去感谢天桥沟，是那里接纳了我，是那里的山水草木、云影霞光，安放了我最初洁净的生命。我应该感谢，捧出我的心和挚诚。我是天桥沟飞出的一只小鸟，驮着梦飞翔，飞得再远再久，仍记着来时的路，素心依旧，任时光蹉跎，不改初衷。

后园那一株牡丹

　　小时候的天空像手掌那么小，山却那么高，高高地挡着我望向远方的目光。身上的衣服永远是姐姐穿过的，那么旧那么多补丁。而我们的后园却很大，仿佛比我看到的天空还要大。

　　后园就在土墙蓝瓦的房子后面，种着各种果树，松鼠在树上跳跃，鸟儿飞来飞去，鸡鸭在园里漫步。还有一大片菜地，我在园子里拿竹竿去追打叼吃蔬菜的鸡鸭。菜地边有口井，再干旱也不会枯，母亲担心我们掉到井里去，就用土和石块封了这井。

　　那株牡丹就长在后园的井边，见到它时已经绿叶蓬勃，笔直的茎，叶子如菊花叶的样子，像张开的绿色手掌，周围长满了一个个细小的锯齿。谁也不知它怎么在那里生的根发的芽，更不知它是一棵牡丹。

　　后来家里从山外来了一位漂亮的女客人，母亲让我们叫她洛阳姨姨，说她从洛阳来。她走进后园，无意中发现了井边的那棵植物，惊呼它是一棵白牡丹。牡丹？洛阳姨姨摸摸我的头，蹲在井边给我们讲了许多关于牡丹的故事，我听得入迷。从那时起，我知道有座城离我们有好几百里，有种花开时会惊动全城，全城百姓欢喜若狂，知道了历史上有个美丽雍容国色天香的女子。

　　洛阳姨姨走时，留下了许多书，其中一本正好是《红牡丹》连环画。没过多久，六里之外的一个小村里放映这部影片，我和姐姐结伴跑去看，回来时脱鞋过河，鞋还被河水冲走了一只。

我每天除了贪婪地读着那些书，还要无数次走进后园去看那株牡丹。那年三月底的一个清晨，牡丹结出了一个洁白如玉的花苞，上面洒满了晶莹的晨露，一颗颗露珠里又映出了无数个小太阳。这个时候我再抬头看天，觉得天空好广阔，山也没有阻挡我的眼睛。我居然想放声歌唱，想奔跑，想对着大山河流、草木庄稼呐喊。

这株白色的牡丹就悄悄地长在后园。当别的小孩炫耀他们的玩具、零食、新衣服并嘲笑我的补丁时，一向自卑怯懦的我立马挺直腰杆神气地说，我家有白牡丹，洛阳姨姨说那可是国花呢！他们便不再吭声，一哄而散。

我读五年级时，房子漏雨要翻修，把老瓦拆掉换新瓦。晚上放学路上我突然想起牡丹就长在靠近后墙的地方，三里路，我一路飞奔进后园。如我所料，它已经被压在一堆破碎的瓦砾之下，只露出几根枝，叶子有的被砸掉了。我一片片地捡起压在它身上的碎瓦片，找来一只破铁桶罩住了它。

山里寒冷，每过一个冬天，我都在担心，怕来年春天牡丹不会再发芽。但是春天来临，它亦如我初识它时，绽放一袭高贵清雅的白。它沐浴着清风月色，独自在我的后园绽放，美丽了我最初的梦，让我看到了诗与远方……

三月，洛阳城的牡丹正在积蓄一场倾城的狂欢，而我独念后园那一株牡丹。

山头飘过的南腔北调

　　我家住在伏牛山腹地，山不算太高，却是连绵不断。开门见山，抬头见山，真正的与山低头不见抬头见。大概是十岁时，我第一次去山上放羊，面对着空旷寂静的山野，心里生出一种担忧，生怕山上会突然冲下来个野狼或妖怪啥的把我和羊全都吃掉。不过，就当这个坏念头闪过时，西面山头飘过来一嗓唱戏声，声声似乎入了云霄中去，与鸟雀和鸣着，又冲入我的耳朵，一瞬间就扫去了我的恐惧。

　　仔细听，是有人在唱豫剧《花木兰》里的选段，唱得很是投入，他肯定不知道，山上山下除了有野花野草野树野果野河在听，小鸟小虫小鱼在听，还有我这个听众呢！就连我放的那几只羊，也不再跑来跑去，开始乖乖地吃草，吃得淡定悠闲，有滋有味，其中两只还卧了下来，一边吃草，一边咩咩叫着像是回应呢。我也找个干净的大石头坐下来歇歇，掏出小人书。

　　山上唱戏的人，分明是把这大自然当成了他自由发挥的大舞台，根本不用管什么西皮流水二八板了，也不管唱得好不好，有没有人鼓掌叫好。不用涂一脸油彩，伸出兰花指，披一身戏袍，只要那么独自往山顶一站，天地之大，一开嗓，万物都能当作听众呢。

　　我爷爷奶奶父母都爱听戏，我的记性也算不错，一些经典的戏曲选段，我也是记住不少，再听听，山上唱戏人一个人就唱了好几个角儿呢！

过一会儿再听，唱的是黄梅戏里的董永和花鼓戏里的刘海，一会儿又开始唱京剧里的包拯和苏三，接着反串豫剧里的穆桂英挂帅去了。又过了半个时辰，应该是到了山顶，山顶有尺把宽的踩出的小路，可以坐下来休息，这时唱戏的人，一定是看到了云朵在对面山顶缭绕，心底也忽然就涌起了柔情，不由得唱起了越剧"天上掉下个林妹妹……"唱着唱着或许是词忘了吧，接着就又唱成了"天波府走出来我这保国臣"。爱戏，唱戏，几乎什么剧种他们都会唱两句。

唱戏的人不用说，自是那些当时和我父亲年龄差不多大小的采药人、砍柴人，穿着布衣布鞋，灵活地从这座山头翻到那座山头，身手敏捷，被称为"山不怕"。他们常在山间出没，山被他们稳稳地踩在脚下。靠着山吃山，山是赖以生存的宝藏。只要勤快肯干，满山的野生草药，血参、柴胡、鸡头根、马蹄草、茯苓、桔梗、葛根等，挖了就能到三十里之外的镇子上卖掉，换些吃的喝的用的。山上还有数不清的野菜，蕨菜、葛兰叶、小蒜等；野果子更不用说，野葡萄、五味子、猕猴桃等，都采了摘了捎回家去。山上的枯树枯枝都是烧饭烧火的柴，药材挖得越多，柴捆捆得越粗，回家路上戏唱得就越欢快响亮，老远都听得到。

一声声熟悉的戏曲经典选段从山头飘来，哗啦啦摇动着树叶，滑过露珠，然后好像落进了山下的溪水。他们唱戏，一是表达心情，二是排解孤寂，三是找到同伴。在山上挖药材其实也是很枯燥的，如果这边山头唱唱戏，对面山上也有人听到了，也会唱两句，然后大声交流着收获和好运气。

山里的人接触外面的世界少，心里的故事却多。我的一个堂叔，不光会唱数不清的经典戏曲选段，还会自编自唱。花鸟虫鱼，家长里短都被编进了戏里，他更是远近闻名的采药人。那一年他跟着人潮去了广州，进了工厂，住进了集体宿舍，半月不到便回来了。因为某个夜晚，他忍不住爬到工厂楼顶大声唱戏，被保安骂了。从此，堂叔一辈子再没出过远门，也未娶，仿佛一直都在山上挖药，唱戏。听说，他还用卖药材的钱，悄无声息地资助了一个孩子上学，让我一下子肃然起敬。我很少见到他，偶尔一回见了，就开玩笑说，叔，给大家唱唱曹苍娃吧，他仍旧如以前一样，摸摸头，嘿嘿一笑，说唱得老难听，不唱吧。

在山中唱戏的人，其实大多是在人不多时候唱的。他们在山上时，无拘无束，敞开嗓子，或躺或坐或站，唱得东一句西一句，根本不怕唱成南腔或北调，自己唱个酣畅淋漓，不需要掌声和赞美，有群山回唱，天地广阔，他们唱出的只是自己。

忙趁疏雨看荷花

　　大雨从早上开始就下个不停，中午时方歇下劲头。我预测午后一定还有一场疾风骤雨正在酝酿。那么，要是骤雨过后再下一个多时辰的小雨，去看荷花就更可谓逢着好天光了。

　　午饭后，去往荷塘的路上，果然下起了小雨，如我所愿。撑着伞，裙摆湿透，心却快活。走到荷塘时，疏疏的雨点击打着伞檐，雨呀，一点一点，从天上走着遥远的路程，一步一步，不紧不慢地落下来。雨滴，滴在树叶、水塘、地面或伞上，有着鲜明欢快的节奏感。在广阔无垠的天地间，每个雨滴都好像自动保持着疏朗的距离，调皮地互相观望，轻声说话。

　　天空渐渐透亮，那是将出未出的太阳，隐在灰色的云层后面，把云的边缘镀亮了。雨滴透着亮光，一滴一滴落下来。如果说杏花微雨是属于春天的古典诗意，而荷花疏雨便是属于盛夏最美的浪漫诗情。趁着疏雨看荷花，不负花，不负雨，更不负自己。

　　被雨水洗濯过的园子，湿润清新，草木散发着独有的气息和味道，我有意挑那些蜿蜒泥泞的小路走，仿佛走回了故乡的山野。这时，突然起了一点风，雨滴倾斜，还没走到荷塘边上，还没看到荷花，便有一片粉红的荷花花瓣，像一只蝴蝶翩然飞过来，轻轻落在脚下，我赶紧弯腰捡起。这片花瓣莫非是先于满塘荷花来迎我的？

转弯，看到了荷塘。经过几场雨的侵袭，此刻那些零落的花瓣，肯定是迎着风雨盛放过的；而那些已经举着莲蓬的，和一些含苞待放的，迎风迎雨依旧安然无恙。每一片如盘的墨绿荷叶上都有随着风势滚动的晶莹的雨珠，不禁感叹于荷的高洁与自己的沧桑，为何花可以每年迎来新生，而人却只得随时光而老去呢？

我常常羡慕造物主对荷的偏爱，赋予她不染纤尘的娇躯，不像人，随时都有灰尘落到身上，看不见，掸不掉。荷不沾染尘灰，所以眉眼明净体态轻盈，心思简净从容高雅，选择在四季中最火热的时刻绽放自己。荷花不像同生于水中的浮萍，它的根和茎都是坚定的，坚定地托举着自己的花朵，保持向上的姿态。

而在朵朵红莲、青青荷叶映衬下的我，走过几池荷花，发现疏雨已住，太阳微微露出了一点脸。雨走了，风想发一下威，稍一加大力度，就听见许多动听的声音。一看，原来是风吹斜了荷叶，里面的雨珠便哗的一声落进水里，荡起一圈圈的涟漪。好多荷叶倾斜，好多雨珠落水，组成了天然的雨后荷塘交响。这美妙纯粹简单的音符，一点点融化了刚刚的一点愁怯，我仿佛看见自己的心中开出一朵洁白的莲。

当我以为这次雨是真的停了时，雨却不知何时又下了起来。还是那种漫不经心的滴落，不缓不急，这雨正合我的心意。忙趁疏雨看荷花，假如雨永不停止，就让我也永远不走出这片荷塘。

雪后的月亮

一场初雪过后，连日的阴雨雾霾隐去，阳光融融如春。晚九点半，匆匆走在回家的路上，同时也注意着脚下的残雪浮冰。

已经习惯城市街头的霓虹闪烁掩盖了星月之光芒，很少去仰望星空对视月亮。所以今夜如是，急匆匆赶着脚下的路。行至一街角拐弯处时，有一汪融化的雪水，我需要大步跨过去。就在我将抬脚时，水中出现了一轮月亮，皎洁明媚，含蓄沉静，我被这样的邂逅迷醉了，索性蹲下身来，伸出缩在棉衣袖里的手，像个孩子一样想去摸摸那月亮，然后又像个孩子一样开心。

于是想到，这雪后夜晚的一汪水是多么幸福，把月亮拥抱在怀里，虽然怀抱清冷，我想依然可以温热彼此。那些湖泊，那些海水，那些河流，孩童清澈的眼眸，甚至李太白的酒杯，都可以幸福地拥抱月亮，而我今夜却是借助了这汪雪融的水，才在尘世的繁杂和拥挤中看到了它……

站起身来，不由得轻轻摇头，嘲笑自己披着一身的是星光还是月光都不知晓呢。月光如水，我是否就站在水的中央，我是被谁忽视还是被谁记起。反正我是不该忘了在每一个夜晚，放慢脚步看看远方，看看天上。

这时，冬日雪后的月亮，有几颗星星陪伴，倾洒着亘古以来的圣洁之辉，映照在雪地上，和雪的孤洁交相辉映，呈现出一种难以言说的凄清和温情交织之美。我不禁开始惭愧，开始回想，是什么时候，我开始遗忘，开始拥有一双拒绝一轮月亮的眼睛呢？

曾经，夏夜的月光下，麦秸垛堆得像一座座小山，我们在这些小山中穿梭，玩着捉迷藏的小游戏，仿佛时光永远都不会老去。曾经，在门口河边的月色里独自起舞；曾经，趴在院里的青石板上借万顷月光看书写诗；曾经，总有一轮月亮伴我行走在归家的路或远行的路上。月亮啊，如今，我怎么了？今夜，我真感谢这一场雪，让我慢下了脚步，再次真切地看到了你，并用手触摸到你的温度。

月亮总是有无言的深情，而我们有时候太过喧闹与浮华了，不管怎样，月亮总是会原谅我们，用她的所有光辉和柔情包容我们的过失。

我不舍得跨过这轮月亮，也舍不得离去。不过，这水中的月是沉默的警醒，我依然要前行。于是，天上的月亮在我的前方，她走着，我走着。有时它被林立的高楼遮住了面孔，不一会儿又在前方了。我上楼，进屋，到一个个窗前继续寻找它，它没有离开我。窗下传来一个温柔惊喜的声音："看！今晚的月亮好美呀，多像太阳呢！"接着是一个小女孩的声音："月亮对我笑呢！我要亲亲月亮。"雪地上一串咯吱咯吱的脚步声音远去。今晚的月亮属于我，也属于这一对夜归的母女，更属于所有宁静和从容的心灵。

今夜，我让一枚明月洗去心头的尘土，在月光中恬然做梦。

第二卷

花影流年

付于一纸流年

我穿过时间的缝隙，乘云上轻舟，落于岁月的尘埃。

从此，一粒红尘写就的诗篇，上阕是诗意，下阕是烟火，结局入茫茫大荒。生命如此轮回，似乎大雾弥漫，却又清晰可辨。

我涉过数不清的河流，有无法拒绝的伤感。只因，那高高的峰巅，有长风万里的梦，起着波澜。所以，那抹遥远的瑰丽，是我辽阔的心原，浩瀚的天边。

我向着满天的星光，探问这世间万物苍生源头的密码，却一无所获。从何处来，到何处去？在荒芜而喧闹的地域徘徊踌躇，在等谁来摆渡？

我有一颗莲的种子，藏着灯火微亮的光，有着惆怅，有着欣喜，悄悄在春天的梵音里，播在心田的一角。莲的心事，终会盛开，没有悬念，只有比慈悲更慈悲的慈悲，比温暖更温暖的温暖。

我把生命里相遇的锦绣与踏过的尘埃，诉于一纸素笺。爱恨如烟，几多曲折婉转，皆化为风轻云淡。高山流水，何曾弦断。天地悠悠，谈笑间，轻舟已过万重山，再不见红颜水边。

我唯有执笔，且将造化万般，付于一纸流年。

当春天来临时

当春天来临时，所有的一切喧哗着，所有的一切也都安静着。语言变得苍白，只有心灵渐渐丰富。阴霾逃逸，云朵盛开，天空是澄澈的海。

当春天来临时，飞越严冬，每一个世间执着热烈的人，都是向往自由的飞鸟；都携着风的速度，太阳的温度，梦之羽翼展开再展开，一直展开到宇宙之外。

当春天来临时，藏起一滴泪，化成一朵嘴角微笑的花。岁月的感伤不足以打败信仰，而心之辽阔，却一定要盛得下未来。未来无限放大再放大，一直放大到无限之外。

当春天来临时，冰封的河敞开酣然奔流的冲动；黝黑的泥土发酵醇香，等待一粒种子；森林摇旗呐喊，群山遥相应答，如歌如颂响彻苍穹之外。

当春天来临时，燕子正飞过千山万水的壮丽，衔着晨曦与霞光、露水与月色，迎着大江南北的目送与呼唤翩翩而来，这是赶赴一场春天的约会。天地之间，因这场约会变得生动而深情，充满了生命的仪式感。

当春天来临时，想唱一首与春天有关的歌，想写一首诗歌颂，想对着浩瀚星空说一句话，想扑进母亲的怀抱，想紧紧拥抱儿女和爱人，想拉起所有善良人的手，我们一起走进春天吧，不问归程。

当春天来临时，我在花瓶中插一枝梅花，愿老人额头的皱纹不增，愿岁月能够拂去心底的冰霜，愿人间烟火馨香，俗世清欢亦多，愿时光放缓，愿故人不散。

把心事发表在春天

　　我不要再做重复的赞美和歌颂，歌颂那些美丽的花，那天空洁白的云，那一池春天里的碧水，那水影里倒映的柔柳。

　　它们之所以美，是因为它们自信而有勇气地做了自己，敢于冲破冬的牢笼，把自己的高贵和绚丽发表在春天的大刊上，让人们去阅读品味、感悟领略以及反思。

　　因此，我站在春天里，郑重地捧出一颗心，放在阳光下晾晒，接受阳光的抚慰与洗礼。

　　让春的手掌暖暖地滑过，抹去一整个严冬残留的浓雾、冰霜和阴霾，也抹去曾经的过错与不安，让自己忏悔醒悟，以至于不再迷失彷徨。

　　风吹来，请带走岁月留下的浅愁与哀伤，让我接受一双翅膀的赠予和感恩吧！我在春天里渴望与等待！

　　我要继续在心田里播种，蓬勃的种子一直都在发着光、唱着歌欢呼，吵嚷着、拥挤着急于破土。

　　我已习惯了在春日的早晨，翻开干净的泥土，种下一颗颗种子。

　　这些放在掌心的种子，被童真的眼眸凝视过，被母亲的胸口温暖过，被善良的人们传递过，从过去到现在，从现在至未来。

　　种子喜欢干净的土地和美丽的心事，因此它们选择了小小的心田，却勇敢长成一片片广袤无垠的世界。

春天是如此辽阔而盛大，以至于天下万物，都想把自己当作春天的某一个章节、某一个段落、某一个词语，甚至哪怕是某一个符号。

其实春天从未空白过，挤进春天书页的所有一切，必定是最顽强不屈的生命，和最不妥协的纯真灵魂。它们被春天无条件地迎接和收容。

我想把我的心事发表在春天，所以我一定要奋力冲破坚冰与一切屏障，让春天给我留一片空白，画一个完美圆满的句点。

一棵春草的低语

在春天到来的时候，我只想做一棵草，千万棵中的一棵。

请允许我，在某一个清晨，朝阳升起映红云霞的时候，让我破土而出。我要清新的风、干净的空气和和煦的阳光。我知道它们不会吝啬，会倾情而出，迎接我。

尽管我只是一棵草，看似卑微，却也有着属于自己的喜乐。我不嫉妒一朵美丽的花，不艳羡一棵参天的树。我无意争春色，我只做自己。亲吻泥土，听小溪欢笑，听风唱歌。

对了，我一定要长在溪边。

云雀飞过来了，在水面印上美丽的影子；扎着蝴蝶结的小女孩来了，洗洗嫩嫩的小手；吹着柳笛的小男孩来了，咚的一声扔进去一颗石头，一颗接着一颗，咚咚咚，仿佛春天敲响的鼓点，敲散了溪中摇头摆尾的鱼儿，惊飞了树上的小黄鹂。

挎着篮子的几个奶奶也来了，挖的野菜多得都挤出了篮子。她们挑了块石头坐上去，慢慢地择，慢慢地洗，时光就这样优雅地慢着，慢着。

我就在这溪边吧！今年在，明年依然在。这溪边多么美！

飞舞的蜂蝶，请不要告诉我远处的土地有多肥沃；南归的燕子，请不要炫耀你飞过的山河。

我只愿在这里，或者岩石的缝隙中，年复一年地生根、发芽、生长、枯荣。

　　我不离开这块无限生机的土地，因为，我是这块土地的主人，我是春天里的一棵草。

醉卧芳草感念春

应该感谢生命中的每一个春天。在幸福时感谢，生活将更加甜蜜；在失意时感谢，前进的脚步会更有动力。春天赋予我们太多的憧憬与希望，足以让某个坚硬如冰的心灵变得柔软丰富，变得温润善良。

最先迎接和传递春天讯息的是那些静悄悄破土的小草。它们拥挤着、争抢着，在大地上舒展新生的身姿，风来了就歌唱，雨来了就微微地弯弯腰。等到桃花红、杏花白、梨花落的时候，小草互相挽着手臂在大地上铺起一层绿茸茸的毯子。

当踏春的人走得累了，看花的人醉了，一片片的芳草上便醉卧了许许多多的人。或手捧书卷，读那些可以激荡心灵的文字；或枕臂看天，看朵朵白云舒卷。阵阵微风吹过，片片花瓣飘落于脸颊、衣衫，总是舍不得拂掉，总是想把春天的花香带回每一个梦里，染醉一生的梦境。

春天就是有让人沉醉不愿醒的魔力。醉卧芳草，于蓝天白云之下，让自己的身体和大地新鲜的血液一起流淌，让自己和春天的脉搏一起鲜活跳动。这个时候，世界开始变得空阔、安静、仁慈，所有的不快烦扰缓缓消失于无形，心底变得澄澈明净，无波无澜。花开火炽、肆意凋零都无须在意，所应珍惜的应是眼前这令人如痴如醉的春天。

　　花开花谢忘荣辱，醉卧芳草感念春。花是主人，草也是主人，人更是自己的主人。感谢春天的博大与宽仁，感恩春天用心捧出的繁花似锦和绿草如茵，青山巍巍和绿水悠悠。感谢春天带给每一个人敞亮美好的情怀，感恩春天赐予万物崭新的生命。

　　醉卧芳草，感念春天，用一生的时间。

花香诗意共流淌

遥远的大唐，一朵朵倾城的牡丹在诗仙的笔下盛放。"看花东陌上，惊动洛阳人。"洛阳城中的花下客，宝马香车，荡起尘土漫漫，在洛阳桥上缓缓而行。洛阳四月花如锦，一阵风从洛阳东吹起，花香飘到了洛阳西。

杜子美吟道："白日放歌须纵酒，青春作伴好还乡。即从巴峡穿巫峡，便下襄阳向洛阳"。他大半生漂泊异乡，因受战乱之苦而生活拮据，可不管生活多么艰难，日子多么难熬，他始终想着洛阳美好的往昔生活，这种绵绵不绝的情愫令人动容。当他卧于别处的病榻上，被病痛和忧愁折磨时，一想起能够有机会返还洛阳，便欣喜欲狂，想要立刻飞向那个牡丹呈艳态的人间春世界。

白居易在五十八岁那年的四月回到洛阳，在龙门山香山寺长期居住。在他众多咏洛阳歌牡丹的诗中，"绝代只西子，众芳惟牡丹"正好与诗仙太白"名花倾国两相欢，长得君王带笑看"形成鲜明对比。太白把杨贵妃比作牡丹，白居易却只承认绝代的是西子，众芳花冠为牡丹。杨贵妃和西施一肥一瘦同为绝代美人，而诗人却各有偏爱，但都独宠牡丹，最后在天香国色的牡丹面前握手言欢。

这座开在牡丹里的城池，聚集了古今多少目光。一首首的千古丽句，写尽绝世的繁华锦绣，却写不尽洛城千百年的光景丽天。如今洛阳四月，满城的花满城的醉，亦如千百年前，满城的笑语欢歌，连一颗石头都会飞翔。

洛阳四月，老城的每一条巷子，都飘浮着老皇城的古之风韵，悠长在史卷深处。唐朝是诗的海洋，四月洛阳是花的海洋。老洛阳的美，在唐风宋韵中氤氲；新洛阳的美，在新世纪的画框中更加多姿。新老糅合之美便开成了一朵更加美丽的牡丹，倾城一笑醉了全世界。

洛阳四月，为了抵达，值得你为它修一条路，作一首诗……

我在春天之外

无数的花朵，在春日愈开愈烈，仿佛要走向永恒与不朽。而我，却在春天之外。

一只鸟衔着无数的谜团，叫声仿若一滴水落入大海。

深夜，我陷入一片密林，继而被围困。我怀疑星星的眼睛是拯救的密码，其实不是。

这个世界并不缺少答案，也不缺少不息的寻找。

一根根迷惑的绳索，总在足上缠绕，离幸福很远很远，甚至绝迹。

时间，扇动隐形的翅膀，所掠之处花开花谢，灰飞烟灭。

窗外繁花似锦，而这正是我苦悲的源头。

如果，青灯正燃，莲花初绽，明镜菩提。

那时，是否可以褪掉躯壳，看见我灵魂的卑微，不再跋山涉水。

那时，盘踞的苦悲，渐变。由黑化成空空的白，消散。

无数的花朵，在春日愈开愈烈，正在走向永恒与不朽。而我是否能在百转千回之后，抵达春天的中央？

诗意初夏

　　一缕轻风，裹挟着野蔷薇花的香在大地上飘过，姑娘们的小碎花长裙开始在风中摇曳。有点温暖，有点微凉，有点落花的忧伤，有点热烈的向往。惜暮春落下的花瓣，不如爱初夏。

　　这时的阳光有微微的羞怯，人们也习惯从头顶的树叶间偷偷去看它斑驳的光。同时阳光正在酝酿一场盛大的热恋，所有的生灵是否做好了准备？每一片叶子都在五月的暖风间翠绿，在枝头歌唱，把没有止境的绿色和晶亮的歌声向原野的更深处蔓延。

　　最爱那些麦穗，它们越过了两个季节，此时正积蓄着身体里所有的能量，一棵棵饱满的麦穗像是紧握宣誓的拳头，它们的宣言在风里播散，那是一个关于浩大的金黄色的梦境，无边无际。不久它们便将成为这个季节最耀眼夺目的主角。

　　走在初夏的田野，人会被迷醉。就连眼前掠过的一朵蒲公英，地上偶尔落的一只小鸟，都会使人心怀感恩。看到满脸皱纹的老人的微笑，听到年轻妈妈怀中婴儿的啼哭，都会让人心头生出宁静与美好。最重要的是，常年耕作的父辈们，可以把收获的希望和喜悦无限放大，放大成无限广袤的天空和原野。

　　火热奔放的夏是一首热烈的诗，而初夏就是青葱、蓬勃、壮美的开篇。我们在诗的开篇里游走、喜悦，逐步走向一首诗的完整。

野蔷薇随风飘落

青春爱与忧伤的序曲缓缓从遥远的岁月深处一点一点蔓延过来。像柔软的春风渗透心底，拂动丝丝涟漪，清澈、温暖、柔软。

钢琴的琴键在少年的手下跳跃，一声，一声，一声，一声，敲击和咏叹。

这时，如凄婉诉说般的二胡响起，落叶一片，一片，一片，一片，飘过寂静的街道。少女一直站立在风中。

钢琴和二胡的一问一答，如在风中互诉衷肠。

又如永远无法重合、无法牵手的情侣，像是隔着烟雨千山，江河万重。

然而最后，那条街道只剩下风，剩下一开始就飘零的爱与往事。

深深地迷上矶村由纪子的这首曲子时，我的容颜正飞速老去，今晚正老于昨天，一切都悄悄地进行，时间的魔法就是如此。

可是总觉得在一条路的尽头会有一个秘密揭开……究竟是什么，真的不清晰，像梦中那些隐隐约约的片段。

我不管这首曲子有如何的创作背景，背后又有如何的故事。我在反反复复的倾听中沦陷，让心融化成秋天湖面上的一丝水波……

我看见这样一幅画面：群山静寂，溪水蜿蜒，野蔷薇花瓣随风飘落，一条没有尽头的小路上，我穿着那件白色长裙站立着，遥望远方……

画面一直定格。

这首音乐像是画面的背景反复回响……

青春就这样落幕了……落幕了。

那遥望远方的姿势渐渐模糊，未来似乎清晰可见。

在走过的路上，遇到了什么，错过了什么，得到了什么，失去了什么……

听这首音乐，心底柔软的同时，其实还有那么一点点痛惜和遗憾。

那些不完美，回不去，挽不回……

《风居住的街道》，当最后一个音符停止，关于青春和爱情也正式宣告结束。无法原谅的终将原谅，不愿回想的不再回想。

野蔷薇粉红花瓣飘过的小路，此时不知谁在走过，谁在等待……

泛若不系之舟

江水浩渺，愿此生若不系之舟，恣意天地，无牵亦无挂。上沐星月之辉，不染名利之尘；闻有清风天籁，不听世事嘈杂；目过虹彩云霓，不看美丑褒贬。安之若水，不慕繁华。

于大江之畔的世界，不是每个人都能与现实和解。人心，是世界上最柔软易伤的地带，而那些如石如铁一样坚硬的残酷，却不时狠狠划过，落下一道道无法治愈的伤痕。

心伤远比时间飞逝所带来的感伤强烈万倍。那些被肆意忽视和利用的人心，恰恰是生命中最纯真善良的部分。而有些人的贪婪、无知、狭隘、自私、膨胀，其实何尝不是走向自我毁灭。

无论任何一个时代，良知都是人类最美的内在，一切伪装的企图，最后不过是丑陋无比的皇帝的新装。

大多数人在尘世之中被囚禁了手脚，有太多的无奈辛酸和抗拒。可是，这就是宿命吗？或者是仅仅为了生存而付出的巨大代价？这样的代价虽闪烁着人性的微光，但又如何抵挡住那些面具背后藏匿的恶意？

人与人之间，在很正常的交往之中，千万不要低估，或者利用他人的善良，然后再去诋毁。也别得意地认为，自己所做的没被他人察觉或意识到。对方的沉默是一种修养，有属于人心的柔软和美好的存在，散发着动人的芬芳。其实，那更是映衬某些虚伪和伪善的镜子。

人性的复杂与不可测，其实是人最大的苦恼。放不下苦，就得不到甜。如此，是一个无比庞大的结，我们往往在这个结中，反复触碰伤口，反复咀嚼痛楚，反复怀疑与否定。

我们就在这样的反反复复中，完成了生命中的一个个章节。最后，翻阅者仍是自己，没有人可以替代你的感受。想想，生命是如此荒唐，又如此荒凉……

总之，每一个生命，只要有继续活着的勇气，便是值得被歌颂的。善良和悲悯是做人的境界，任何人都不要轻易去评价别人的行为和践踏他人的自尊，因为这也是对自己的尊重。

人，若为江上一不系之舟，必定简单纯粹，来去自由。

任沧海横流，唯我一舟。没有羁绊，逍遥时空，何惧岁月敌手。风霜不欺，无问西东。

月光和花朵

月光淡淡，流淌在田畴之上。万顷的心事与秘密。

在秋天，仿佛秘密更多起来，拖延的败落与凋零，急切的成熟与索求。

沉重的躯壳，似乎在合适的季节错过了蜕变，而把心也包裹得愈发坚硬。

《夜的钢琴曲五》随月光流淌而来。简单的音符，简单的旋律，却演绎出一种融化坚硬的神秘力量。

第一次听这首钢琴曲，以为是外国音乐。后来知道作曲者竟是国内的石进，从此，我便记住了这个名字，深深爱上了这首曲子。

多少次认为自己的人生就是黑暗无尽的永夜，不仅走不出，也逃不出。背负太重，路太曲折，像一个走不出黑夜压迫的守夜人。

作曲的人，此生无缘见到，但，我愿引为知己。因在人生某些昏暗的时刻，这首曲子带我走出了那些并没有信心走出的永夜。

生活中轰鸣般的苦，潮涌般的痛，乱麻般的无奈，如刀尖上的挣扎，在音乐温柔的攻城略地下厉兵秣马。

那一个个音符，直击心上层层坚不可破的硬壳，一点点温柔地敲碎，然后，旋律伸出温软的手在心上一遍遍轻抚，妙不可言地传递着治愈与温暖。

带着梦的光亮和颜色与夜告别。告别不安、恐慌、悲愤以及叹息,让希望轻轻破土。直到最后,心彻底被融化了,变成一池映着月光与花朵的水,变成飞着蝴蝶和蜻蜓的花园。

　　仿佛美好的爱就要降临,至此便成永恒。

诗人的女儿

今夜，独坐房中，浮想联翩。再过几个这样的夜晚，当高悬天心的一轮蟾月终于圆满，我将从你的掌心走掉。一匹白马，将驮着我离开。驮着你饱满的爱，你为我写过的数不清的诗。此刻，我的内心，反复，反反复复，回荡着一个声音：我是诗人的女儿。

我是诗人的女儿。在生命的最初，我就看你在清晨的第一缕阳光里写诗。看你眼睛里的湿润，闪烁的光彩，听你深沉的叹息。我还看到，我在你新鲜的诗行里奔跑、欢笑、哭闹、撒娇。

在星星缀满天空的夜里，你会轻轻为我披上外衣，放在膝上摇哇摇。我喜欢看香烟在你的指间一明一灭，甚至喜欢嗅你身上淡淡的烟草味道。然后，你开始在星空上写诗，一行又一行，一行又一行。星空那么大，而你的诗，永远也写不完。

你的胸怀，浪漫而又宽广，世间万物都走进了你的诗里。你是清贫的诗人，也是整个世界的王。而我，就是捧在你手心里的无可替代的珍宝。你捧着……捧着……我实在无法想象，当我突然离开，你的掌心一下子空了，作为不可一世的王，你的内心会怎样。

佳期在一天天迫近。我看见，你开始忙碌，调动由文字、标点符号组成的千军万马，不惜挥霍所有的智慧和才情，为我写诗，作为我的嫁妆。这份嫁妆，既简约质朴，又奢华无比，可谓全世界独一无二。为此，我感到由衷的自豪，因为，我是幸福的公主，而你是诗的王，我的父王。

我是诗人的女儿。我将披着诗的嫁衣，带着诗的祝福，踏上由诗铺成的红毯，走向神圣的婚姻殿堂。

我是诗人的女儿。

聆听秋雨

秋的大门刚一打开，雨就孜孜不倦。它们不惧路程深长，从遥远而苍茫的天空中密集落下，仿佛背负着某种使命，或许，这真的是它们的任务。

它们声势张扬、矩阵排列，一滴滴并肩落在各种物体上，发出沉闷或明快的声音，像是胜利的凯歌，又若莫名的低吟。满怀心事的人听雨，不免听出烦乱，而心怀憧憬的人听雨，尽是洗尽沧桑后的坚忍与坦然。

雨，曾经是思念。在秋雨里最容易思念一个人。雨滴有多少颗，思念就有多重；天与地的距离有多远，思念就有多长。但是，思念是沉默的，埋在雨声后一颗易感的心里。

在人世行走，蓦然，脚步已经走到秋季。在人生的路上走过四季，谁不曾历经几场风雨，谁不曾有过几次漫天的哀伤。谁不是在一场场雨后，期盼看见天边的彩虹，看见满天的星光，期盼着奔向自己那一片海。

雨，也是一种警示。一场秋雨一场寒，可对付这种寒冷只需简单地加衣。而真正的寒，却是岁月不待，年华易逝。这样的寒，才真正令人不寒而栗。而雨，尤其是秋雨，它用它一场接一场的寒，在催促你的勇气，奋发你的精神。告诉你，如果后退，如果不勇敢，冬季，真正寒冷的冬季就要来了。

尘世中的一切挣扎，终将会被一场场秋雨带走，而你我也将一次次叩响岁月必经之门，一次次超脱和救赎。

聆听秋雨，就是倾听内心的声音，就是读自己心头的书，就是念自己心中的诗，走自己的路。

聆听秋雨，就是聆听辽阔，聆听浩瀚，聆听生生不息的爱与向往。聆听秋雨，就是聆听一种忠告，感受一份真诚，与时间和一切化敌为友，走向明媚与成熟。

重渡，划一叶扁舟向你

曙色，将要穿透这个隐秘的早晨，万物近乎默然不语。时间的坐标指向初冬。

村庄被层层白霜覆盖，暖暖的冰冷。炊烟以舞者的姿态，低调地讲述童话。

群山张开的臂弯里，溪水唱着婉转古老的歌谣，每一声咚，咚，都是反反复复地懂，懂，是呀，山与水最懂。

走过一片竹林。再走过一片竹林。仿佛走入竹子造的迷宫。

若此生，是一场相逢，就在这迷宫里走失。不必寻找出口，不让世界知道行踪。

躲进竹子小楼，从此后，琴声袅袅。竹篱笆隔绝尘世纷扰，小小院落，皎皎月明。

哪一日，手中书看倦了，随手一抛，落入满地花瓣。想要去那云端走走，必定有人在门外等……

就想在这里流连，不想余生。谁也不要问我归程。要问，去问流云，去问鸟鸣，去问花朵，去问天籁和晨星。它们会有完美的答案。

走了多么遥远的路，在这尘世。可是，仍旧不够勇敢。唯有仰着头，迎着雨迎着风……

终于，还是走出了那一片片竹林。若干年后，在何处驻足，又能在哪里重生？

重渡，重渡，划一叶扁舟向你。重渡沟的山水，是最好的见证。

一只蝴蝶还未飞过沧海

深夜，夏雨敲窗。夏天的雨总是讨人喜欢的，不像秋雨勾起人的惆怅，冬天的雨更是冷冰冰，像走入人生的最后暮色苍茫。

听窗外的雨声，我突然毫无意义地遐想，世界最初的一场雨淋到了谁？那么最后的一场雨又会滴落在谁的发梢？

时间哪时间，旅程太短，岁月的列车又太快。我这个始终在雨中奔波的旅人哪，从来都来不及回味，来不及再见，甚至来不及相见。

雨，语。雨向来就是个合格的表述者，很少沉默。一旦发言，便把人的心思撩拨得千回百转，仿佛每一滴雨里都滴下一段前尘旧梦，爱恨情仇。于是，多少人的思绪在雨夜里翻滚难平。或许是一场青春无法牵手的遗憾，或许是一段不堪回首的心痛，或许是隐藏心底的秘密与愧疚，都随着雨声飞扬消散……

雨，也是百味人生的和弦。时间煮雨，岁月无痕。再美好的少年也将满头华发，再灿烂的青春也一去不返。人生的华章似乎还不曾奏响，弦便无可预料地断了。每一个人，无一例外地被钉在时光飞逝的魔咒石上，任谁也无力与之对峙。

一只蝴蝶还没飞过沧海呀！我们的人生便成了断章，即使满满的沧海水为墨，又有谁能再执笔续写，生命可有归处？可见来处？

雨一滴一滴落得紧密，声音使自己一阵阵心惊。这样的雨夜，光阴正一寸一寸流逝，而人生总有许多事未竟。这雨，正用它的语言催促和警示，使人不由得想踮起脚，去寻找晴空，触摸曙光……

在安喜门等候

世间有多少女子，不管正值妙龄或青春已逝，心中一定都偷偷藏着一个美丽的旗袍梦。所以才会把这柔肠百转的情结，打成梦一样婉转的蝴蝶扣、凤凰扣，让心绪在某个黄昏或早晨翩翩起飞，期待一次最灿烂的心动。

借春风十里与一城牡丹，把十三朝古都的神韵与洛河水的灵动，用十万根情丝织成一件华美的旗袍穿在身上，你这中原的女子，河图洛书滋养的书卷气的女子，一样如江南的佳丽顾盼生姿仪态万方，轻移莲步走入水墨画中。

行走在安喜门前的街，红毯款款碎步轻摇，你就是玲珑的山水、明媚的春光，你就是流淌的古韵、绽放的牡丹，你就是百花丛中最独特耀眼的那一朵。抬头低眉间，春山可望；转身回眸中，水光潋滟；眼波流转里，尽是绽放的妩媚、大气、自信与从容。

你一步一步走来，如踏着五彩祥云；举手投足中，尽显优雅风范。动听的足音叩响东方神韵，把热爱表达，把经典传承。你一步一朵白莲花，清风明月；一步一行婉约词，过目成诵；一步一首天籁梵乐，空谷莺啭，奔泉生风；一步一生的淡然简净，温柔笃定。

旗袍如诗，万千笔墨不够书写它的芳华；旗袍如花，岁月从不败美人。旗袍是典雅的符号，撑一把油纸伞，你就是那丁香般芬芳的姑娘。淡淡的忧伤也是美好，像旗袍的一种气质，内敛、含蓄、矜持、热烈、纯真而高贵。每个女子一生一定都要穿一次旗袍，把真爱加持在身，等一个懂的人，值得等的人，等他跨越山海而来的路程。

穿上旗袍，你一身婉约，在百花深处等候；你超凡出尘，在故事里等候；你笑靥如花，在不老的岁月里等候。穿上旗袍，你便拥有永不凋谢的花样年华，如星辰永恒。你在古老而年轻的安喜门等候，等候天长地久和一场场春风。

怕踩疼一片落叶

一地落叶。

走着，走着，仿佛愈加彷徨。生的渴望伴着生的无边疼痛。踮脚，我想看到更美的星光。

一树的黄叶吻过了残阳，开始坠落。像我没有起飞就折断的翅膀，跨过泥泞、沼泽、荆棘，仿佛还不够。看不到那云岚、花开、虹霓，仿佛相距十万英尺。

我不是在做一个虚幻的华丽的梦。我只要让我的灵魂像一片羽毛般轻盈。乘着风的自由，不改最初的模样。在这世上我仿佛走了很久很久。谁也不知那条忧伤的河流的源头。

其实，我真的走了很久很久，可依然空着双手。我不怕空着双手，其实世上很多东西与我本无关系。

我只需像一直站在水边的孩童，用眼睛和心捕捉转瞬即逝和永存的美好。我很怕沾上世俗的尘埃，所以一直站在水畔。即使年华老去，依然能在水中看到自己的清影。

岁月是一支离弦的箭，速度太快，刺痛心房。满地的落叶如舟，载着纷纷的忧郁飘荡。

我在风中走着，怕踩疼每一片树叶。冬天来了，我又怕踩疼一片雪花。

我小心翼翼，是这个世界上听话的孩子。请你不要无视我的透明，其实那是天真而忧郁的水晶。

　　我认真地行走，认真地热爱，认真地为完美沦陷。用最深沉的厚度包容万物沧桑，抚慰过往。

　　渐渐，我听到遥远的呼唤；轻轻，我穿过重重屏障。此身，是谁，是我吗？一切，被一滴为苍生留下的眼泪，打湿，却温暖了冰凉的月光和一地落叶。

你在大漠看胡杨

在一帧帧的画中，在胡杨树下，时光定格，阳光定格，黄沙定格。

你身处大漠，每一粒沙都浮动着清澈动人的旋律，我看到你的面孔如深秋的天空一样纯净。

天边似有悠远的音乐萦绕不绝，沐浴着天地辉光，一切都纯洁如婴儿。

在那样遥远的地方，我不知道春天可曾光临过，可它永远都美得那样苍凉与悲壮。

仿佛一切停止，仿佛这世界，原本就是如此。

那样纯粹，那样壮美，那样令人想要抛开所有，让灵魂和身体一起奔赴。

如果来路不幸被黄沙掩埋，那就眠于胡杨树的根须中，静静地积蓄力量。

我时常感慨这世界的绮丽，美不断衍生，缺憾却也总是紧随其后，像逃不脱的命运。

我困顿在不属于我的城中，总想在无数个黑夜，牵起它的一点衣角，抓住属于自己存在的质感。

霓虹闪烁，是一双双迷茫无解的眼睛，窥测孤独，也窥测失落。有谁知道一件件厚厚的冬衣，裹着的到底是善良还是虚伪的躯壳。

天上时常会飞过一些鸟儿，有时衔着云朵，有时衔着流言，有时留下一声艰涩的暗语，便不知所终。这世界总有许多跋涉之人，穿过无数河流，妄想洗去尘土。

我想卸下所有背负的石头，打开一条通道，去和自己的灵魂做一次彻底的对话，我寻求着自己存在的终极意义，也许这才是属于我的真理。

为寻找，我选择一张旷远的背景，多想去看一次胡杨。

即使走到时，白雪纷纷把我淹没，泪水洒满沙丘，风霜刻满脸庞……

我们去看一棵胡杨，就是去给自己的心朝圣，也是和曾经的自己诀别。

不再一次次无畏地倒在虚无和空旷里，发誓在黎明前流下最后一滴眼泪，推开一扇紧闭的大门。

伤痛终究会在经历暗夜后愈合，而信念始终一定要像你千年不倒，我梦中屹立的苍茫，苍茫中屹立的胡杨！

借一片月光

月光静静洒下来，如此慷慨。如水一样，善润人间万物，包括心。

我不敢浪费，这一年一年流逝的月光和曾经的青春，它们决绝的脚步，从此一去不回。

今夜天地间，就让月为王，我愿永恒地臣服于它的辉光。

倘我微若尘粒的半生，曾经有过错误的路，那我可否借一片月光救赎？

心被月光填满。满满，都是透明洁净的颜色，把哀怨、伤怀、感叹、沮丧，以及执念，通通弃若敝屣。

月光占据心田，不可抗拒，这如此完美的治愈。连曾经的疼痛都变得温柔，连曾经的失去都不再觉得遗憾，连曾经的伤害都觉得是馈赠，连曾经一滴滴暗夜流过的泪珠，都变成一朵朵飞舞的花瓣。

当我的目光，久久与天空那轮皎洁对视时，恍若这走过尘世的沉重躯体，正生出闪闪发光的双翼，朝神秘的方向飞去。

从此，我不再是这世间一块坚硬粗糙的石头，我是涅槃的一只鸟。

一边飞，一边长鸣，即使声音微弱，即使谁也看不见我，即使独自飞过茫茫苍山，茫茫长河，即使一支支暗箭射来，也唱给自己一首原创的歌。

　　月光也曾让我触摸到诗，触摸到时空，触摸到生与死的交替轮回，也触摸到什么是不朽。

　　每抬头看一次月亮，就能看见吟诗的诗人，就能看见独一无二的李白。他的生命在一首首诗里重生，他的名字在一首首诗里闪烁光芒。他和月亮一样永恒，他在月光和诗里走向长生。

　　今夜，就让我借一片月光，扬起最后的风帆，扔掉无数途中的羁绊，驶入梦中那一片向往的斑斓。

与一本书久别重逢

三年前的一天，我正在家附近的城市书房选书借书，微信响起，打开一看，是文友卫老师。这是一位很有才华的老师，古文功底深厚，尤其擅长古诗词创作，同时也是一位嗜书如命的人。他发来一个视频，视频上是一个旧书摊，然后镜头对准了一本书，封面是《古文观止》，又翻开一页，上面用蓝色钢笔字竖排写着三个大字：李彦霞。

这字我非常熟悉，三个字都是描边的，这是那个年代的标志，无聊的时候，就给字描边玩，就像纳鞋垫的人绣字一样。这个李彦霞我更熟悉，是我曾经用过的笔名，因为觉得自己的本名艳霞的艳字过于俗气，才用彦霞做笔名，并且还发表过文章。

我还清楚记得，在二十几年前，我在野外采了一夏天的名叫夏枯草的中药，才攒够了买一本《古文观止》的钱。在少女时代我对书的渴望极其强烈，尤其对自己付出劳动换来的书更加珍爱。当时对《古文观止》的理解并不深入，可我知道自己的路还很长，有充足的时间去领悟和消化，于是日日放在枕边，有时间就读上几页。那时候山区的信息还非常闭塞，相对落后，有书看是比较奢侈的事情，而且真正喜欢看书的人也并不多。每当我读了一本好书就总想与人分享或者交换着看，于是就有一些书被辗转传借，在这个过程中，一些书不知流传到谁手里，经历什么样的命运，就再也回不来了。这种感觉非常痛苦，非常遗憾。

也许是越珍爱的东西越容易失去。一个表妹来我家，看到了这本书，说要借回家看看，我内心是抗拒的，因为我怕这本《古文观止》也将去而不返。事实正如我担心的一样，尽管当初我再三交代，看完一定要尽快还我，这本我珍爱的书还是失踪了。那时没有通信工具，交通也不便，当再次见到表妹已是一年之后，她却轻描淡写地说她有次不在家，书不知被谁拿走了。我一时无语，什么也不想再说，心像被割掉了一小块一样难受。

卫老师发视频之后直接追问了一句，这是你的书吧，我说是。他说，无论如何也不能卖自己的书呀！于是我把这本书的经过告诉了他。卫老师把书买了下来，说有时间给我送来，我说不用了，等有时间我亲自去取。

一遍遍看着视频上写着我名字的书，仿佛与一位至亲至爱的人在漫长的久别后惊喜重逢，这真是一种幸运。

由于种种事情缠身，我没顾上去卫老师那里取书。卫老师又发给我一张图片，他用一张牛皮纸细致地给这本书包了书皮，还用两种字体分别在书脊和封面写了书名。我对于自己的迟于行动深感歉意，便说，老师，这本书流浪二十年后结缘于您这个爱书人，也正是它最好不过的去处，就留在您那里吧，任何一本书，爱书的人都可以是它的主人。

还是回归它最初的主人吧，卫老师坚定地说。去年初秋的一次文学活动上，卫老师把书带给了我，从此，这本遗失在岁月深处的书，便可与我天长地久。

第三卷

纸上日月

新春第一声

信号时有时无，不停用手拍打才肯发出声的收音机，替代了墙上挂的喇叭。小时候的我想破脑袋都搞不明白，这种神奇的东西怎么会发出各种声音，做梦都能梦见自己钻进收音机里去一探究竟。

在外地工作，只有春节才回来的父亲，再次带给我们更大的惊喜，一部半旧的双卡录音机。这玩意儿差不多占据了大半个饭桌，看着极其威武气派。它不仅能收听好多电台的节目，还能放磁带。晚上不开灯，能看到录音机上红红绿绿的几个小指示灯闪闪烁烁，神秘得很。跟着录音机回来的还有一大纸盒磁带，有豫剧《抬花轿》《朝阳沟》和评书《呼延庆打擂》《杨家将》等。而最能将附近的邻居吸引来的则是曲剧《李豁子离婚》，胡希华老师的声音一传出我家院子，便有人陆陆续续登门。有的搬着板凳带着手头的活，有的干脆就坐在我家屋门的门槛上，再没地方坐的就坐在石门墩儿上，大冷天也不嫌凉。胡希华老师一人分饰多角，用声音幽默演绎的李豁子形象引得大家发出一阵阵笑声，仿佛人物就在眼前走动一样。

本来父亲是个极其严肃不苟言笑的人，加上常年不在家，我们姐妹几人在他面前都十分拘谨生疏，更别提邻居家的那些小孩了。所以只要父亲一回来，家里便很少有孩子来玩，他们说父亲太

"恶"。但自从有了录音机，他们就一个个大着胆子，对着录音机这边摸一下，那边摁一下，然后再心满意足地溜走，到处和伙伴们炫耀去了。父亲看到小孩摸录音机，并不大声呵斥，也不说话，只是轻微笑笑，从此父亲的"恶名"减少了几分，家里也热闹了几分。

不光是小孩子们感到稀奇，一个远房的戏迷姨婆，也步行几十里来听稀罕。到屋里还没坐稳，就让父亲给她放《风雪配》，这难坏了父亲，说没有磁带，放不出，有磁带才能放。姨婆还偏不信，说父亲诓她。原来，她听别人说这个录音机很神，想听啥就听啥，但没有人对她说有磁带才行。

为了不使远道而来的听客失望，父亲打发我和姐姐去另一个村问问，听说那个村子里也有一家有录音机，看他家有没有这盘磁带，有的话先借回来听听。我和姐姐翻了两座山才到，到了地方，结果一家人去赶年集了。他家门前有个大石碾，我们就坐在上面边喝着冷风边等，一直等到太阳快下山了，这家人才挑着猪肉、粉条，扯着买了新衣服的孩子回来了。进到屋里，我们看见他家的黑漆堂桌上放着录音机，没我家的大，是单卡的，只能一边装磁带。听了我们的来意，这家的叔叔在抽屉里翻找《风雪配》，我和姐姐紧张极了，生怕他找不出来，害我们白跑一趟，也让姨婆失望。还好叔叔找到了，谢天谢地，我俩拿着磁带，脚上像生了风似的往家跑。半路天上飘起了雪花，我们却出了一身汗，远远看到路口处姨婆在张望。吃晚饭时，雪下大了，《风雪配》的剧情也唱到了最精彩之处。姨婆因听《风雪配》也在我家留宿了一晚，这晚上躺在床上，她还给我们清唱了一段。本来山里寒冷的冬夜，却因为我们的新鲜和兴奋变得如同春天一般温暖。

那时候过年，迎接春天的是漫天爆竹的声音。而我家，新春第一声，却是录音机里传出来的。除夕早上，刚过四点，父亲就把录音机打开，把音量开到最大，我们在喜庆的乐声中拿出压在枕头下的新鞋新袜子和提前暖在被窝里的新棉袄棉裤，穿出一身的仪式感。我们走出来才发现，院子当中摆着家里过年时吃饭才用的小方木桌，录音机就那么气宇轩昂地摆在那里，欢天喜地地放着《百鸟朝凤》。就在那时，我不知为啥听到了门前小河里的冰嚓嚓的碎裂声，便好奇地跑出去看，正好碰见了堂伯，他说："你看你家录音机厉害哩，声音把冰都震开了呀……"年幼的我还真当了真，别提多自豪了。

那台双卡录音机是我们家最受宠的一分子，不过流行歌曲的磁带也渐渐多了起来。此后多年，在电视机出现之前，我家的新春第一声永远是双卡录音机里传出的那首《百鸟朝凤》。

那一朵朵行走的牡丹

　　但凡世间万物，每一株草，每一株花，大概都有自己的美学意志和独特个性，虽然人类不懂它们的语言，但并不妨碍它们在世间行走的姿态和步履。

　　世人少有不爱牡丹者。

　　一株牡丹，从盛唐穿过历史风雨，每一步都带着千年的芬芳，每一步都迎着万众的目光。

　　牡丹的倾城绝世之美，自不必多说，所有的形容词和比喻在牡丹面前都会自动失色。牡丹之美，是一种失语之美。又因与武皇有着必然的关系，更有着花王之称，人们在盛赞牡丹之美时，一直或多或少怀着某种偏见，仿佛它向来都居于贵地，因此被打上了高高在上的标签。

　　然而，在黄河故道，在万山湖畔，在鹰嘴山景区的新安仓头镇王村，那一株株迎风而绽的牡丹，却让人看到了它的另一种美。十几年前的王村，处处荒山秃岭，人们日复一日的生活里，缺少了鲜活的亮色。

　　后来，一个具有山水情怀的人将目光投向了这片位于黄河岸边的村庄，于是，开荒拓土，挥洒汗水与一腔热血，在鹰嘴山遍种树木。付出总有收获，山的绿意，一天天深了，一年年浓了，沟沟岭岭像披上了一件华美的绿氅。人们心中有些神圣、有些遥远的牡丹，也开在了王村的田野之上，千亩牡丹，满村花香。此后，万山湖的波光里映出了层层叠叠的绿，也映出了千千万万朵牡丹的容颜。

四月中旬，城里的牡丹热烈绽放，人们从各地不顾舟车劳顿纷纷赶来，都为一睹这盛世容颜，绝世天香。但，越是美丽的事物越是失去得疾速。转眼花期将尽，牡丹纷纷脱离枝头，再也不知芳踪。一场华丽缤纷的盛放，像极了绚烂到极致的梦，让人面对着零落怅然若失。

王村，紧邻小浪底库区，受小浪底小气候影响，空气湿润，气温偏低，牡丹比城里开花迟了两周，而且花期长，就在城里的牡丹零落成泥的时候，王村的牡丹适时开放了。年年如此，年年续着城里牡丹那绚烂的梦。这花期，像是一场生命的延续，又像是一场自由的行走，王村的牡丹，已经开过了十几个年头。

王村村口，路两旁的牡丹安然静候，在轻风里摇曳，各色花朵展露风姿。它们从村口一路迤逦而去，到村部门口的花圃里，再及远处的田野，处处留下片片丽影。王村，这个被牡丹驻足的村庄，花香在山水间氤氲，蜂蝶飞舞其间。它们娇美却少艳色，柔婉而不含媚态，虽清冷却不失亲近，少了几分雍容，多了几分脱俗，少了几分高贵，多了几分亲切。宛若知音在侧，可挽手相诉。

在家门口就可赏花的王村人，像牡丹一样慷慨而幸福。在花丛中流连的孩子们，脸上绽开了花瓣一样的笑容，老人脸上也充盈着光泽。看着从方圆百里赶来的看花人，他们心情宽展得也如同无云的万里晴空。

无数的看花客，被这一方山水间绽放的牡丹吸引，蜂拥而来，每到那个延长的花期，村里的路上排满了小汽车，以往安静的村子热闹起来。王村人朴素的笑容里有掩饰不住的喜悦，村里的饭店家家爆满，特色河八鲜，原味农家菜，食材地道，余味悠长。

去王村看牡丹，在清晨最好，其次则是月夜。一天之中，清晨看牡丹，是最佳的时间段。朝阳初升，万象如新，翠绿的叶片，红的、白的、紫的各色牡丹花瓣，经过一夜的休眠，愈加动人，花瓣上的露珠在晨风之下微微滚动，投射出缕缕阳光，你会看到蓬勃的希望和沸腾的自己。

在月色下看牡丹，有点奢侈。花期所限，一个宁静的月夜，若正逢着牡丹盛开，那将是一个最珍贵的夜晚。邀上知己二三人，在月光的轻抚中结伴而行，月光淡淡柔柔地倾洒在牡丹园里，或轻声交谈，或轻轻歌唱，我想，那个时刻，心灵的尘土也会飘然而去，一切仿佛都回到生命的原点，还原生命最初婴儿般的纯净和空白，恬淡无争，像是踏入澄明之境。

因这里的牡丹，长在青山绿水间，所以开得不染俗世一粒尘土，而且带着一种坚韧的不俗风骨，一枝一叶舒展的都是与众不同，同时呈现出一种野性之美，如果说城里的牡丹是安静矜持的，那么这里的牡丹就是野性奔放的，无拘无束，不受任何羁绊，姿态随意自然。是，我怎么都逃不开一个固执的念头。我认为，这些开在王村的牡丹，是一株株自由奔放的灵魂。

也许是它们厌倦了如山如海般赞美的语言和无休无止灼热的目光，厌倦了城中愈演愈烈的喧嚣，想要逃开那些固执的围栏和院墙，于是它们的脚步才会来到王村。

美丽秀拔的鹰嘴山，碧波荡漾的万山湖，王村四百多平方公里的土地，全都热情张开了怀抱，留下这一株株追求自由的生命。

牡丹的到来，亮了这方山色，亮了这片水光，亮了村民的眼睛。它以一朵花的名义，给这片曾经贫瘠的土地带来了希望，人们激动、惊喜。难掩的喜悦升腾着，像绕山的青岚；舒展着，像远航的帆影。

渐渐，王村似乎也成了一朵牡丹。牡丹，也成了王村的代名词。

王村的牡丹，如此不同啊。它们寻得这方净土，愉悦地长在大自然中，沐浴着清风、雨露、星辉和月光，黄河水滋养着它的根须，青山碧水都是它的背景，广阔的田野便是它无与伦比的家，还有哪里的牡丹能有这么大的声势和排场，能有这么与众不同的家园？

王村的人们，也因这朵朵牡丹，更爱自己的家园。他们无论如何也想不到，那属于富贵锦绣，似乎遥不可及的牡丹，竟来到这片自己经年耕作的土地，来到自己的身边，这么近距离、不切实际地进入自己的目光。于是，他们决心更好守护自己的家园，建设自己的家园。

村中有个女孩，听说家里非常困难，但学习很刻苦，考上了一所挺不错的大学，毕业后，在北京找到了工作。她自家的几亩田里也种着牡丹。每年村中牡丹开时，她都要驱车从千里之外回来一次，起初是自己回来，后来带外地朋友回来观赏，大家都惊叹不已，说她的家乡好美，为什么还舍得出去呀。听说这个女孩现在已经辞去了在北京的工作，准备回王村筹划一个牡丹花茶加工基地和一个牡丹精油厂。我虽没见到那女孩，但是眼前很自然地就绽开了一朵牡丹的样子，并且是行走的样子……

村中的道路越来越宽了，房屋一座座变新了，孩子们一天天大了，像鸟儿飞去远方求学和谋生，但总有一天，他们会像那个女孩一样归来，为开满牡丹的家乡奋斗。因为，他们也是一朵朵行走的牡丹，都有无限自由，而王村正是他们的广阔天地。

驶向春天的火车

伊河悠然东流去，伏牛山脉连绵，山上的树木疏密有序，大部分树叶已经凋落。深冬时节，重渡沟原生的绿色褪去，渐渐安静下来。远远望去，那简洁而又朦胧的意境，应该是大自然呈现给人们最为高级的行为艺术。所有的形容词都失色，都不够，只能在心里轻叹。我想，就连最高超的画家面对着这样的景色，也会沮丧地扔了手中画笔，感其描摹之难。

就在这妙不可语的意境之中，坐标"新南水岸，铁路小镇"，一列长长的绿色火车在岸边停靠。这里的火车不是普通的火车。普通的火车搭载的是南来北往的乘客，他们要去各自的目的地，各有各的生活轨迹与远方。这列火车搭载的却是所有新南村的固定乘客，他们的来路曾经是贫穷和闭塞，而今他们奔向的地方则是富裕和幸福，他们在精准扶贫政策的帮扶下，在不断的开拓和创新中，离幸福的终点站越来越近。

我的家乡嵩县天桥沟与栾川毗邻，几乎是一样原始天然的地理风貌，十六七岁没去过县城和洛阳不足为奇，更不用说看火车与坐火车了，火车在大人孩子的心里就是一个神话与童话般的存在。"铁路小镇"是国家铁路集团定点扶贫栾川的重点项目，它的建成，不仅让山里的人们近距离看到了火车，更体会到了火车带给自己的便利，更加坚定了他们追求幸福的信心和决心。

　　沐浴冬日暖阳，漫步铁路小镇，信号灯、站台、轨道，这样的铁路特殊标识，让人心头涌起特别的感受，而借着火车背景拍照，也更是一件必不可少的事。听重渡沟景区的工作人员说，一到周末就会有许多新人专程到此拍婚纱照。走得累了渴了，可以步入车厢，舒适的车厢里有温暖飘香的咖啡，还有精致可口的简餐。火车临着伊河水岸，临窗观赏伊河水景，与三五知己酒茶对饮，这样的时光大概也是最曼妙的了。喝完咖啡，可以沿河走走，枕木铺成的步道古朴浪漫，与山水互为融合，形成最自然的和谐之美。这些枕木从郑州铁路局运送过来，以捐赠的形式，留在新南村，来见证变化。走在这样的步道之上，对于双足仿若一种解放，自由而轻盈，美妙而奢侈。河边的芦苇随风摇曳出一首首《诗经》，不知名的水鸟扇动着羽翼对岸上的游客报以淳朴的问候。这个枕木步道足足有三公里，最好随身带着钓竿，还可以享受垂钓之乐。如果还有一身力气，步道右边的山并不算太高，可以沿着小路向上攀登，从山顶眺望铁路小镇会是另外一种风景。

　　在铁路小镇，最不必担心的是吃和住。靠山而建的一排排农家宾馆，门前种菜，院里种花，整洁舒适，犹如画中楼阁。室内装修风格简约温暖，设施现代先进，置身其中如同在田园中休憩一般。具有浓郁农家特色的菜肴与饭食，特别是栾川有名的玉米糁和栾川豆腐，还有各种菌类，伊河里的鲜鱼，门前屋后散养的鸡，这一切都是乡愁的味道，美好的味道。

　　曾经的铁路小镇被人们称为乱河滩，人们都在每条山沟里分散居住。虽然风景原始，但是耕地面积极其有限，人们也习惯了守着几亩薄田讨生活的陈旧思想。和大多数乡村一样，近年来年轻人纷纷出去打工。被重渡沟景区辐射的周边村落都渐渐富裕起来之后，扶贫攻坚的春风吹到了新南村。当时铁路小镇扶贫项目组的工作人员动员人们下山建宾馆，并劝说在外打工的人回到家乡创业。大家都说就那乱河滩，再怎么改造治理，就算有了火车，也不会有啥游客，盖好了民宿没人住，不是净等着赔本吗？村民们统一从山上搬下来后，有些人简单地盖几间房子就又出去打工了。从铁路上下到村里的扶贫干部最有感触，为了留住这些人，他们经常一天几个电话去沟通去说服，并协调村里贷款，铁路部门还为愿意改造农家宾馆的村民发放补助款，以最快的速度修好了村里的公路。这些行动，终于使村民们有了动力，不久，几十家农家宾馆春笋般起于水岸，在"五一"和国庆节期间已经接待游客，赚到可观的收入。村民们望着岸边的火车，脸上露出了灿烂欣慰的笑容。

新南村的铁路小镇给村民们带来了真金白银的收获，在重渡沟景区内，距新南村十公里之外的王坪村，同样在伊河岸边，又一个"水岸田园，铁路小镇"刚刚复制建成，车厢里的列车宾馆最有特色，赏完小镇风光，在列车宾馆里休息，别有一番趣味。令人振奋的红色"东风"火车头，带动着绿色的车厢，仿佛在山水之间自由驰骋，在全民脱贫的路上，满载着人们的希望与幸福奔向未来，驶向春天。

清风拂过洛河岸

雨后的傍晚，夏的暮色被晕染成一种冷色调，热浪肆虐多日的城市霎时清凉舒爽。

风，吹拂着洛河，泛起粼粼波光，如同闪动的长歌，波光里有几只白色和黑色的水鸟，像跳跃在水面的灵动音符。古都人眼中的洛河，辽阔而宁静。河岸的高楼披着薄雾倒映在水中，像极了仙境楼阁。我穿着淡青色的长裙，行走在河堤之上，迎面走来三三两两晚饭过后散步的人，一个个轻声细语，碰面时微微一笑。我想，生活或居住在洛河边上的人都是幸福的吧。

风一阵阵吹来。五千年前，洛河就在这样的清风吹拂中，夜以继日地向前流淌，流出了灿烂的河洛文化，于是，根便扎在了这里。河图，洛书，这两个代表中华古老文明的符号，让洛河的每一滴水都变得沉甸甸的，这是天地和历史对洛阳最高贵的馈赠。我立于洛河岸边，内心肃然起敬。

"洛浦秋风园"边上的橡胶坝聚集了河水，洛河就有了烟波浩渺的神韵。洛阳人说穿城而过的洛河水量，堪比三个西湖，杭州人听了会作何感想呢？堤坝上，晚风吹过柳林，是一片片绿的律动，奏响曼妙的夏之曲。

洛河岸边，一座座居民楼拔地而起，临窗观洛浦，推门望洛水。每日，人们在这长长的画卷里晨练，跑步，放风筝，跳健身舞。而飞架于洛河上的桥和那些桥的名字，凌波、彩虹、西苑、王城……无不彰显着诗意与大气！

若问古今兴废事，请君只看洛阳城。洛阳的古今有着天壤之别，难道这洛浦公园不是洛阳千变万化的历史见证吗？洛浦公园的建设只是洛阳发展的冰山一角，如今，整个洛阳正发生着日新月异的变化。

我是生长在伏牛山深处的女子，我热爱家乡的山水草木。虽然走过许多城市，也见过许多河流，可这洛水之滨，更像我山清水秀的家乡。经过努力，我最终留在了这里。每个清晨或傍晚，我站在这洛河岸边，看洛水流过，恍若身处家乡。

清风吹拂，我最喜欢看洛河岸边那些灯光明亮的窗口，体会那些窗口后面灯火般明亮的幸福感。

再见映山红

　　面对着西泰山满山热烈如火燃烧的映山红，同行的好友们无不发出惊艳的赞叹。我对他们说，在我老家，四月的时候，本来是青山滴翠，我坐在院子里，往山上一瞧，青山处处染红，那是映山红开了，整个山都被映红了。

　　在城市人来人往的公园里我也见过它的样子，植株矮小，和牡丹一起开，但那颜色总是比山上的少了些气势和风韵，有点不经风雨的样子。公园里开的有着映山红模样的是杜鹃，野生的才能称为映山红。若称它为杜鹃，肯定少不了使人想起那些悲伤的传说和啼血的故事。

　　我愿意叫它映山红，这个名字似乎更符合它的身份以及它的性格。叫它映山红的时候，其实也有故事，和女皇武则天有关，这个故事在我家乡很多人都知道。在老家，它也叫"rào山红"，"rào"这个音，也就是耀、照、映的意思。说是杜鹃花原在女皇的花园里，只因开得太过艳丽，炫到了女皇的眼睛，而使她产生了嫉妒，因此下旨道，你去照山吧，不必待在花园里了。也许这并不是不幸，而是自由的起点，从此，获得自由的花，在山上绚烂奔放到了极致，美到了极致。

　　美丽的映山红，没有一种花像它那般自由。

　　我总认为它是一种向上的花。空谷幽兰使人忘俗，山中百合固然高洁，但都不及映山红在山间盛开那种无所顾忌，恣肆汪洋。牡丹太过尊贵，月季不过小家碧玉，唯有映山红，在映入眼中的一瞬间，仿佛能够使你在心底升腾起一股久违的力量。它更是青山不卑不亢的语言，也是写给山的火热的情诗，是青山之上浮动的壮丽的海，更是大自然赐给我们的力量之花。

映山红，还是一种可以食用的花。我摘下一朵，放进口中，仔细品味咀嚼，亦如童年时在家乡吃的花一样酸酸甜甜。同行的人见我吃花，大都感到惊讶，我鼓励她们尝一尝，看看是何种味道。小时候上山折大捆的映山红回去养在门前小河边，再留几枝插在瓶里放于窗台之上，让破旧简陋的屋子立马充满光彩和温馨，在饥饿时，还可摘掉几朵入口。

我曾写过《又见映山红》在刊物上发表，那是我家乡的映山红，与我有过一段青春的往事，我在结尾处写道：我把心种植在山冈，一生只爱一种花。离开家乡数年，常因生活中琐事缠身，多次想在映山红盛开的时候回乡看看，然而总是不能成行。此时，在汝阳西泰山再次见到山红，和家乡的一样美一样夺目，一样传递给我无穷力量，这是一次美丽的重逢，饱含着隔世的惊喜。

映山红不仅是江西、安徽、贵州的省花，更被十几个市纷纷做其市花，足见映山红的火热魅力燃烧的不只是我的心，还有大江南北不同地域的人们。

在家乡的某座山上，还有许多许多株千年杜鹃，似乎世界上还没有一种花，可以超过它的岁月。没有一种花能像它一样把根部牢牢扎进泥土，坚定地一开就是千年，一千次的盛开和怒放，可是对青山不改的诺言？我站在西泰山的映山红花丛里，很想知道，在这里，是否也有一株把西泰山映红了一千次的映山红，是否在一千年的春风里，点亮过一双双惊喜的眸子，倾听过山与水的回声？一定会有。

又见映山红，再见映山红。每一次遇见，都是一场燃烧的约定。我愿让生命不息燃烧，一次次重生。

素描万安山

　　万安山，名字像一位历经沧桑的老者，其实登临之后，它散发的活力与光芒，俨然一个胸有成竹的年轻人。

　　夕照下，万安山被一层淡淡的黄色光晕轻轻笼着，仿佛在沉思，仿佛在静静面对着前来探寻的访客。在天边，山顶缠绕着白色云朵，不一会儿，晚霞也燃烧了起来，将山影和天空融为一体，云朵也害羞成了红色。

　　鸟声从四周的林木间传来，却看不见一只鸟的影子。静觅鸟音，竟发现鸟的鸣叫声愈发多而浓烈了。正要往前走，忽然，一只黑白羽翼的鸟，自灌木丛的林梢轻盈飞出，接着又一只飞出，迎着夕阳像一只只金鸟。

　　从前的星空已经变得遥远，只能到记忆里寻觅。而记忆又时常被世间的俗尘所遮蔽，就连回溯看看，也仿佛山水迢迢。因此，去万安山看星星，这几个字变得尤其隆重，忍不住让我发出童真的雀跃。一瞬间，那看似漫长的路程霎时变短了，变得触手可及，令人欣喜异常。

　　点点星光，终于在夜空闪耀起来。站在888米高峰，北斗七星也像老朋友与我亲切重逢。夜风微拂，吹动草木的身姿和人的衣袂。久久地仰望着这片星空，我被那无限神秘、苍茫辽远深深震撼着，思绪也被引领到一种无言之境。内心堆积缠绕的各种纠结，瞬间被稀释了，留下一片空旷无涯的澄净。

星河灿烂，世世代代流过人类的头顶，启悟着思想与智慧，灌注着情怀与精神；调动诗人的诗心与诗情，让高傲的人低下头颅，让迷茫的人清醒。星河流淌不息，生命只是一场无休无止的接力。仰望星空，看见宇宙的浩渺，看见芸芸众生的渺小，看见万物背后，有多少细节奔流。

夜幕下的万安山顶，仰头是浩瀚星空，南北远眺，却是灯火璀璨，如同天上的星星落入人间，发出五彩闪烁的光。这灯光，散发出全新的气象，那是一种别样的朝气与魄力，更像是一种信号，一种豪迈的暗语，让人触摸到新时代真实跳动的脉搏和变化。

夜深，星星和灯光仍在值守。万安山的名字让夜具有了独特的安全感。身在万安，何能不安呢？我带着万安山暖暖的抚慰渐渐睡去，像经过长途跋涉之后的旅人，终于找到了一处栖息之所，卸下疲惫，安安稳稳地进入酣梦。

晨风轻唤，人、植物、小生灵、万安山都醒来了。虽未跟上日出的步伐，但依旧能在清新透明的晨曦之中，开启一次完美的晨访。

清晨的万安山，在天地之间已适时转换了背景。远望，星空下的斑斓灯光悄然遁迹，变成了片片金黄的麦田与散居的村落，一派丰收在望；一座座山峰连绵，每一个峰顶都会让人想起一个个与万安山有关的响彻古今的名字：白居易、欧阳修、司马光……我们仰望着这些山峰，心思激荡。

随便走入一条山径，路两旁热情明朗的金鸡菊与含蓄娇羞的月见草用一副与世无争的表情绽放着，如同悟透了什么禅机，又似对来客夹道相迎。于是，跟随这种美丽的迎接方式，走着走着，便走进了一片片金黄的花海。比蜜蜂和蝴蝶还不满足的是人的目光和心，我瞬间觉得什么都不够用了，想在眼睛里装下所有花朵的丽姿，也想在心里永远盛放这片芳香与灿烂。于是谁都不愿离开，流连、盘桓、踟蹰不前。阵阵风儿掠过，多像是花儿传来对我私密的耳语，来吧，咱们在一起做姐妹。哦，我羞愧地笑了。我的笑被淹没在花丛里，被风吹走，而我记忆里美好的瞬间必将永远定格留存。

万安山，是浩浩天地间一隅之美，既充满生机和朝气，也兼有从容和笃定。无论我们的笔如何勾画描绘，都不及你看到的大自然赋予它的真实面目。登临它，就是登临了自己心中不可逾越的峰。

大谷梨寻源

　　梨，与大部分水果不同，它的原产地就在中国，被称为水果中的"果宗"。鸭梨，在旧时称为雅梨，所以梨，也是果中雅者。洛阳是梨属植物的中心发源地之一，关于梨的最早记载，翻开《诗经》与《山海经》便可觅其踪迹。如今在偃师寇店玉泉谷生态园中有一片正值青葱年华的梨树林，据负责人说，这种梨从山东农科院引进，果实表面亮泽红润，口感酥脆，汁水饱满，应该和广为流传的大谷梨口感最为接近，现在预种植一百多亩上万棵。大谷梨的身世可谓赫赫有名，在古代的传说和各种文学艺术作品中也曾频频出现。

一

　　为何叫大谷梨呢？追根溯源要从大谷关说起。洛阳城南五十里处，旧名通谷，就是现在的大谷关。此关位于寇店水泉村，处于嵩山西翼与万安山主峰东麓间。东部群山连绵，西部万安山蜿蜒至龙门东山，乃汉魏故城正南一道天然屏障，是洛阳通往南阳、汝州、许昌等地的重要关口。谷全长三十多里，是绝好的清幽之地，峡谷两旁芳草花木葳蕤，景色秀美，四季景色各异。山谷崎岖狭窄，可伏重兵断绝通道，为防御南侵之咽喉，为古来兵家必争之地。当年，孙坚讨伐董卓，就曾兵出大谷。

翻开西晋《广志》便有句为证："洛阳有张公，居大谷，有夏梨，海内唯此一树。"句中的张公据说便是道教始祖张道陵张天师。张天师出生于锦绣江南，怎么来到洛阳大谷种梨了呢？传说张公天资聪慧，属于神童级别人物，七岁便解《道德经》，长大后博通五经，通晓天文地理河洛谶纬，可谓超级学霸，年纪轻轻便有学生千人。但是懂得越多越开始怀疑人生，他常叹息所读之书无法解决生死问题，于是一咬牙决心弃儒从道了。风华正茂二十六岁的他曾官拜江州令，相当于今天重庆市市长级别，但他不久就辞官而去，千里迢迢来到大洛阳隐居北邙之中，潜心学道。可以想见，当时北邙绵绵，洛水汤汤，风光秀美的洛阳让正值壮年的张天师终日徘徊流连。当他走到大谷时，就被眼前风景迷醉，居于此间数年，种下一株梨，甚至借助自己一点神秘力量，再用大谷的泉水浇灌，厚土培植，此梨味道甘甜，汁水饱满，口感酥脆，属于梨中上品。至此，此梨便叫作张公大谷梨。

关于张公大谷梨，不是没有依据，最有名的一句出现在集美貌与才华于一身的大才子潘安的《闲居赋》里："爰定我居，筑室穿池，长杨映沼，芳枳树篱，游鳞瀺灂，菡萏敷披，竹木翁蔼，灵果参差。张公大谷之梨，梁侯乌椑之柿，周文弱枝之枣，房陵朱仲之李，靡不毕植。三桃表樱胡之别，二柰耀丹白之色，石榴蒲陶之珍，磊落蔓衍乎其侧。梅杏郁棣之属，繁荣藻丽之饰，华实照烂，言所不能极也。菜则葱韭蒜芋，青笋紫姜，堇荠甘旨，蓼荽芬芳，襄荷依阴，时藿向阳，绿葵含露，白薤负霜。"水果维生素C含量高，吃多了皮肤好，加上梨还有养血生肌功效，看来潘安面如冠玉，跟爱吃水果有直接关系。而且他还很有小资情调，修建别墅，在后花园里栽花种柳，种果养鱼。秋天果实成熟之时，不仅有张公大谷梨，还有梁侯乌椑柿、周文王的弱枝枣、房仙人的李子、石榴、葡萄等，光听到名字就叫人垂涎。前四者，皆为当时名贵水果，一般百姓哪能吃得起，属于贡品级别。潘安却都种在自家别墅，因此赋里的张公大谷梨更加声名鹊起。既然长在潘家别墅，潘安也毫不客气地接受了此梨的又一名字：潘家大谷梨。

大帅哥潘安的《闲居赋》，后来又被元朝大书法家赵孟頫用248.3厘米长、38厘米宽的长细绢所书，笔意安闲，气韵清新，通篇行楷结合、方圆兼备，加上赵孟頫是宋太祖赵匡胤的十一世孙，此幅长卷不仅体现了赵氏书法艺术的书卷气，而且有溢出纸张的富贵气。作为赵孟頫代表作之一的《闲居赋》让大谷梨再次扬名。这幅作品现珍存于故宫博物院，而张公大谷梨也一起穿过了岁月，存在于人们的视野。

二

在五代南唐时期，有一场著名的夜宴，通过一幅画被描绘下来。画画的人是南唐后主李煜的御用画家顾闳中，顾闳中可是带着使命参加宴会的。当晚的主人是韩熙载，那晚韩府里聚集了当时最走红的歌星、器乐弹唱高手、舞蹈明星，可谓大腕云集星光熠熠，真是一场高规格的聚会。文化界及官场的名流们相聚一堂，丝竹管弦声声入耳，佳人丽影眼前穿梭，歌舞翩翩，欢乐至极。于是这个场面就出现在中国十大名画之一的《韩熙载夜宴图》上。既然是夜宴，那怎么能少得了美酒香茶果品呢？看画面矮桌上只放着八样食物，其中就有一盘张公大谷梨。但是何以证明这就是大谷梨呢？要从当晚来参加宴会的另一个人诗人徐铉的诗里证明，请看"昨宵宴罢醉如泥，惟忆张公大谷梨。白玉花繁曾缀处，黄金色嫩乍成时"。这场夜宴肯定是让每个被邀请者都很满意，乘醉而归。但是这个徐铉倒是有趣，他酒醒之后想起的不是哪一位姿色绝美、歌喉婉转、舞姿曼妙的女明星，却是张公大谷梨。看来大谷梨的味道令他食之难忘，以至于心心念念，在后来一次山中喝酒时再次提起"冷侵肺腑醒偏早，香惹衣襟歇倍迟。今旦中山方酒渴，唯应此物最相宜"。这首诗的名字叫《赠陶使君求梨》，前半部分回忆夜宴时张公大谷梨的美味，引出后半部分又一次喝酒时，向陶君求梨吃，并说喝酒吃梨是最佳搭档，若此时能吃到张公大谷梨就再美妙不过了。不过遗憾的是绢本设色，宽28.7厘米、长335.5厘米的《韩熙载夜宴图》原迹早已佚失，存世最古的一件摹本，一说是北宋摹本，一说是南宋摹本，现存于北京故宫博物院。张公大谷梨也幸运地在一幅名画中留下身影。

三

魏晋南北朝时期多风雅隐士，庾肩吾有一首《寻周处士弘让诗》："梨红大谷晚，桂白小山秋。""梨红"一词很明确地写出了大谷梨的颜色，满山谷成熟的梨子黄里透红，清甜诱人，山坡上桂树缀满洁白小花，浓香四溢。金秋时节，红白相间，色彩斑斓，果实累累，馨香洁白。此景隐含着作者对周处士人品的物化赞美，细究便可知这两句皆是用典，却很平很淡，不露痕迹。前一句当然是借潘安《闲居赋》描写张公大谷梨之句，后句中"桂白小山秋"当指淮南小山《招隐士》中屡次提到的"攀援桂枝兮聊淹留"的桂。此梨、此桂都与闲居、隐居有关。此借其字面而化用，颇具匠心。这两句的语序大有讲究，正常次序当为"大谷梨晚红，小山桂秋白"，太平铺直叙无诗意，为突出所咏花果及其色彩，将"梨红"与"桂白"巧妙前置，使得句法更曲折有致，更具有艺术美。

唐玄宗年间，皇家每年都要在农历四月一日，祭祀祖先之后大摆樱桃宴，遍赐群臣。天宝十一载四月一日，大诗人王维写了一首诗赞美皇帝的《敕赐百官樱桃》，后来王维的好友崔兴宗和了一首诗："未央朝谒正逶迤，天上樱桃锡此时。朱实初传九华殿，繁花旧杂万年枝。未胜晏子江南橘，莫比潘家大谷梨。闻道令人好颜色，神农本草自应知。"其中"未胜晏子江南橘，莫比潘家大谷梨"，这个潘家大谷梨依然是张公大谷梨的别称，再次出现于唐诗中。这个崔兴宗也是不怕惹事的主儿，人家皇帝宴请百官吃樱桃，他不夸樱桃好，反而说樱桃比不上江南的橘子，也比不上大谷梨，可见这个人胆子有多大，也真敢写。由此也可以看出当时大谷梨在世人心中的地位和美名有多高。

张公大谷梨一度和杜康酒齐名成为待客佳品。诗圣杜甫的《题张氏隐居二首》其二："之子时相见，邀人晚兴留。霁潭鳣发发，春草鹿呦呦。杜酒偏劳劝，张梨不外求。前村山路险，归醉每无愁。"杜甫对姓张的隐士朋友说，我们不是经常见面吗？为什么今天你特意挽留？池水澄澈明净，春深草长，野鹿音乐会在旷野举行，足以极视听之娱，即便我无笙瑟可以演奏，这好时光也不空负。酒是杜家的专利，梨可是张家的最好。喝我家的酒，吃你家的梨解之，没有比这更美好的事情了。但你不必相劝，你越客气，就越显得我是个客套之人，你看看我又醉了，醉就醉吧！又不是第一次。虽然村路羊肠，你也不必替我介怀忧愁。"杜酒"和"张梨"一联，几乎口语体，偏又用典故来贴切宾主的姓。杜康是创制秫酒的人，"张梨"说的还是潘安《闲居赋》中的张公大谷梨。这典故用得非常巧，显出主人的情重，已是文章本天成，尤其妙在说得这样轻灵自然。

到了宋朝时，胡寅写了一首诗，题为《和叔夏视获三首》其一："天赐丰年岂不时，闵公荒度效徂岐。经丘烈日能焦扇，独夜秋风已泛帷。岂愧石兄推竹弟，聊斟杜酒破张梨。门若有樊迟问，老子于中正遍知。"诗中也借了"杜酒"和"张梨"的典故。宋朝还有一个不太出名的诗人程公许，写了一首题目拗口又折磨人的诗《以梨橙寄景韩景韩有诗来谢因和韵奉答》，有句"离肠不耐食张梨，并裹橙金遣使赍"。在北宋诗文革新运动中，和欧阳修齐名的梅尧臣在二十六岁时调到河南河阳县任主簿，离洛阳很近，所以他写的《送红梅行之有诗和依其韵和》里同样写到了张公大谷梨："缀缀红梅肥似蜡，蒙蒙飞雨洒如脂。吴郎齿软食不得，翻忆张公大谷梨。""吴郎齿软食不得，翻忆张公大谷梨"，作为一个吃货的理解应该是这样的，吴郎年老，牙齿松动，看到好吃的东西却不能吃，因此想起了大谷梨，从这句可以了解到大谷梨连年老的人都可以吃得，不用说，幼儿也可以吃，老幼皆宜。

四

在水果里，梨的汁水最为丰沛清甜，《洛阳伽蓝记·报德寺》曾有这样的描述："里内有大觉、三宝、宁远三寺……周回有园，珍果出焉。有大谷含消梨，重十斤，从树着地，尽化为水。"当时的大谷梨，已经被视为珍果，但是所说的十斤换算成现在的计量单位，最重也就二斤。落地便化为水，这是有多饱满的果汁才能做到！据说大谷梨树高大笔直，冠盖如伞。又因脆嫩甜美可含而化之，所以才又叫大谷含消梨，在北魏时期名满京师。

拥有丰沛汁水的大谷梨饱含了多种维生素，而且能降火、润肺清燥、止咳化痰，最适合秋冬季节食用，完美地诠释了什么叫药食同源。大谷秋梨膏就是这样一道传统药膳，以精选之大谷梨为主要原料，配以其他止咳、祛痰、生津、润肺药物，精心熬制而成的饮品，相传始于唐朝。大谷秋梨膏是玉泉谷大谷梨的衍生品，可早餐时加入牛奶、豆浆中，也可调了开水直接服用，口味保持了梨本身的清甜，口感完美。犹记小时候，老家山里的冬天漫长又奇冷，那种冷仿佛浸入了骨头缝以及喉管里，因此一到冬天，咳嗽的人特别多。母亲每年冬天都咳得厉害，舅舅便翻山越岭七八十里给送来一麻袋沙梨，让每天晚上埋在草木灰里煨熟了吃。我们都羡慕得厉害，巴不得自己也感冒咳嗽了能吃一个沙梨。这是最初对梨的认识，只知它是一种好吃的"美味果药"。现在的大谷秋梨膏，我也可以称它为"美味果药"了。

宋人刘子翚《梨》："旧有佳名留大谷，谁分灵种下仙都。蔗浆不用传金碗，犹得相如病少苏。"这首诗中用佳名和灵种来称颂大谷梨，把大谷梨的种子比喻成仙界之果种，在大谷关成就佳名，引人无限遐思。正是因为之前的文学艺术作品，才奠定了大谷梨的历史地位和如今的时代价值。

上千年后的今天，为了使张公大谷梨重现盛名，使当代人依然能够尝到曾经的果中盛品，玉泉谷大谷关田园综合体项目部曾派人走访全国十几个城市，寻找与历史上大谷梨品种相近、口感相近、描述相近的梨树品种。在甘肃找到一棵有600年树龄的梨树，而在安徽则寻到一棵具有1200年的梨树。在2019年3月到4月之间，玉泉谷项目部又找到一些村中老人，分别在寇店五龙、水泉等村和偃师大口镇、府店镇及万安山沿线寻找大谷老梨树及原木树干。功夫不负有心人，经过艰难寻找，终于在4月8日觅到了老梨树干，兴奋的村民和负责人，肩上扛着，手里提着，或几个人抬着，把这些老树干运出山来，在玉泉谷的大谷梨博物馆安放了这些树干。梨生大谷，便是大谷梨，这些老树干充分证明了大谷梨活着的痕迹。

张公大谷梨的历史价值与现实价值，经过玉泉谷生态园大谷梨项目的追根寻源，积极引进探索，被赋予了更为有意义的时代价值，让历史上的大谷梨佳名，从久远的诗篇中重回人们视野，并在农村文化振兴的道路上带动一方经济，此举堪颂。

东风拂过天桥沟

　　天桥沟其实指的不是一条沟，它是一个村，是由好几个以沟命名的小村组成的村。它深藏于伏牛山中，原始古朴的风物孕育着民风的淳厚，走近它，聆听它，可以感受它的脉搏与巨变。

　　如今，天桥沟村已经发生了让人惊叹的变化。山水美丽依旧，变的是衣食住行的改善，变的是人们的观念，变的是人们对美好生活的不懈追求。这变虽不是翻天覆地的，但也足够令所有天桥沟人自豪。

　　天桥沟村，作为白云山脚下最美丽的村子，已更名为"白云小镇"。原来的小村古路沟，交通非常不便。记得小学时，那里的同学，天不亮就得翻山越岭，而且一天要往返几趟。而今，村村通工程的落实，早为孩子们免了此苦。这里借助于自身的天然条件，变身为美丽的花海溪谷。小村天然竹林掩映，溪水淙淙绕流，蓝天白云下，散落的农家居于其中，待夜来临，夜空繁星点点，寂静美好。古路沟已经开始吸引许多市区游客光临。

　　小村半沟是玫瑰和薰衣草种植基地，此项目的开发不仅让山村更美，还能增加人们的收入，小村人的幸福感在不断提升。在几个小村中，这里开发最早，村民们全部住进风格统一的小楼，全然不见了七八年前住房安全没有保障的情况。

我上小学时，每天都要路过一个小村——大路边村，这个小村在当时被认为是天桥沟村所有小村里最有地理优势的一个，因为紧临311国道。如今每次从洛阳归家还要经过它，虽匆匆一瞥，也让我惊艳不已。白云山自驾游营地、白云山滑雪场、白云山康养小镇的牌子格外醒目，望过去，原来深入记忆的农家院落已不见，取而代之的是那一座座漂亮的具有欧式田园风格的建筑。

　　以前天桥沟村委的隔壁是我的小学。出了校门往前有一个长途车停车的地方，还有唯一的小店。二十几年前，天桥沟村是全乡有名的贫困村，我去离家三十多里的乡里上中学，深感自卑，从来都不敢让同学们知道我是天桥沟人。但是后来，随着白云山景区的开发，村委那里开始有一条长长的干净宽敞的街道，街道两旁店铺一家挨着一家，经营的土特产品种尤为丰富，香菇、木耳、核桃、猕猴桃等，再也不会藏在深山无人识了。而这条街，就是通往白云山景区的路。自此，我扔掉多年的自卑，无论走到哪里都可以自豪地说，我是天桥沟人。

　　天桥沟村，秀山秀水，继续描绘更美的明天。我，作为大山的女儿，天桥沟的女儿，愿你在不断的变化中带着我对你不变的记忆和深情祝福，走向更广阔的未来。

飞抵春天的燕子

"双飞燕子几时回，夹岸桃花蘸水开"，又是一年春草绿，又是岁岁桃花开，这样缤纷明艳的人间三月天，远在天之南的燕子一定早已感知了春的讯息，穿越千山万水，正在翩然归来……

幼时，家里屋檐下到处都是燕子窝。甚至有一只小燕子，在一个安静的午后飞来我的檐下。我正躺在床上看书，它飞进飞出地衔泥，居然想把窝垒在我小屋的屋顶。为了不让泥点掉落到我小白花的床单上，我举起一根竹竿狠心地想把赶它出去。奶奶看到后马上厉声制止我，告诉我燕子是吉祥鸟、益鸟，不能打不能赶，更不能捣毁燕子窝，若要不听大人言，是会害眼病的。没想到，这句话真的神秘应验，我的眼没过几天便真的又红又肿，后来，村里多半的大人小孩的眼睛也和我一样，奶奶说大家都"害眼"了，后来才知道那是春季流行性角膜炎。

有年秋天，其他的燕子都飞走了，我却发现一只燕子在屋檐下的地上，扑棱着翅膀。轻轻走过去，它居然没动，我走近看到它的眼神似乎在求助。把它捧起放在手心，才发现它的一条腿折断了。我赶快叫来母亲，问能不能治好燕子的伤，母亲说试试吧，便从针线筐里拿出一小块白布，紧紧缠在燕子腿上，又拿出一截线来固定好。然后叮嘱我，让我去菜园子逮点小青虫来，不然它会饿死的。

治好燕子的腿，它就可以去南方过冬了。嗯，我点点头，拿了一只小碗奔向菜园，不多时，捉了许多虫子，母亲把一些高粱面拌进去，端去喂燕子。有一年表哥腰部骨折时，母亲也是磨了好多的高粱面送去，原来，高粱面可以壮骨并可治疗骨折的。

　　整个星期，每天放学路上，我都去捉虫子，学着拌高粱面喂燕子。每天早晨第一件事就是先去看它。一天早上，燕子不见了！难道它飞走了，还是被哪只猫吃掉了？会不会在它曾经筑的窝里呢？我向上一看，果然，燕窝里探出一个黑色的小脑袋，正亲切地对着我。我高兴极了，这真是个奇迹！这时燕子飞了下来，我下意识地伸出手，不偏不倚，它的小身躯落在我的手上。母亲说正好，咱解下它腿上的布，让它南飞的时候可以轻松点，早日追上同伴。我问母亲，它明年还会回来吗？母亲说应该会的。我突发奇想，拉下扎头的红头绳一圈一圈缠在燕子腿上，如果明年它回来了，我就认得它了。缠完后，我摊开手说，燕子你要是飞走了，可要记得回来啊！燕子展了一下翅又飞回窝去。这时小伙伴叫我出去玩，中午回来时，燕子已飞走。我第一次感受到了相逢的喜悦和离别的伤感。

　　同年冬，南方遭受了百年不遇的雪灾，那场灾害不仅造成了人们物质上的巨大损失，也使在南方过冬的燕子受到打击与伤害。人类尚在自然灾害面前束手无策，何况这小小的生灵呢？我盼春到来的心比任何时候都要急切，因为，我在等着燕子回来。等着花儿开，数着三月来。燕子再有几日回呢？终于，三月一个明媚的早晨，我推开小屋的门，一眼便看见了院中晾衣服的铁丝上，排了几只小燕子，有一只飞起来，又落上来，把铁丝弄得微微晃动，身姿是那么轻灵优雅。就在铁丝颤动的瞬间，我发现了一只燕子腿上的红头绳，霎时，我的心也微颤了一下，眼里有泪珠滚了下来。我的燕子，它飞回来了，果然飞回来了！看着它腿上的红头绳，我在想它是怎样顽强地躲避了那天寒地冻，平安飞抵春天的呢？

　　十七岁那年高考后，我像所有人一样焦急忐忑地等着录取通知。那段等待的时光，既折磨人又让人满怀豪情，那时的青春美好而又迷茫。等待之后的落空，极容易摧毁人的意志。坐在院子里，我心情低落到极点，心里觉得愧对师长同学和父母的期望。看着燕子在窝里飞来飞去，猛然想到了那只断过腿的燕子，它已经有几年没有飞来过了，它现在在哪里呢？母亲知道我的心思，走过来拍拍我的肩膀，一遍遍地鼓励安慰我不要灰心丧气。母亲指着燕子窝说，你知道燕子垒一个窝需要多长时间吗？一个燕子窝，需要一万多次的奔波才能筑成，而且一次只能叼一块泥土，还要去挑选那软硬适中的泥巴，这需要多大的毅力和坚持呀！这年秋天，又是燕子南飞时，我也收拾了简单的行囊，默默地带上了自己学生时代的课本，随同村里打工的人们南下。一路向南，坐在火车上，我的目光总是望向窗外，有几只燕子和我一起南行。

　　在南方的日子里，我和全国各地的打工妹一样在流水线上挥汗如雨。下班后，她们涌向电影院或舞场或街市，而我却把自己关在宿舍，拿出课本复习，日复一日，像那燕子垒窝一样，重新积累知识。一年之后，我参加了成人高考，并顺利考中。如果高考落榜像那只受伤的燕子，而努力之后获得的自信便是我人生旅途中逐渐丰满的羽翼。十几年来，我总是在寻找属于自己的天空和理想家园，像燕子一样在南方和家乡的千山万水之间秋去春归。母亲喜欢燕子，听母亲讲，生我之前她做过一个梦，梦里有只燕子衔着一片彩霞飞来，所以没读过几天书的母亲便给我起了个名字：燕霞。我一年年老去的母亲也几乎把每个季节都当作春天，把每个日子都当作燕子归时，母亲希望她的燕儿在她的眼前不再一次次飞走。

　　八年前的春天，我结束自己的漂泊。归来途中，我一样认为有一只或一群燕子和我结伴而回。在燕子辛勤衔泥筑巢的时候，我也在青山绿水环绕的家乡，建造了属于自己的温暖小窝，有了小儿女，我称他们为我可爱的小燕子。在春天来临时我会带他们看燕子怎样垒窝，叫他们听燕子呢喃唱歌，带他们去麦田里，看电线上那一行行灵动的五线谱，怎么弹奏出春天无限美妙的旋律……

一生走不出的灯光

　　一笔一笔的墨原是淡的，渐渐浓了，涂满了山里的天空。没有星星没有月亮，也没有风。鸟儿归巢，秋虫开始鸣叫。电视开着，是父母亲喜欢的戏曲频道，突然就停了电，山里经常这样子。

　　我打开手机的手电筒准备去找蜡烛，母亲小心翼翼地轻声说，家里没蜡烛……借着我手机的光，她弯着身子从黑漆斑驳的旧木柜里翻出了一盏油灯，瞬间让我非常吃惊。母亲住的屋子翻修过几次，村里也通电数十年，而她居然还留着这盏灯。母亲用打火机把灯点燃，油灯的光晕一圈圈增大，最后映满了整个屋子。说是油灯，不过是很简单的一个瓶子里面装了煤油而已，这个瓶子有10厘米长，5厘米粗，黄褐色的。灯芯是用棉线拧成，比圆珠笔芯粗一点，越粗越亮但也越费油，瓶盖中间挖一个洞，灯芯从中间穿过，一头留入油中，另一头露在外面用金属皮裹住，再留一截当灯头。

　　煤油的气息微微散开，忽然间犹如坠入少时的光阴。忆起小时候，我们夫学校早读或者晚自习时，每个同学面前都会放一盏用英雄牌空墨水瓶做的油灯。一些买不起煤油的同学，会去山上找一种桐树，找它结的果子——桐油疙瘩，用铁丝穿起来，点着了照明读书。

　　那时家里姊妹五个，还有爷爷奶奶需要照顾，父亲在外地工作。一家人的吃穿、地里的农活，都是靠母亲一个人。春天播种，夏天收割，秋天归仓，冬天母亲还要上山砍柴，柴火不仅要烤火过冬，还要够一年烧火做饭用。母亲从没有闲下来的时候。

而一天之中，一家人最快乐的就是在晚饭后燃起油灯的时刻，母亲终于可以坐下来，陪着我们。那时我们的四季衣服、鞋子都要靠母亲做。所以，在灯下，我看到最多的情景是，母亲给我们纳鞋底。母亲右手拿着针锥，还有针和麻绳，戴着顶针，左手拿着鞋底，在灯下飞针走线，麻绳穿过鞋底时会随着速度发出嘶——嘶——的声音，现在想起还犹在耳畔。鞋底纳成后配上母亲亲手做的鞋帮，就是一双舒服耐穿的千层底布鞋了。解晓东唱过一首歌，里面有句歌词很好"最爱穿的鞋是妈妈纳的千层底儿，站得稳走得正踏踏实实闯天下"。

在灯下，母亲做鞋或者在一台中华牌缝纫机上做衣服的时候，兄妹们就缠着母亲讲故事听，母亲没读过几天书，讲着讲着就没什么讲了，但我们总会死磨硬缠。于是，我就发现母亲会即兴编故事，无非就是因果报应鬼狐仙神，讲完后还反复教导，人哪千万不要做坏事，要学好，善有善报好人有好报，老天爷看着哩。虽然故事编得不够高明和精彩，但我们还听得津津有味，听着听着就进入了梦乡。往往一觉醒来，母亲还在灯下忙碌，灯光映着母亲，给她尚年轻的脸上涂抹了一层非常美丽的光彩，看不到一丝疲惫和倦意。

猛然，又来电了，我的记忆立刻收了回来。电灯明亮刺眼，照着母亲头上的白发和渐渐迟缓的脚步。母亲吹灭了油灯，把它重新放回柜子，一边放一边仍旧小心地问我："还记不记着这灯？""嗯，记着记着，以为你早都扔了呢。"

母亲几十年不丢掉这盏灯，就像她至今都保留着姊妹几个婴孩时穿的衣服，不舍得丢掉一样，因此引来好多邻居嘲笑她，她也不生气。那时候我们在灯下读书写字成长，然后一个个离开山村，奔波在各自的路上，极少有时间回家陪她，而母亲却日渐衰老。她不肯扔掉那些旧物，是在一遍遍抚摸那些和我们有关的影子和岁月呀。

夜更加寂静，我枕着家乡的山水和往事，心里的灯光却次第亮起。这一生无论我走多远，都走不出那一束灯光了。

心怀一座山

走出这座山的人，几乎都没有回头。几番山重水复，我却依然顺着去路而返。路上的脚印重重，叠着厚厚的岁月，我早已分不清哪一双是我的。但我似乎听到山的最深处有深沉的呼唤，于是我便以这种独特的挽留和宿命，留在了这里。如同一枚叶子找到了它曾经的大树，最终飘落在树下。

仿佛已经走了很远，猛一回头，那个天边霞光笼罩的傍晚，就在眼前了。我的第一声啼哭微不足道地响在山间，瞬间便被寂静淹没。不过，大山一定知道了我的降临，并且张开巨大无比的怀抱像母亲一样抱住了我吧。在房后山坡上玩耍的兄姐，风一样旋进屋里，满身沾带野草的清香，花朵的芬芳，泥土的鲜腥味。在生我的前几天，母亲还在河边放着两头牛一只羊，顺便还摘点金银花或薄荷草。我喝的第一口乳汁里也必定融入了山野的味道，我感到庆幸，深以此为荣，我是母亲的女儿，是山的女儿。

上小学五年级时，我就学会了和大人一样，拿一把镢头，挎一个篮子，带一些水和干粮上山挖草药。从小就认识血参、柴胡、桔梗等药材。鸡头根是其中的一种，有翠绿的叶子，状如鸡头的白嫩的茎，茎可以卖了换学费。那时我便对山有了深深的感情，我觉得门口有一座山可以让我们如此富有。记得一个暑假，开学时要交八块钱的学费，这在那个年代可是一笔不小的数目，常常有人交不起学费而辍学回家。村里有药材贩子拿着大秤收鸡头根，一斤一毛五分钱，于是我和两个家庭条件不太好的同学约好，去挖鸡头根卖。

那天，我们起得很早，匆匆吃过饭就开始上山。中午，在半山腰的石板上，喝了凉开水，吃了馒头，然后比谁挖的药多。我一看我的最少，便趁她们休息的间歇，独自往山顶去寻，希望下午回家时能超过她俩。走着走着，看到对面小陡坡上有一丛不知名的火红色的花，我几乎是四肢并用地爬了上去，就在我准备去摘的时候，有了更令人惊喜的发现——在那花丛的左边，有一大片鸡头根！我差点就高兴得跳起来！我断定那是我一辈子见过的最大的一片鸡头根。兴奋之余，就忘乎所以地挥舞镢头挖。不多时，篮子已经装满。挖完一片，又出现一片，我只好脱下自己的外套来装。如同在梦境中一般，那种感觉，现在想来，就是有人把一大堆金币放在我面前，我也不会有那样的开心和惊喜。因为过于兴奋，我没有听到伙伴们呼喊我的声音。一只大鸟在头顶扑棱棱掠过，抬头看天，太阳已落山了，茂密翠绿的树荫乌幽幽地笼罩了我。山林间动物的叫声偶尔响起，我不禁心头恐惧。

背着鸡头根，匆匆回家，一会儿就过了五六道山梁。当我走到山下的时候，天色已暗了。山下有条小溪，我洗了脸洗了手，然后趴下来喝水，溪流的声音轻柔细美，一种奇异的感觉涌来，我身下的大地和眼前的群山组成了一个怀抱，我正趴在大地的胸口，这条小溪就是大地的血管，我在喝的不是水，而是大地的血液，一瞬间，我突然觉得自己长大了。我觉得世界是多么广阔，有多少东西等着我去感知和发现。我在想，这山外还有多少山，这大地上还有多少山存在呢，我的脚步是否都可以到达？

后来，我终于如愿地走出了山外，也登上了许多名山。但是再大的山，再有名气的山，再好的风景，都不会在我心里停留了，世界再大，我的心怀仿佛只够容纳一座山。远方的朋友来山中访我，我会指着前面的远山说，看，那是龙池曼山，往年干旱的时候还有人去上面的龙池祈雨呢。再指着身后远处的山说，那座山叫杨树岭，现在叫白云山，是国家AAAAA级森林公园。指着左边的群岭说那叫跑马岭，乡亲们喜欢到那里挖草药，上面还有座古寺呢。还告诉他们这属于伏牛山系，从小母亲告诉我说，我们住在牛肚子里，草药多，野果多，土地肥沃庄稼喜人，还真正是"牛百样"哩。

当年的梭罗在瓦尔登湖畔建了一座小屋，那不过是一次行动的宣言，这宣言不是写在纸上，而是写在了大地上，写在了瓦尔登湖上。他在文中反复阐述了一个道理：一个人的生活其实所需甚少，而按照所需向这个世界索取，不仅对我们置身的大自然有好处，而且对我们的心灵有最大的好处，一切的症结都出在人类自身的愚蠢和贪婪上，人的一切最美好的创造，无不来自简单和纯朴。我只想说的是，我认为自己比梭罗幸运，我不用去躲开闹市建一所木屋，我的家青砖红瓦，就在山脚下的溪畔，生活可以简单到一身布衣，一卷书，鸡鸣伴着一只猫，星光陪着琴声。

在多少个夜晚，当大地和山都睡着了，我便枕山而眠。等候黎明来临时，一切又是新鲜蓬勃的。山，永远在心怀苗壮，伴我度过每一次日落和晨曦。

一枝梅花染书香

严冬，正逢着一件烦心事，把心都几乎冻结了。我独自走进城南的梅园，这时友人的电话来了。她从西安去首都途经洛阳，说给我带了几本好书，我马上心生惊喜，瞬间便觉得有幽幽书香飘来。其实书到我手里的途径有很多，比如快递，或者她推荐，我去店里或网上购买……

园里的黄梅已经开得十分浓烈热闹了，红梅还是羞羞欲放的花蕾，而绿梅则更加矜持，紧闭翠嫩欲滴的花苞孤傲而立，每一朵都散发着袭人的冷香。第一次看梅，梅也是第一次看到我。从初次见面，我想梅应该是欢迎我的，若不，它要么不开，要么凋落，我们也从未有过什么约定，可是，我来的时候，它恰好挂在枝头，虽然绿梅和红梅还待盛放，而我已是满心激动与欢喜了。

园里赏梅的人三三两两，在梅林里穿梭，地上也有被看花人无意碰落的花朵，我俯身去捡拾，不多时竟也捡了一小捧，顺手就装在了口袋里。梅花独有的清淡香味引得大人小孩伸鼻去嗅，我也偷偷地嗅了几回，而且是深深嗅的，想把香味嗅进身体每个部位，让每个梦都芳香四溢。友人得知我在梅园，就说，你也替我看看梅，拍些图片传我。离她到洛阳还有段时间，我继续在梅园流连。

她和我是在南方的一个小镇认识，又因为共同的爱好而友谊长存。初识时还是少女，如今都已将至中年。虽然从小镇分开已近十年，但从未中断联系，时常通过书信、短信、电话交流。她会告诉我，她在读什么书、听什么音乐、发表了什么文章，也会把她读过的好书打了包寄过来。她乐观、积极、向上，只要我生活中出现了难题，她便会一遍遍地鼓励我，在我生活拮据的时候慷慨解囊。其实，她的生活中也曾经有过磨难，所有人都认为她会被生活压垮，她却更加自强起来，不仅把一个家打理得井井有条，而且还做起了玉石生意，现在，她的业务已做到了好几个省。最为让我感叹的是，她能坚守她的文学梦，不管是生活的苦难，还是成功之后物质的富足，都没有改变她的梦。她不放弃读书和勤奋写作，文字唯美，常常见于几个刊物。我时常觉得她就是一枝傲立寒冬的蜡梅，生活中的凄风苦雨冰欺雪压，没让她残败，却愈加开得灿烂，明艳不俗。而她的一切，也似乎如一缕梅香遥遥地感染着我。我最近几年，生活中也有和她太相似的磨难和经历，就是因了她的鼓励，我也学会了她的坚强。

梅园里的人，结伴的较多，一路嘻嘻哈哈拍照留影，似乎还有外省的一队游客，背上居然背着音响，放着吵闹的摇滚，我急避他们而去。

岔入一条小径，一棵梅树上挂着两枝似乎刚刚被折断的梅，不知何故，折梅的人并未拿走。我犹豫再三顾盼左右，轻轻取了下来，闻了一下，握在手中。走着走着看到一个古色古香的小居，门口挂着招牌：梅庐。于是我走进去，却见卖各类花茶，主营牡丹与蜡梅花茶。我买了两盒蜡梅，准备赠给友人。走出梅园，梅香沾衣，香也似乎沁在了口里心里，久久不散。

没想到十几年后的重逢会是在我第一次看梅的下午。友人从火车上下来，一袭耀眼的红色衣服，真像替园中未开的红梅盛放。她的脸上是自信而且恬淡明媚的笑容，曾经生活的艰辛未曾在她脸上留下痕迹，满是洗尽铅华的从容与淡定。我把两盒蜡梅花茶给她，也送了她一本书，夹进去了一朵梅花。

短暂的重逢后，车要开了，她转身上车。她同样了解我的生活状况，那一瞬，她一定是读懂了我的。不一会儿手机响，一条短信过来，她写道：亲爱的，我们一起努力吧，不要惧怕苦寒，相信你，一切都会好起来的，就像书中的这朵傲立严冬的梅⋯⋯我们要有梅的傲骨，在尘世独立！

今夜，灯下一枝梅，一摞书，在梅香里翻开书页，在书香里，在友人的笑容里，思绪飘向她的旅途，一路上，她也会闻着梅香看书，或者写诗，然后入睡，也许天亮时，梅香已伴她到了京城⋯⋯

那一张张贴在墙上的报纸

　　20世纪80年代初，我们山区农村的房屋，多是青瓦土坯石头墙，外表粗粝。每到年底，总有一辆绿漆斑驳的小货车，响着小喇叭，载着成捆的旧报纸颠簸着开进山里，把旧报纸卖给乡村的人们。腊月二十八，人们把墙上用了一年发黑发黄的报纸揭掉，打好糨糊，把干净的旧报纸糊上。

　　就是在那时，我认识了糊在墙上的"洛阳日报"四个字，父亲神秘地告诉我，这可是毛主席亲笔题写的字呢！上学后，我认了更多的字，也学会了查字典，对所有印在纸上的东西产生敏感与喜欢。但是可供我读的东西不多，有时连一些物品的说明书我都要反反复复看上好几遍。能够大量供我阅读的，就是墙上的那些旧报纸了，它们陪我度过了一个个漫长的白天和夜晚。虽然报纸上一些时事新闻报道或许隔了好多月甚至好多年，但一点也不影响我，比读说明书有趣多了。

　　通过读报纸，我知道山外的世界是多么广阔，发生了哪些新鲜事，哪几个国家的领导人在什么地方会晤，哪里几月几日发生了战乱。我最喜欢的是副刊内容，有好多令我入迷甚至思考的文章。至今犹记一个旅居海外的作者一篇抒发家国情怀的文章，写得大气深情，把山川壮丽、长河浩荡尽收笔底。我反复去读，最后居然一字不漏背了下来。就是这篇文章让我心中萌生了写作的小芽，并幻想何时自己的文章也能在报纸上开出小花。

山里的孩子盼过年，盼的是吃白面馍穿新衣服，而我盼过年，盼的却是让父母揭掉墙上的旧报换新报。一个春节未过完，就把自家墙上的报纸看得一个标点符号都不剩了。山里人烟稀少，住得又比较分散，我家附近就三四户人家。再远点，就要翻一些小山越一些岭，穿过一条小河。我开始精心策划自己的看报线路，亲戚家离得远就趁春节去，翻山越岭过河的就在暑假去，附近邻居家的就晚饭后去。于是方圆五六公里之内，亲戚邻居家的报纸都被我看了个遍。

由于我个头比较矮，看贴在墙上的报纸，低的可以蹲着，床边的可以躺着，高的就要站在凳子上，再高一点的话，还要爬上木梯去看，因此发生过一次小意外。大年三十，一家人围着堂屋的火坑烤地火守岁。墙壁上的报纸有几张是倒着贴的，我就爬上梯子低头看。看完下梯子时一脚踩空，生生把脚踩到火里去，棉鞋烧破了一个洞。

有个和我父亲关系不错的叔叔在市里工作，他过年到我家串门，见到我第一句话就笑着说，你就是那个喜欢到处跑人家里，看贴在墙上报纸的小丫头！不错。说着从包里掏出一本书给我，那是我平生收到的最贵重的一份礼物。后来他又托人送我一本厚厚的剪报，我才知这个姓吕的叔叔同样钟情文学，并且写过剧本，经常在报刊发表文章。

当我长大以后，离开校门，在外漂泊的那些日子里，我从未停止过读书读报与写作。现在，我已经由那个翻山越岭去读糊在墙上报纸的小丫头，成为一个经常在报刊发表文章的作者，也加入了省作协。岁月流逝，感谢曾经贴在墙上的那一张张报纸，用幽幽墨香带给我人生一路芬芳。

小　蒜

　　它没想着和谁争哪怕是一小缕春光，但它和春天结伴而来。

　　春天的盛大使它看起来愈加渺小。它怯怯地生长在溪边、地沿，或者是藏在草丛里，从不显山露水，生怕挡住了别的植物的阳光，本分地守着自己立足的那一小块土地，守着自己。

　　它很小很瘦，所以它的名字叫小蒜。

　　它的样子像极了一棵草，甚至比草还细，比草还瘦弱。不过，要是风来了，你看草在摇动，而它不会。

　　小蒜和草的区别在于，它散发出一种介于大蒜和葱之间的味道，一种浓郁的野生的清香。这完全是来自山野的味道，甚至带着淡淡的苦味，这或许也是人生的真味。

　　不知道大蒜知不知道自己还有个叫小蒜的兄弟呢。那些叶片宽宽的蒜苗整整齐齐摆在菜场，白白胖胖干干净净的大蒜也堆满了菜摊，一年四季都占据着人们的菜篮和餐桌。小蒜呢，它只有在春天，沐浴着清风阳光露水，青嫩嫩地站在野外，被踏青看花的人发现了，会掐上一把，回去包饺子、烙饼，拌上盐和香油腌着吃。

　　它不会被人放在大棚里养着，而是不知不觉在夏天来临之时，结了籽，乘着风把自己播撒。大地是如此厚爱它呀，经历了三个季节的风霜欺压，来年春天，仍可以托起一小片绿。

小蒜，一个小字，使它卑微，也使它生动。在乡下那充满饥饿感的年代，一碗金黄浓稠的玉米糁粥，配一碟刚从地边掐回来、拿油盐腌过的碧绿的小蒜，我们一样吃得很欢。

　　小蒜，有我们平淡生活里的小怀念、小感动，以及小小的可以放大的梦与自己。

春鸡长鸣

东风起万物生，节气如大自然的号令。冬天悻悻然离去，二十四节气之首的立春如约而至。我们将跨过寒冬的门，走入无垠的春光。

在民间，立春也叫打春。我们老家有缝春鸡戴春鸡的习俗。鸡与吉谐音，再加上春天是四季之首，立春又是节气之首，戴春鸡驱邪，让鸡叼走灾祸，带来风调雨顺，取大吉大利之意。

缝春鸡的人格外细心，各种颜色的布头都可以做鸡身子，找齐了五谷杂粮，裹在雪白的棉花里，缝进去，寓意五谷丰登。再用红布做一条带子，缠在鸡的腰间。用红布剪成鸡冠，用花布剪成花花绿绿的细条条做鸡尾巴，眼睛是黑布做成的两个小圈圈。

别看一只春鸡小，要想做得好看，起码要花半天的时间。一般都是在立春前一天缝，这一天大家聚在一起缝春鸡，也能互相借个针线借块布，不会缝的也会央手巧的人缝一只给孩子戴。

有人针线好，手巧，缝好的春鸡活灵活现，活脱脱一只昂首长啼的大公鸡；有人手笨，缝出来的鸡就看起来呆萌一点，反正缝出来的春鸡是一个人一个样。可不管啥样，都是一只给人们带来吉祥的鸡，咋看都欢喜。

我们那里，只给三岁以前的娃娃戴春鸡，娃娃们不就像四季里的初春一样吗，看他们笑着闹着，大人的心里就会有着无尽无边的希望和力量。把缝好的春鸡用一根曲别针轻轻穿过鸡肚子，别在孩子的袖子上，戴够一百天才能取下。这一百天中如果换洗衣服，就取下来换在另一件衣服袖子上。

戴春鸡，并不是在立春这一天随意哪个时间，而是要在立春的那个时辰，精确到分到秒，准时把春鸡戴在孩子的衣袖上，万万不可错过或戴早了。每到立春，将有多少只春鸡戴在孩子们的身上，将有多少美好的祈愿和祝福随着立春的第一缕风荡漾山河。

年轻的母亲们抱着孩子们出去，不免都要互相比比谁的春鸡好看，在春风里计划一下春天该做的事。春天真好，春天让人觉得幸福，有盼头。

不大的村庄，天天都有高昂的鸡鸣响起，而在立春这天，格外嘹亮悠长。

欲问春来多少雨

立春，是二十四节气发出的第一道号令。未出正月，桃花、杏花等便纷纷绽放。雨水，便是二十四节气的第二道号令，一滴滴春雨，是人间万物不变的渴盼。

在这崭新的如从来不曾离去的春天里，能有多少雨从遥远的天空落下，亲吻土地，抚摸发丝，让小河和池塘涨满，催促一切生命的进度呢？

让一棵草获得重生，让一朵小花美丽绽放，让一粒种子破土萌芽，甚至让一块石头变得柔软，让鸟儿的歌喉变得更婉转动听，让步履艰难的爱情顺理成章被祝福，这都需要春雨无声的滋润。

雨，是个浪漫主义者，也是个献身主义者，而春雨，便是两者完美的组合。

春雨渺渺，如纱如雾般温柔美妙。小孩子们在细雨中奔跑玩耍，大人们在田野里播种，再远一点年代的画面里，一头黄牛正被主人催赶着耕地，牛时而仰起头来快活地哞哞几声，似乎也在享受春雨的恩赐。

在春雨中打伞，是有点矫情的。不如让雨点浅浅柔柔地落在头发上、身上，甚至心上。那是一种微妙的感觉，仿佛胸中有千般杂念被雨滴化开，一颗裹满迷茫的心，变得轻捷透明，变成了一滴雨的样子。

夏雨未免狂暴，秋雨本性萧瑟，冬雨却倍加凄冷，在雨的家族中，春雨可谓完美无缺。它饱尝赞美之词，从无贬损之声，它就是人们心中那个温润如玉的君子，从不骄纵轻狂，处处得体谦逊。做人真当如春雨呀。

春雨的名声当然也是很好的。它是知进退知时节的"好雨"，它是恰到好处、完美助攻的"及时雨"，它不仅在农人的心里金贵如油，飘在诗人的手上，还有如酥的细腻质感。春雨由内而外都让人喜欢。

春雨无声，润万物而从不居功自傲。这恰恰跟某种人物形成了极其鲜明的对比，有人稍微做了点什么，喧哗得要寰宇内外都知道似的，巴不得让外星人都来给自己颁个奖。春天的雨有自己的风格，它一点都不善于哗众取宠，默默的，眉眼和善。它的脸孔永远保持纯真如初的笑容，没有杂质，简单而干净。

春雨又像个浑身湿漉漉，却仍可以满世界飞翔的小天使，飞到哪里，哪里就是一场生命被润泽的欢腾。人们热爱每一滴春雨，每一滴春雨也热爱那雨后的大地，鸟语花香万物生长。

今春的雨，可否多下几场？"欲验春来多少雨，野塘漫水可回舟"，不知今春的雨能否如人所愿。

素"味"平生

我在家中排行老六，母亲生下我便没了奶水。那年代什么奶粉哪，鸡蛋羹啊，肯定是吃不起的。母亲就用打下的新麦磨的头遍面，加了水不断地揉，最后再用水洗那个面团，等洗面团的水变得浓白，加几颗干枣，用碗盛了，搁笼上蒸。据说我就是吃这个慢慢长大的。

直到长大成年以至今日，我都深深地喜欢着一些素食，心底抗拒肉类，这是否与我出生时的第一口食物有关呢?

我曾试图改变，去尝试吃些肉、海鲜等物，使自己的味蕾和舌尖更加丰富，但结果证明，非常徒劳。在一盘红烧肉前，我的胃由饥饿瞬间饱胀，无半点食欲。就连喝茶亦不喜浓茶，而是泡些来自家乡的野生金银花和采自河边的薄荷草。

我真是喜欢那些素味。朋友圈有人晒丰盛的大餐，有人秀私房菜，对我不曾有半点诱惑。我岿然不动，静悄悄慢吞吞地煮一锅金黄的玉米糁粥，春放蒲公英叶，夏放山上的干菜，秋天就丰富多彩了，红豆黑豆花生一股脑地放进去，好看好喝好营养。我尤为喜欢把土豆切成块，放入锅里，煮到用筷子一扎就烂时，粥也好了。粥里也可以放红薯，放红萝卜块。一碗金黄嫣红碧绿，一碗淡饭素味缭绕。

万般的素味情结，使我永远都吃不够煮嫩玉米棒的清甜和煮刚刚从地里刨出来的湿花生。我喜欢吃的这些食物，材料还必来自家乡。如果从菜市场和超市购买，我很难品出家乡的味道。玉米糁、高粱米、小米、干菜、豆类、胡萝卜、土豆无一不是从几百里之外的父母公婆家带过来，有时让邻居捎，有时直接交给长途客车的司机，交点运送费，人家就给捎到车站，你只管去取。

　　那些从家乡过来的食物，果实蔬菜，都是最新鲜的，要么带着晨露，要么带着泥土。春季的新韭、野生的拳菜，夏季磨的新麦面，夏末的青皮核桃，秋天的板栗、柿子、嫩玉米，初冬水灵灵的大白菜和深冬时雪天里结的雪桃，这些被我称为素味的食物，一年四季都在我的舌尖翻动。

　　犹记得在南方时，一个中秋节当天，收到母亲从千里之外寄来一个包裹，里面装了核桃、银杏、榛子、木耳、香菇还有自制的五仁月饼等，我拿出这些食物和来自天南地北的工友们分享，望着月亮，大家突然之间就泪流满面。

　　年岁渐长，越发对一些烦琐复杂的东西生畏，因此更加喜欢吃素味，穿素衣，结交素心相待的朋友。人生苦短，淡然一品惬意生活。

掰槲叶

　　农历四月初，映山红花开时，坡上的槲叶也由软绿变得厚实，这时正是掰槲叶的最佳时间。母亲总是去后坡掰好多回来，用绳子穿了挂到房檐下，够一年蒸馒头时代替笼布用。铺垫槲叶蒸出来的馒头有一股自然的清香。

　　在网络上搜索槲叶，瞬间满足了我作为一名嵩县车村人的自豪感，"度娘"赫然明朗表述，"槲树，产于河南省西南部及商洛地区，最大的生产加工基地是嵩县车村镇。主要用作食品包装，日本和韩国常年从中国进口大量槲叶加工后产品"。其实，我们村很早就有槲叶加工厂，车村镇的好几个村也有，槲叶是车村镇的又一张名片呢！

　　大人们常常望着满山满野的叶子说，这穷日子比树叶还稠，啥时候这一片片树叶能变成钱就美了。大约我上小学四年级时，一天下午放学后，看到学校门口张贴着红纸毛笔字的通知，内容是收购槲叶，每把两毛五，那时的两毛五大概和现在的两块五同值。别看当时通信不便没有手机，但消息的传播速度一点都不亚于今天，几乎是一个傍晚的工夫，两毛五一把槲叶的消息便像长了翅膀似的飞遍了附近的几个村庄，树叶真要变钱了！

　　第二天早上，不用说，人们自动展开了早起比赛，连学校都给我们放了三天假，家家封门闭户都去掰山上的树叶了，大家眉开眼笑，没想到这槲叶还真能变钱，而且要出口到日本。

掰槲叶时，右手把槲叶掰离树枝的那一声"咔嚓"，大概是单调动作重复里面最动听的声音了。掰下一张放在左手，一张张对齐，约莫够五十五张了就把叶子茎部那里像扎马尾一样扎住，再掰五十五张同样扎马尾，之后把两个半把对面合起来，中间再用一根绳子拦腰一扎，就是一把槲叶了。扎槲叶其实很少人奢侈到用麻绳，人的智慧真是无穷的，也印证了经验是在劳动实践中产生的，人们发现用构树的皮也可以，更方便的则是槲树中间那些新生的嫩枝条，折断后，把上面的皮剥掉也可以当绳子用。

不过树叶变钱的游戏也不是那么轻松完成的。刚开始掰槲叶，大家都是初尝试，好多人为了掰得快而忽略了规定和要求。譬如槲叶的叶面上要求无斑点、无虫洞，而且还要求有尺寸，不能太大也不能太小，手掌大小的是最好的，这样扎好后也不影响美观。傍晚时，人们扛着篮子下山，在山下互相搭问对方掰了多少把，有人一天掰三十把已经是最多了，而我上午掰了四把下午掰了四把，还拿着一把尺子过一会儿就去量量自己掰的叶子尺寸，觉得太大的或太小的就抽出丢掉。

一家人掰好的槲叶要由一个人担着去卖，收购点设在离家三四里的村委院内，那时还叫"大队院"。卖叶子需要排队，要有足够的耐心等。为了防止有人插队，用一根长绳子把每家的篮子穿起来，轮到谁的就是谁的，经常一排队就是大半夜。还有人不想排队等，家里有自行车的，就干脆去十几里外的外村收购点碰碰运气，但是好运气总是太少，往往到了那里，要么是也是排长队，要么收购的人走了，但是咋办哪，叶子不能隔夜，隔夜就蔫了，卖不出去，一天的辛苦就白费了。于是就再去一个地方碰运气，反正最后就是过半夜十二点也要把叶子卖出去。

验叶的姑娘很认真，几乎把每一把叶都要打开一张张地看，看到有瑕疵就抽出来扔到地上，完了还要再数数半把够不够五十五张，不够的还要添上几张。每个人的心里都很忐忑，像是被老师检查作业一样。整个下来，几乎每个人掰的槲叶都是有毛病的，最后会根据程度大小来折合把数，比如张数不够的就十把折掉四把给你过了，基本上都是如此。也有被原封打回一把不要的，可能是质量真正太差的缘故，这些人受了很大打击，回去路上说以后再也不掰了，就算一把槲叶一百也不掰了，其实，等到次日，还是扛了竹篮和大家一起上山。

第一次的严格检验还是有用的，人们再掰时心里便有了数，有了度，知道哪种叶子不行，哪种是最好的。不仅质量有了提高，而且速度也是加倍。干惯了庄稼活体力活的人对于掰槲叶变钱这种事是丝毫不会产生累的感觉的，谁要是掰槲叶敢喊一声累，那被人听见还不笑话死呀。

门前门后四周都是山，但不是每个山上都有槲叶。有的地方半面山槲树多，另半面山一棵也没有。槲树虽然属于乔木，但不高，就和人高矮差不多，大人孩子都能掰，掰了多年的槲叶，大家也都各自积累了一堆经验，不朝阳的阴坡槲叶颜色正且发亮，斑点、虫眼也少，阳坡本来槲树就不多，如果去那里一天也掰不了几把。有时候如果有运气，幸运地发现有一片槲树，而且叶子几乎没啥缺点，还没人来掰过头茬，这个时候心头不亚于中了彩票，一边加速掰，一边又怕弄出声响被别人听到，这样的好运气可不舍得有人过来和自己一起分享。

大概过了几年，收槲叶的人多了起来，到处都是收购点，掰槲叶的人却渐渐却少了。检验叶子的人也不像之前那么认真了，基本上是抽检，一个篮子里抽出一把看看，没问题就过了，也不用排队等到半夜。每年都掰槲叶的人也练就一手掰叶好技术，我的一个堂婶，一天掰一百多把，而我一天三十多把就算极限了。现在，当年掰槲叶的中坚力量们大多老了，年轻人也在外的多，一到掰槲叶季节，收购便成了抢购，那些收槲叶的车开到了山底下，人们一下山，槲叶直接上车，叶子直接变钱。一把槲叶已经从当年的两毛五到五毛、八毛，一路飙升到现在的一块。

掰槲叶的时间持续到四月半结束，中间要经历车村镇一年一度的四月八物资交流大会，已经掰了几天槲叶的人们差不多都要去镇上逛逛，买点夏天衣服和菜苗之类，最主要的是买一些农具，为夏收小麦做准备。掰槲叶的尾声也是以另一个镇——合峪镇四月十五大会而终止的，反正掰了半月槲叶，手里也有点零钱，即使不买什么也得到处看看，不能错过一年之中难得的热闹。

收购的槲叶一车车拉进厂，先进行腌制工序，盐和水按照比例配制好，腌一个月。整个腌制过程中，颜色会有变化。腌好的槲叶先蒸，蒸完再煮。煮好的叶子发到车间按照尺寸进行修剪、清洗，整个工序下来，槲叶变得精致了许多，再经过质检员检验过后，送到包装车间进行真空包装，然后装进印着"中国柏叶"的包装箱里，漂洋过海东渡日本。

听说栾川一带端午节，掰新鲜的槲叶，里面包上米蒸的槲包很美味，但是我从来没吃过。网络不仅告诉我这个车村人车村是最大的槲叶生产加工基地，而且让我第一次知道槲叶在《本草纲目》里出现，它还是一味药材，治吐血、衄血、血痢、血痔等。

槲叶还曾走进唐代诗人温庭筠的《商山早行》里，所有人肯定跟我一样只能记住那个千古名句"鸡声茅店月，人迹板桥霜"，而忽略了槲叶就是在这两句后出场的："槲叶落山路，枳花明驿墙。"槲树叶子不仅形状好看，而且秋冬天不落，只有到春天，长出的新叶才顶掉老叶，温庭筠写的正是春天的景色，枳花开了，槲叶落了。槲叶，这种曾在我眼里如此普通的叶子，从今以后，是不是要令你刮目相看了？

五彩端午

　　长长的河水流淌，水边一株株艾草，在五月变成了主角，质朴的清香随风氤氲着村庄，和人们一起走向五彩端午。

　　端午节前一日，但凡家里有小孩的年轻母亲，都会跑到几里外的小店买五种颜色的丝线，回来后，坐在檐下，用双手对搓成一股五色线，然后分别绑在孩子的小手腕和小脚脖子上。大人们一边戴一边唠叨，戴够一个月呀，六月六才能取掉，取后要挂到豆角架黄瓜架葡萄架上，这样才会平平安安，果实也有好收成哩。

　　然后还要做料布袋，就是大家常说的香囊。戴料布袋也是有讲究的，小孩过第一个端午时用三块布缝制，两岁六块布，三岁九块布。四岁时，男孩和女孩戴料布袋就要区别开来，男孩戴的是心形的"五春儿"，女孩戴的是猴子模样的"扳脚猴儿"。缝好后，里面装上五谷——麦子、谷子、玉米、高粱、豆，再装上五香——苍术、麝香、大茴香、小茴香、八角。料布袋做好后，留个小孔，穿上五彩线，挂在孩子的脖子上，祈祷平安和五谷丰登。

　　这天早晨是一定要赶在日出之前去河里洗洗脸，洗洗眼睛，不怕冷的还可以去洗个澡，然后再到井里挑满满一水缸水，传说端午早上的水可以防治百病呢。

　　人们虽然大多不知这一天伟大的爱国诗人屈原跳进了汨罗江，

伍子胥投进了钱塘江，曹娥为救父亲跳进了曹娥江，但是，这一天的水，这一天的河，对他们来说充满了神秘感，寄托着一些平凡的愿望。我相信这一天，家门口的河一定汇入了汨罗江，全中国的河也都汇入了那流淌着不屈灵魂的江。

端午节一早，大人们拿着镰刀去河边割回成捆的艾蒿、金银花、夏枯草、瞿麦花、燕麦及麦穗。艾蒿插在家里所有的门上，包括鸡圈猪圈门。然后烧上一大铁锅水，把金银花之类的放进去熬，熬一会儿，开始放入鸡蛋，和刚从地里刨回的新蒜一起煮。据说吃了这药草汤熬煮的鸡蛋和大蒜可以百毒不侵，一夏平安。而那剩下的满满一锅散发着花香、草药香的水就可拿来洗头洗澡泡脚了。洗了这样的澡，整个夏天，那些咬人的小虫子就不敢那么大胆近身了。

清简而有味，极简而丰富，一株艾草香，带你走进家乡的五彩端午。

金 银 花

农历四月末，麦梢才刚刚泛黄。

在沟沟畔畔、坡底溪边、篱笆外、麦地沿，金银花从翠绿的叶子和茎蔓间探出小棒槌似的青蕾，历经一夜月色轻抚，夜露滋润，翌晨，由娇蕾变作芳香饱满的银白，这是金银花生命最灿烂强盛的一刻，此时采摘，它最具药用价值。这时候，它的身份是银花，过不了多久，银花慢慢由白而变成金色，便唤作金花。一枝并蒂双色，这便是金银花。

一大早，便被缕缕清芬苦香唤醒。居于山中数十年，采金银花的经验还算丰富。换上布鞋，提了篮子，早晨是采摘的最佳时刻。你早，或许别人比你更早呢！踏着乡村的鸟声竹影、水光山色，拂过脚面的那些小诗一般婉约的野花和融进了我脚步与呼吸的空气，顺着一路芬芳，我熟知哪条溪边的金银花最多，熟知哪个坡底的小杨树上缠着好几丛花……

金银花，还在那里等着我吧。终于迎面而来，静静地在藤上叶间浅笑，落落大方地迎接把它采于手中的人，不躲不闪，只留馨香。那些白得离俗的银花，如太阳和金子般可贵的金花，多像一些拥有淳朴心灵的山里女子呀！

听母亲说，很早以前伏牛山下有个老药农，养了两个女儿，叫金花和银花。一场瘟疫横扫了村庄，药农做了个梦，说是有种野生的藤蔓，上面开着黄白的花骨朵，割下来熬水沐浴并饮服可以治病。于是他带着两个女儿连夜采割，天亮后免费给乡亲们治疗。但很快，遍野的花被采光了，而还有许多人需要医治，父女三个心急如焚，情急之下，金花和银花变成大片大片的花开在山野。人们为了纪念药农的两个女儿，从此便把此花叫作金银花。

面对连同那些绿的叶和茎、清脆的鸟鸣、晶莹的露珠、芬芳的空气一同掐下来的金银花，我总忍不住要贪婪地深嗅几下，知道苦，却还是放在口里咀嚼几朵。良药苦口，金银花被誉为清热解毒的良药。它性甘寒气芳香，甘寒清热而不伤胃，芳香透达祛邪。一朵花化身为一种药，这样的花世间也并不太多，它和一些药草经过多道工序的炮制，用它的苦去医治众生的苦。

一年冬天，我被感冒、牙疼、嗓子疼折磨近一个月，吃了各种的药，终不见效。母亲听说之后，从老家让人给我捎了一袋她亲手采的金银花来，让我泡茶喝。我熬粥也用煮的金银花水，不到三天时间，疼痛便有所减轻。

这几年金银花的价格在不断攀高，有些老乡已开始大片种植，到了采摘时节，摘一把花就真的好像摘了一捧金银。金银花开金银来，金银花已经不单单具有药用价值，现在的人们因它富贵吉祥的名字而把它当作招财树，栽培在花盆里，放到厅院，花开时节，清香袭人。金银花，金银般的品质，它的内在如金银般高贵，与它的名字和外表达成高度统一。

田野的早晨，金银花开得正盛。我已经摘了金银满篮。

连翘花语

　　初春时节，楼下花园里金灿灿一片。迎春花从不负使命，以灿然的生命之色迎接新一轮的春天。走近看，原来同迎春一起迎接春天的还有连翘花。它们的颜色相同，脸孔太像，许多人根本无从分辨。几乎没有人认识连翘，都误认为是迎春。而令我惊奇的是，连翘不知何时也进了城，在公园与花园里和迎春花并驾齐驱共迎春天了。我对这种植物由衷感到亲切。家乡的山上，一到农历二月初，连翘花便争先恐后开得灿若星辰。

　　你若细看，便能发现迎春和连翘的不同。迎春花深绿色的枝蔓是柔软披拂的。摘下迎春的花朵吮吸，里面还能吸出甜丝丝的蜜。连翘的枝条比较坚韧，里面是空心，它的枝条比较直，花朵里吸不出蜜，能尝出一种药的苦味。

　　深山里，春天总是来得很迟。山坡上仍是灰扑扑一片，似乎迎春花迎春的力度还不够，冬的脚步依然不肯开离开一般。到了农历二月底，连翘花燃起山野一片片金黄的亮色，人们才能感受到春的气息。孩子们总是最淘气的，爬上山去，折上两枝回来养在瓶里，或扦插在门前，赏心悦目。赶上缺雨，天气干燥，容易上火，人们摘几朵连翘花放入杯中，滴几滴蜂蜜或放入白糖冲水喝，必是最下火清心的。

许多植物都是先开花再长叶，连翘是先长出娇嫩的小叶子，才开花。到了农历六月还结出青色的果实，我们叫青翘。青翘的形状如同一枚长着尖角的绿橄榄，成串挂在枝头，我听老一辈人说香港人叫连翘为"一串金"，还挺形象呢。

连翘总爱生长在背阴的山上，而且必定是陡峭的地方。当它成为青翘时，山里那些永远闲不住的勤快人就会去采，我们称其为"搜连翘"。这个时候的山满目青色，人们要靠着记忆、体力、眼力、脚力以及经验和运气去寻找，它们似乎俏皮地和人捉迷藏。搜连翘是极其辛苦的劳动，因为长在陡峭的地方，采摘有一定的危险性，山上还有许多带刺的藤蔓植物，隔着衣服就能把人的胳膊和腿划出一道道血淋淋的印子来，火辣辣地疼。不过山里人最擅长的就是爬山走路。吃苦，这当然不足为惧。大家满怀信心，带了干粮有备而来，谁都想傍晚下山时，摘满满一布袋回家。急性子的人等着钱花，摘回去的湿连翘赶忙拿去卖了，如果等晒干了再去卖，价钱会高许多。

母亲也是采连翘队伍中的一员。她小时候受了很多苦，没读几天书，十岁就开始放牛。在秋冬季节赶着牛顺着一条河走四五里地，只穿着草鞋和单衣，因此得了一种病，每每遇冷，便咳嗽不止。她说都是喝顺河风喝的。她的搪瓷茶缸里，一年四季都泡着一小把连翘还有桔梗、柴胡等，既是当作茶饮用，也是为了预防感冒咳嗽。这些山里随处可见的植物，其实都是治病的良药。平常我们不愿喝，但如果感冒咳嗽了，母亲熬的连翘，我们也会乖乖地喝下去。

等到八月末，还有一茬连翘，这茬连翘已经彻底成熟，在枝头从中间裂成两半，枝条趋向干枯，叶子已经掉完，只留一串串褐色的果实。成串的那些是夏天时与人捉迷藏未被发现的幸存者，而一些枝条上三三两两的则是当初被手下留情的幸运儿。

如今，每年春天，家乡山上的连翘花依然开得灿若繁星，但连翘已经很少有人去采，毕竟新时代的农村人已经有了更多的赚钱门路。

每次念起连翘，我都会想到一个词"翘楚"，是出类拔萃、超群出众的意思。我也想到连翘的花语是预言和永恒，据说受到连翘花祝福的人可以拥有美好的未来，得到永恒的爱，就让我用眼前满目的连翘花祝福所有善良的人吧！

核桃压枝低

核桃喜欢结伴，连体婴似的两个果实结在一个枝上，这叫"对瓣儿"。还有更爱凑热闹的，四个在一个枝上结"双对瓣儿"。少有几颗特立独行的孤零零地在最高枝上挂着，很是超然。遇上核桃的丰收年，成熟的果实一串串地垂下来，把树枝都压得低低的。小时候大人们总是说"核桃压枝低，榨油又买米"。

幼时的我眼巴巴望着树上还裹着青皮的核桃，总想伺机偷摘几个砸开吃。可大人们深知小孩子的心思，警告道："六月六才灌满油哩！"我们嘴里应着，却一伸腿就跑到了野外，田埂上、半山腰、小河边到处都有核桃树。爬树上偷偷剜核桃吃，是孩子们热衷的游戏。

每一棵核桃树都有主人。比如沟底那棵是王五家的，西岭那棵是张三家的，核桃树由大队按各家各户人口分得清清楚楚。有些树大，光不同姓主人就有六七家，到打核桃时要约好一天打，最后树下过秤均分。

待到核桃筋变黑，人们便知晓核桃大半已经熟了，家家户户都开始准备打核桃。

打核桃是真打，也不知核桃疼不疼，被人吃还要先挨打。竹园里长得最高的竹竿，是打核桃的利器。准备好长竹竿，还要提前把核桃树下长得比人高的野草、带刺的藤藤蔓蔓割掉，收拾一番才好捡核桃。谁家都不能私自先打，要等大队统一通知，谁要急性子抢先打了核桃，是要挨罚的。通知下来后，一向寂静的山沟沟，便能听到四处传来的噼噼啪啪打核桃的声音。小孩们兴奋起来，不用喊就跑向自家树下帮大人捡核桃。其实，孩子们是为了吃核桃。核桃和人一样，总有几个性急的，在树上没等人打，就抢先脱离了青壳，赤条条地掉下树来，这种自然长熟的核桃吃起来特别香。还有一些壳裂开了，核桃还没脱落，只要像剥蛋壳轻轻一剥，壳就掉了，孩子们特别喜欢。举着竹竿打核桃的是父辈们。他们沿着树转圈，先打低处的，够不着了再上到树上打高处的。他们先不慌着去捡核桃，也不去管核桃砸到头上疼不疼。我们在等着捡核桃的空当里，就去找各种酸甜的野果。直到听不见竹竿敲打核桃的声音，才赶紧跑回树下。

每家的核桃树不是只有一棵，人口多的家里分核桃树也多。一棵在南洼，一棵在北洼，一棵在东岭，一棵在西岭。一天下来，只能打完两棵，打核桃的工作要持续一周左右才能打干净，收拾完。往家运核桃也不容易，山道路窄，连架子车都过不了，人们只能靠肩担手提。好在我们那里竹子多的是，竹篮子和箩头都派上了用场。去时空空的箩头，回家时都装得满满当当。担核桃这活自然是男人们干的。因为路远，一个来回肯定担不完，所以女人和孩子们的篮子也不空着，能提多少提多少。如果还是拿不完，就留个小孩在树下看着，等着大人再来担，防止被人顺手牵羊。

核桃全部运回后，有院墙的堆在院里，没院墙没大门的就堆在屋里。然后盖上塑料布或者厚厚的蒿草，捂上个十天半月，核桃壳就慢慢裂口变色。但是不能捂太久，太久核桃会变黑，影响核桃仁的口感和卖相。等到褪核桃的日子，人们用斧子或镰刀敲打外壳，壳就很快脱落，露出了新鲜的核桃，大人们把皮拢到一边，留一堆干净的核桃，拾到箩头里。

褪过皮的核桃要担到河里淘洗，把外面残留的一些津液洗掉。

淘核桃时，不用倒出箩头，直接放在水里，拿一个用秃的竹扫把用力翻搅，反复多次，大多数核桃就已经变得白白净净，仍有个别的核桃还固执残留一点干壳，需要单独挑出在石头上摩擦掉洗干净。

那时候家家户户都有一个竹棚，专门用来晒玉米、晒麦、晒豆子芝麻等。淘干净的核桃担回家，摊到院中的竹棚上去晒，晚上不收，拢成一堆，盖上席子或塑料布，第二天早上再摊开。大太阳晒几天，然后就可以等着山货贩子提着大秤来收购，或者也可以进行再加工，比如砸出核桃仁榨油。当然每家都会留个小半麻袋，扎紧了口，偷偷地藏在孩子们找不到的地方，等过年时或家里来客人时再拿出来吃。

小时候吃核桃都要偷偷摸摸的，现在终于可以大大方方地吃了，新时代新农村，新的致富路越来越宽，人们再也不指望着卖核桃换买米钱、用核桃仁榨油了。野外的核桃树今年仍是压枝低，看着叫人欢喜，就像人们的日子，越来越充满希望。

麦穗正在风中诉说

我的目光，穿过五月金黄的麦田，一下子仿佛看到了岁月深处，而耳边，沉甸甸的麦穗正在风中诉说……

好多人不相信我割过麦，可是对于我来说，第一次割麦的记忆又怎能轻易说忘就忘了呢。小学三年级时，准确地说，是炒"地牤牛"蛋的香味把我引进了一波波热浪翻滚着的麦田。

焦麦炸豆时节，干农活如打仗。从地里割麦回来的爷爷从口袋里掏出四个鸟蛋，然后在大铁勺里放了几滴香油，借着蹿出炉膛口的火苗炒了给我吃。我问爷爷那是什么鸟的蛋，怎么那么香。于是才知道这是一种长着灰褐色羽毛、尾巴很短的小鸟，它们把窝建在麦地里，所以名字叫作"地牤牛"。鸟都在空中飞，窝不是都搭得高高的吗？我是第一次听说把建窝在地上的小鸟，把窝建在地上安全吗？

顾不得鸟窝安不安全，鸟蛋好香，被我没几口就吃完了。看着空空的好像也张着嘴的勺子，我想，天天有地牤牛蛋吃该多好！那鲜美的香味一直诱惑了我一个下午。好不容易盼到天黑，我迫不及待地迎上从麦地里回来的爷爷，手伸进他的口袋，满怀期待地摸了摸，口袋空空的，什么也没有。我对爷爷说，明天我也要割麦，我要去地里割到好多好多的鸟蛋。爷爷摸摸我的头说，妞娃儿长大了，是该学着干活了呢！

晚饭后，月亮明晃晃地升起来了，爷爷搬了把小凳，在院里的枣树下专注地磨着一家人用了一天的镰刀，镰刀与磨刀石之间发出哧哧的声音，月光也便跟着在镰刀上一闪一闪，那月牙似的镰刀有着冰冷和温暖相互交替的光泽，看得我眼睛都有点酸涩了。终于磨完了，爷爷用粗糙的手在刀刃上试了又试，这镰磨利了，就再去磨另外一把。想到明天要去割麦，要找地垃牛蛋，我挑了一把自认为漂亮锋利好用的小镰，小心拿着藏在了床下的猫窝边。

那时根本不知道什么是防晒，大太阳的，连个帽子都没戴，确切地说，不是不戴，而是没有。我拿着小镰和大人们走进了日头炙烤着的麦地，日光真是跟人较劲哪。跟针尖似的麦芒子扎着胳膊，要命的是，我穿着一双底子非常硬的旧凉鞋，新麦茬子穿过鞋缝毫不怜惜地扎着我的脚。脸被太阳直直晒着，多年以后夏天涂防晒霜时，我总会想起这一幕。汗水湿了背上的衣服，不一会儿，我便放下镰刀，嚷嚷着要回家。不过，一转念，鸟蛋香味似乎袭了过来，只好再次拿起小镰，一把一把割着，有几次差点让镰刀割到手指头。那年，正好上了初中的表哥和舅妈在我们家帮割麦，表哥分给我四垄麦，他六垄，然后说，不割到头不准歇。不歇就不歇，当然我的目的不是割麦，我要割到一窝鸟蛋呢！当我终于割完四垄麦，别说鸟蛋，鸟影子也没见一只呢！我泄气地坐在麦铺上，捉了一只只蚂蚁，丢进新麦茬的小孔里玩。

我玩了一会儿蚂蚁又觉得无聊了，大人们也不管我，就坐在麦铺上用麦秆做戒指戴。快到中午时，我的左手食指被镰刀割了一下。旁边的表哥幸灾乐祸地说我傻，自己手割自己手，他还没说完，我号啕大哭，血没怎么流，倒是我的哭声震惊了四周，麦地里割麦的邻居都朝我望过来。吓得表哥赶紧弯下身子，捏了一把细土敷在我指头上，让我摁着，带我回家找了布和线给我包扎，并拿出好几样他藏起来的宝贝哄我，最后止哭的是一块高粱软糖。

午饭后，我躺在床上看一本小人书，看着看着就睡着了，醒来时家人都已经去了麦地。其实短短一个上午，我已经知道了割麦是多么辛苦的事情，既然这么辛苦，如果我去帮他们割一点，他们就少辛苦一点，怪值得。当然最最重要的，还是那香香的鸟蛋在诱惑着我。我又拿起藏着的小镰，慢慢到了地里。

第二天，又换了一块麦地。我依旧怀着对地牝牛蛋热切渴望的心情。可是猜猜我割到了什么？我正和表哥比赛谁割得快谁就可以暑假去坐火车时，脚面上忽然感觉凉飕飕的，一低头，一条小花蛇正慢慢蠕动，我下意识地飞脚一甩，那小蛇居然被我甩到了地边上。一旁的表哥又先开口了："回家玩泥巴去吧，不是割自己指头就是割蛇，还想吃鸟蛋，还想坐火车……"为了防止我哭，话没完，舅妈一巴掌制止了表哥的嘲笑。

第三天，我觉得直着割没意思，就掏着洞来割，最后把这些洞割一垄麦打通，像极了现在孩子们玩的迷宫，这样割麦才有了一点点乐趣，我对我的创意很满意。我还割了一个最大的洞做大屋，把麦铺弄得长长的厚厚的当床，然后就躺下来看天看云。正当我盯着一朵云发呆时，看到两米远处的麦梢上有一只灰褐色的鸟飞过，立马翻身而起，心扑通乱响，顺着麦垄轻轻走过去，果然看到两垄麦子中间的空地上有个鸟窝，里面安静地躺着四颗蛋。那鸟蛋在阳光和麦穗的辉映下泛着同样金黄的光泽，我禁不住咽了口吐沫，瞬间觉得很饿很饿。

我小心翼翼地捧着鸟蛋，兴奋地走到爷爷和表哥面前，希望得到爷爷的夸奖和表哥的羡慕。谁知表哥叹了口气说："唉，鸟妈妈回来找不到蛋会怎样呢？"鸟妈妈一定很伤心了，我心里想。那么说我是在做一件不好的事？要把蛋重新放回去吗？

最后还是炒鸟蛋的香味占了上风。拿回家，找了铁勺，点了火……吃着香香的地牝牛蛋时，我是顾不得去想鸟妈妈看不到鸟蛋时该是何等悲伤的。

在后来的麦收季节，我既希望割到一窝闪着光泽的鸟蛋，又怕割到。既想多吃几次鸟蛋，又觉得自己残忍。就这样纠结着，再割麦时，也不刻意寻找鸟蛋了。

渐渐地日子也好了起来，母亲偶尔会把换油盐换学费的鸡蛋给我炒一个吃，我竟发现鸡蛋比起地牤牛蛋好吃多了。不过，还是要感谢那香味的吸引，使我第一次拿起小镰，感受了劳动者的艰辛和快乐。但我总是对失去鸟蛋的鸟妈妈怀了一份歉意。因为这份歉意，后来，我还常常制止那些上树掏鸟蛋的男孩子，和那些拿弹弓到处跑着射鸟的孩子，可是谁会听我呢？

站在麦田边，风还在继续吹，麦穗也在继续诉说。

晴　秋

　　春种秋收的人们，谁会喜欢一个湿漉漉的秋天呢？可是雨才不管，偏偏我行我素，下起来就没完没了，那劲头仿佛要一直下个天荒地老似的。山里头凉，雨天更凉，若不是地里的庄稼、果园里的果实暗暗地暖着心，八成就再凉不过了。

　　人们在初春渴求贵如油的雨，在酷夏盼凉爽的雨，而秋天，五谷将熟、果香遍野时，大家心里莫不念叨盼望一个长长的晴秋。日头，好好照着吧，果实，该熟熟着，庄稼该收收着……就那样晴响响的多好！

　　连连绵绵的秋雨，有时一下竟有近一个月。树上的核桃，绿色的皮慢慢变黑，砸开后仁坏掉了；黄豆一棵棵倒在地里，落地的豆子能在地里生出豆芽来；板栗也熟了，刺猬似的外壳裂开来，栗子落了满坡。

　　最急最躁的是父亲，在屋里院里来回转着骂天骂地，说天再这样下下去，真是不想让人活了呀，一年出力流汗也白辛苦了。骂的时候，如果不巧被母亲听到，母亲马上会变了脸色嗔怪道："不敢不敢，骂天有罪呀。"母亲一边制止，一边也叹着气去厨房拿了个竹笊篱来，站到屋檐下，对着下雨的天空用笊篱做着挖天的动作，一边挖一边唱着："天天你快晴，不晴给你挖个大窟窿。天天你快晴，晴了给你吃个大烧饼。"我听了之后，便觉好笑，再想想也是，天晴了才有好收成，才能吃到大烧饼。母亲不骂天，只说天是个任性不讲理的娃，啥也不管就知道闭着眼使劲哭。我问母亲，天哭？嗯，她指指天上流下来的雨滴。

没有不会停的愁雨，也没有不会晴的天。

终于等到天放晴了！向上一望，天似乎越来越蓝越来越高，山野间透明得像块玻璃。万物如新，晴秋，便具体到了某一天里。

所有人都忙碌起来，本来山坳里就没几户人家，看不到几个人。好不容易盼个大晴天，都偷偷比赛谁更早似的早早下地去了。家家户户闭着门，鸡、猪、鸭吃饱了各自唱歌打呼噜，狗被过周末的小孩带到地里。孩子们帮着大人掰掰玉米，割割黄豆，拽拽豆角。掰玉米的时候，专挑那些没结穗、穗小的玉米秆，也叫"甜秆"或"哑巴秆"，捋去叶子，像吃甘蔗一样快乐地嚼起来。地里活还没忙完，还要赶紧到山上去，秋收就是哪个先熟先收哪个，像打仗似的。山上，长长的竹竿敲打板栗，捡板栗的满山遍野跑着弯腰捡拾，一不小心便会被板栗外壳的尖尖刺扎破双手。

这时候的晴秋，开始变身成一位热情爽朗豁达的母亲，热烈张开怀抱，把晴空下的原野揽入怀中，混合自己的温度，使出浑身解数把谷粒、豆子、果木、植物反反复复拥抱嘱托，最后，终于撒手，把它们全部交给人们，从而完成年复一年秋的使命。人们也极力配合着晴秋的节奏，一刻也不敢停歇似的，在田间早出晚归。很快，房檐下的玉米挂起来了，麦场上的黄豆垛也跟个小山似的，花生、芝麻、谷子、高粱、黑豆、红豆都陆续进了仓。

再也看不到平日里门前、树下、河边闲聊的人了。赶秋比赶路还急，怕晴不了几天再下雨，收了秋还要种麦子、摘山萸肉呢。

也许晴秋，还会有一天难得的空闲呢！在那样一个清晨，阳光洒在红绿叶子交叠的山梁上，远远看见一些鸟正在向南飞去。我抱着一本书，顺着山径，准备走到那山梁之上，却偶遇树上缠着的野葡萄藤，随手一拉，藤下竟然还藏着几串小小的、紫黑的野葡萄，摘了一颗尝，满是惊喜的味道。

于是记忆回到少时的晴秋，青的猕猴桃、红的五味子、熟透的野山枣、酸酸的山楂、虫儿咬过的野毛桃、木胡梨、八月炸等不都在这片山生长吗？我决定放下手中书，想要好好读读面前的书，去寻找那些被遗落的果实，那才是真正生动的来自大自然的情节和句子。就这样，读着山水草木高天流云，乐而忘忧。

时间到了正午时分，我躺在山梁之上，久久注视着高远深邃的晴空，不知不觉产生一种升腾之感，渐渐觉得世界在变小，而心怀在慢慢变大，平日的沉重在这晴秋的长空之下，渐渐散去。

夕阳红，炊烟起。牧羊人、赶牛人开始归家，看到一群洁白的羊，排着整齐的队列有序地蹚过河水到对岸去了。晴秋里的一天即将结束，而无数个晴秋正在开始。

又是满山茱萸红

山上的野菊淋着雨仍然灿烂，茱萸树上的山茱萸开始变红。可是今秋的雨就是下个不停，天气仿佛深冬，家里据说已经开始烤火了。往年打完栗子就是摘茱萸，我们叫摘枣。栗子可以冒雨打，枣倒是不用那么急，慢慢摘吧，几乎可以摘到下雪时。

"遥知兄弟登高处，遍插茱萸少一人"中的茱萸，许多人不知为何物，那么就是这个山茱萸了。古人在重阳这天，折一枝带在头上辟邪祈福，所以就有了王维的诗。

茱萸的果实比枸杞稍微大一点，玲珑剔透，绯红欲滴，衬着深绿微黄的叶子，让你禁不住要摘几颗塞进嘴里。不过，其实你上当了，它的味道真的又酸又涩又苦。但它加工后，便是六味地黄丸的主配方，是一味外表美丽而内秀的药材呢。

深秋时节，只要不下雨，人们几乎都分布在茱萸树下，摘枣的活虽然不太累，但也够呛。茱萸的枝干非常柔韧，但又非常粗糙，枝干上的皮皱裂似的，一不小心就会把手划伤。枣不仅颗粒小，枣树叶又带着小绒毛毛，会让摘枣的人浑身发痒，引起过敏。有的枣树很大，高枝上的不容易摘，除了自制钩棍去钩，还要练就上树摘枣的高超技艺。不过大人小孩都挺喜欢上树的，会在单调的劳动中寻找一些乐趣。于是就有了一树的说笑声，打破往日山间的空寂。

枣树离家远的，要翻山越岭，半日才到。大家带了干粮、咸菜和保温壶，凑合着吃一顿午饭。还有那些不会走路的小孩，又没人带的，年轻的母亲会把孩子抱到山上，用毯子包好，绑在枣树干上，孩子哭了哄哄，哄完了继续摘。

其实小时候去摘枣，我也是极其不情愿的，一怕痒，二怕远。特别是山谷里冷，有时摘着摘着，手几乎要被冻僵了。摘枣的时间跨度比较长，一直从种完麦摘到农历十一月底腊月初，其间要经历几次雪飘。我已经有十几年没去摘过枣了，这会儿，却真的想在那空气清新的山间，爬上树去，摘一把把的枣，然后扔到树上吊着的篮子里，听听那枣砰砰击打篮子的快乐节拍。

枣摘到家之后还要去核。白天忙着摘，去核的工序要放到晚上。在院中支一口大锅，等水烧沸腾了之后，把枣倒进锅里，煮上十几分钟，然后用笊篱捞出，放进冰凉的井水里冰一会儿，再捞出控水。然后一家人围坐，开始捏枣。用手捏枣这种既慢又累的活，已经早被现代化的打枣机替代了。再不像我们小时候，晚上写完作业还要捏枣。

这小小的枣，它的经济价值是不容忽视的。对于乡亲们，卖了之后是一笔不小的收入。枣去了核之后还要晒，要那种毒毒的日头，一口气晒干最好，颜色鲜亮，可以卖个好价钱。卖的时候叫枣皮，记得我小时候，有一年市场价在两百块钱一公斤，我们那里的孩子，几乎都是靠着它读书上学，乡亲们也是靠着它过节过年呢！不过枣皮的价格也是物以稀为贵的，譬如前些年，风调雨顺，果实结得稠，价格往往会变低，听说今年茱萸正开花时下了场冰雹，树上结的果实稀，所以价格就比去年翻倍。

一年之中，只有把枣去核晒干，晒成枣皮卖了，乡亲们一年的辛劳才算真正结束了。又是满山茱萸红，我今不是摘枣人。愿我的父老，摘得满山的富足。

188

栗子的味道

街头的糖炒栗子味道甘美，甘美的背后却是另一种味道。

栗子长在树上的样子，许多人不曾见过，周身长满了嚣张尖利的长刺，这种外形像一个圆形的刺猬一样的东西，叫作栗包。在尖刺和内层的重重保护包围之下，栗子在栗包里面，一天天由青瘦干瘪到栗色饱满，有的挤着三颗，有的五颗。中秋前后，栗子树上，有些栗包已经张开了嘴，站到树下，便可看到油亮的栗子，如果有风吹来，栗包落下，栗子便会掉出来落到地上。这表示所有的栗子将马上成熟。

家在山里，栗子树在离家二里多的山上。山势大多陡峭，还长满了杂草、荆棘、圪针、藤蔓等，为了让从树上打掉的栗子不至于找不到，或者滚得太远，人们要提前花上两三天时间去把这些东西用镰刀割掉，一捆捆拖到山底去。等这些活干完，就开始打栗子了。

栗子树在一年年长高，结的果实也越来越多，而山里的年轻人却越来越少。打栗子的活几乎完全落到了老人和带孩子的女人身上。往往这个时候，正是秋季雨水正盛时期，冒雨打栗子已是常事，如果不打，等栗包全部裂开，栗子落地绝对不行。于是，披着雨衣，穿着雨鞋，带着帐篷、开水、干粮举家前往，从家走到山顶最快需要半个小时。到了之后，小孩子们留在山下帐篷里，大点的孩子要上山捡栗子。

手拿长竹竿打栗子的大多是男人，好多人知道打枣打核桃都是垂直打，而打栗子绝对不可以这样，必须斜着打或者站在稍微高一点的地方，捡栗子的人也得躲远一点。若不这样，栗子掉下来落在头上、脸上、身上会被栗包上尖利无比的刺扎疼，更为严重的是扎伤眼睛，这样的事例已经发生过多起，去医院眼科挑一根刺要花费好几百元。

打完一棵树之后，捡栗子的人才敢过去捡，打栗子的人又接着去打另一棵了。记得小时候，没有手套，直接光着手捡，掌握一些技巧，也不会太刺到手。现在大家都提前用废旧衣裳自己缝制手套，戴着手套捡，速度也就快多了。山本来就很陡，加上雨天湿滑，一不小心就会有人跌倒，而跌倒的地方如果正是刚打完的栗子树下，当真使人叫苦不迭。捡栗子的每人都提着一个竹篮，捡满了就扛下山去，倒进自家的帐篷，然后上山继续捡。打栗子的那几天仿佛没有了时间概念，中午饭都会忘记吃。一般到下午两三点，饿了才想起喝开水吃干粮。而山下的小孩们有馋嘴的已经扒了小坑，石头垒了小灶，用带的小锅煮起了栗子。煮栗子甘甜绵口，大家一起品尝，也算能稍微休息一会儿。

五六点钟左右，山上已经听不见打栗子的声音，大家都开始准备下山，一天的成果要想办法运回去。以前记得都是用箩筐扁担挑，现在家里面有小三轮的可以拉回去，而一些不会骑车的老人，只好仍沿用以前那样挑的方式。下着雨，山路泥泞难走，又劳累了一天，每走一步都很艰难。

好不容易到家，坐下歇一会儿，还要想着赶紧把栗子褪了。褪栗子的活比打栗子和捡栗子要轻松一点。那些已经裂口的，只轻轻用斧子一敲，栗子便蹦了出来。没有裂口的用剪刀在栗包上剪一下，露出栗子了，再用剪子尖剜出来即可。直到褪好的栗子堆满篮子，发出油闪闪黑亮亮的光，人们脸上也渐渐泛出些许笑容，一天的疲劳辛苦也慢慢散了。

栗子是种非常不好保存的东西，很早时候，我们那里交通不便，收购栗子的小贩少，于是人们一夜都不睡，把栗子放进筐子里不停地晃动，防止栗子隔一夜就会生虫。现在人们不用这样了，大多数，你在褪着的时候，收购栗子的人就在旁边一个劲催促着，甚至还蹲下来帮你忙呢。到最后，每家每户都会留那么十斤八斤的给亲戚朋友，我父母通常会到河里挖几桶新鲜干净的湿沙，把栗子放进去，一直能保鲜到来年春天。

这些栗子运到城里，变成街头的糖炒栗子，居民家里面的煮栗子、蒸栗子，以及餐桌上的板栗鸡块和栗子大米粥等。当你享用这些美味时，可曾品尝出另一种味道呢？

爱 如 棉

　　搬进这个小区不久，冬天就来临了。老旧的楼没有供暖，屋里跟冰窖没有区别，白天在屋里坐着穿着大棉袄大棉鞋，到了晚上，盖了两条被子依旧是冷。一天傍晚，正好天上落着雪，我打了电话问候远在山里的父母，聊天之中不免互相嘘寒问暖。一听我屋里没有暖气，也没有任何取暖的东西时，母亲表现出惊讶和焦灼，说那可咋办哪，家里的火炉天天烧得可大了，你那里没有火怎么行。

　　一周之后，母亲来了电话说，你爸后天去你那里给你送俩大厚被子，到时候你去车站接接他。什么，给我送厚被子？从山里到洛阳，三百多里的长途车呀，再说父亲最近几年很少出远门。我连忙阻止，不要送，千万不要来送，我正准备装壁挂炉呢！家里比这儿还冷，被子你们自己盖，好好照顾好自己就行，不用管我们了。

　　但是，我始终没有阻止住父亲送被子的脚步。为了赶车，大冷天的，父亲早早就起床去路边等车，说大概十一点钟到。怕父亲在车站久等，我提前到了车站。可是由于修路，我不知道长途客车改了停车的地方。父亲在那里看不到我，就扛着被子出站。当我赶过去时，正迎面看到他，他的身子两侧正围着两拨人大喊着问要不要托运，我鼻子不由得一阵发酸……

　　七十多岁的父亲，头发已经花白。在他瘦弱的肩上，扛着两个超大的蛇皮袋。他为了好拿，把捆绑两个蛇皮袋的绳子连接起来分别搭在双肩上，里面不用说装的是被子。可是这究竟是多大的被子呀，被撑起来的袋子直直竖立着快跟父亲一样高。他空着的手里也左右各拎着一个袋子，透过袋子，我看到是一袋子玉米糁，另一袋是红小豆。我赶紧要接他手中的东西，他还说肩上的不沉，手里还可以拿。我背过脸去，差点掉下泪来，赶忙叫了一辆出租车。

在路上，我才知道，自从那天知道我冬天没有取暖的东西，母亲挂了电话就翻出了压在箱底几乎快十年的两个被面儿，第二天去镇上称了棉花，回来就开始忙碌着缝被子，为了快速缝好，还叫了邻居帮忙。我问父亲，怎么这么大的被子，父亲说一个被子十斤棉花，这是七乘七的大被子，晚上盖一个估计还会出汗吧，这下娃和你就不冷了，说这话时，我看见父亲一脸如释重负的喜悦。

记得出嫁时，母亲叫了几个巧手的亲戚给我缝被子，也是要缝这么大的，可我无论如何不同意要那样大的厚的，说盖在身上太沉不舒服，执意去家居店买了四条又轻又软的被子。可母亲硬是坚持给我缝了两条，说里面的棉花也是她亲手种的，最后因棉花又不够，又去买了棉花。

记得家里的棉花地也只有几分，离家一里多地，一边靠着山，一边临着路。这块地按村里人的说法是块好地，父亲准备种芝麻，而母亲非要种棉花，我真切地听到他们为这块地种什么争执过多次。母亲的意思是，家里闺女多，出嫁时要带被子到婆家去，要提前准备棉花。而父亲对母亲的想法嗤之以鼻，说就这块鞋底子大的地种十年棉花也不够缝一条被子，坚决不让母亲种，说那是瞎出憨力。

不过，最终的结果是，这块地种了棉花。棉花刚开花时，特别好看，母亲也去得很勤。但是，也许是山里的气候原因，或者是土壤不适宜，结出的棉球看起来又瘦又小。父亲像是抓住了证据一样嘲笑母亲，并阻拦下一年母亲再次播种。然而母亲却不以为然，找出各种不太成功的因素，说下一年再种一定比今年好，后年种的会更好。可是事实是，每一年都一样，母亲种的棉花都是瘪瘪的，父亲也懒得再说什么。棉花摘回来后，母亲宝贝似的收拾好，过一段时间还要拿出来看看，再把几年的集中在一起，包在一个粗布单子里。我们那时候听父亲挖苦母亲，我们也不懂事地跟着挖苦说，看这么多棉花，一定能缝好几条又厚又暖和的大被子。

车到了楼下，我说叫个工人来把被子扛上去，父亲又是执意不让，说不要乱花钱，他能行。父亲再次肩上扛着被子上了楼。进到屋里，父亲一边解着袋子上的绳子一边说，那年你出嫁时，没用上你妈种的棉花，她心里不舒服，常常念叨。这次，她又把棉花拿出来，到镇上弹了，又买了几十斤花，正好还有闲着的被面儿被里儿，这次，你终于盖上了她种的棉花做的被子，她可高兴了。两条被子的被面儿，一条大红缎子，一条青翠的绿缎子，被里儿依然是过去那种洁白的棉布。手触摸上去，又暖又软，那一刻，窗外的寒冬远远地避开了，满室的温暖。

晚上，我和女儿躺在被窝里，呼吸间都是新被子新棉花暖融融的味道。不一会儿便做了一个梦，我变回了一个小女孩，躺在母亲柔软温暖的怀抱里，阳光毫不吝啬地洒在我们身上，像身在天涯而永远暖心的父母之爱。

腊八树，腊八米

腊月初八的早晨，静寂清冷。天空飘着雪花。母亲早早起床，劈柴、烧火，煮了一大铁锅喷香的米饭。

那年月，一年吃不上两顿米，腊八早上那顿是一定要吃的。所以不用母亲叫起床，我们便被米饭的香味"唤醒"了。

我们兄妹几个连棉鞋鞋带都没系好，棉袄的扣子也扣得七上八下，便互相推挤着进了狭小的厨房。灶台上已经放着盛好的一碗米，母亲用眼神示意我们不能动。

"走，先喂树去！"母亲拿了一把小斧子，哥哥抢着端了米，二姐不知何时手里多了把小勺子，母亲带着我们走进了屋后的菜园。

菜窖旁一棵大苹果树，每年都是先喂它。母亲用斧子在树身劈开一道小缝，然后接过勺子挖了一勺米轻轻放进里面，嘴里还念念有词"吃一斧，长得粗，吃我一粒米，果子压弯枝"。喂完了苹果树，母亲带我们去喂麦地边一棵老柿子树，和与它做伴的那棵已经不再结果的梨树。我们一致不让母亲喂，抱怨它都不结梨了，喂它有啥用，米还不如让我们吃了呢！母亲笑笑："它已经结了很多年的果，估计是累住了吧，可能要歇歇，说不定明年就又结果了呢！"然后带着十分虔诚的表情给梨树喂了一平勺米。"回家吧，喂喂门口那棵老核桃树，还有院里那棵枣树也没喂呢。"母亲说。

小时候，我一直认为，果树是吃了腊八米，才会结出香甜的果子。对喂了腊八米而不结果子的梨树，我常常偷偷过去奚落说："梨树，你不结果子又吃腊八米，羞不羞哇。"

　　去年在家过腊八，我要学着熬复杂的八宝粥，而母亲还是做了米饭，说得让果树吃米呢。

　　和母亲早起喂树，被邻居大叔看见了，大叔说："出嫁的闺女可不能在娘家过腊八哟……吃了娘家腊八米，一辈子还不起。"我心里想，母亲对儿女的养育之恩，本来就是还不完的，所以，怕什么呢。就像这村庄的果树，它们带给我们累累果实，而我们能偿还的仅仅是几粒米而已。

大雪不封回家路

又逢雪至，便想起了数年前的那次雪夜归家。

2008年的那场大雪，从元月十日起，历时二十多天，飘飘扬扬肆意撒向全国各地，真正把大半个中国，变成了千里冰封万里雪飘的世界。

那年，我孤身在苏州的一个三资企业工作，薪水和待遇也可。一进入农历腊月，我便归心似箭，想赶快回家。

记得十二日一早去火车站，整整排了一天的长队，到晚上九点多钟才买到当晚的火车票，到达洛阳已是第二天下午。洛阳也在下雪，而且路上的积雪越来越厚，我提着两个包从火车站赶到汽车站，部分开往郊县的车已停发，公路暂时封闭，为安全起见，发车全部等候车站通知。我跑去问工作人员开往嵩县车村的车什么时候发，答案一样是静等通知。广播里不断播出各省的雪情路况，听得我越发焦急不安。

我每隔十几分钟就向工作人员询问一次，问得人家都烦了。下午两点半，工作人员告诉我，车村的车下午全部停发。一听这个消息我顿时失望到了冰点。可他又接着说，十分钟之后有一班开往栾川的车，你要急着回家的话可以先坐到合峪，剩下的路你要自己想办法了。车到合峪离家还有三十多里，我没有犹豫就买了票，心想剩下的路，没有车，步行也可以，只要能到家。雪还在下，没有要停的意思，如果不坐这辆，恐怕明天就更没有车了。

客车带着防滑链在雪路上缓慢行驶。

车一过嵩县，我打电话给家里，说坐栾川车，只能到合峪。父亲说没事，他来接我。到合峪下车时，天已黑了。和我一同下车的居然还有一对中年夫妇，也是车村人，比我家还要远十几里。我问他们怎么走，他们轻描淡写地说，没车了，只能步行呗。我高兴起来，有人做伴了。我赶忙又拿电话告诉父亲，不想让他冒雪过来接我，我和同伴一起慢慢走。如果不带行李，走三十多里路对山里长大的我是没有问题的，可现在，面对着一大包书和一包衣服杂物，正在为难，中年大哥一把提起我的那个大包扛在了肩上，笑着说一起走吧！

一路上看不到车辙印，也没有人行走的脚印。雪花纷飞，雪光映照，入目皆是白色，只有大嫂的红围巾，在雪国里开成一朵霞光。雪花簌簌飘落的声音，像一首清绝奇妙的乐曲回响在山间公路上。大嫂唱起了歌，我也开始唱起来，有时候东一句西一句的，把这首歌里的词唱到那首去，然后我们三个再哈哈大笑。笑声一起，竟然震得路边塔松上的雪块纷纷掉落。不知不觉，已走了十几里地，再有十几里就到家了。

快看，前面有人，大嫂说。我一看，果真有两个人朝我们方向走来。走得近了，还听到说话声。那声音是如此熟悉，是百遍想念的声音，是我的父母亲。只听母亲叫着我的名字说不知前面的人是不是我。父亲用嗔怪的口气回答，她拿着行李咋能走恁快，还说不让接，不接走回家半夜了。我把手中的包递给大嫂，急忙跑过去迎上他们。看到他们身上头上满是雪花，轻轻给他们拍掉。说不让你们来接，你们怎么还是来了，路这么滑……还没说完，泪已滚落。这时候看到父亲手里拉着一个滑板，是我们小时候下雪天常坐着滑雪的那种。四个木制的轮子，一块一米多的木板，系一根绳子，就成了。后面的大哥大嫂已赶了上来，父亲接过我的行李，连同他们两个的包一并捆在滑板上，拉起来就走。路上大哥和父亲轮换着拉，我想拉，父亲却不让。身上没了行李，走起路来轻松多了，虽未到家，却已看到了亲人，我的心和脚步在雪色里同雪花一起飞扬。雪地上的脚印多了两双，而父母来时的脚印已渐渐被落雪覆盖，只隐约可见。

在公路上已经看见我们小村里的灯光了，看看手机是夜里九点多钟。大哥大嫂离家还有十几里地，我和父母一再挽留他们吃饭住下休息，第二天再走，但他们执意不肯，说家里有两个小孩和老人也在等着呢，他们通过劳务输出去毛里求斯打工，已经三年没回家了。父亲从滑板车上拿下我的行李，把绳子递给大哥说，这个车你们拉走吧，这样会快些到家，母亲也说是呀，可以快点见到孩子们。

大哥拉着滑板车走远了，他们离家也越来越近了，大雪是不封回家路的……

之后的几天，雪一直在下，好似没有尽头没有休止。我们被大雪封在屋内，围着火炉看电视，新闻里每天都在不断报道着这场历史上罕见的大雪带给人们的不便和灾难。元月二十六日，看到新闻上又播出了江苏境内，京沪、苏昆等多条沿江高速公路全线封闭，以及国内众多航班停飞的消息……大雪有时虽是无情的，但是它仍然是有情的，大雪不封回家路。

提一篮欢喜去看你

一进入腊月，山村就不那么寂静了。要过个体面欢喜的年，拜年瞧亲戚的篮子可要装得实实的满满的，一点不能含糊。为了这个篮子，家家户户比赛似的，淘麦、磨面。看谁家淘麦多，谁家人不懒，勤劳会过日子。

大家又约好了似的，一同赶一个晴响响的中午，院里铺上几条苇席，麦子从仓里背出来，倒进支好的大铁锅里，然后添两桶井水。一把竹子做的笊篱，在麦与水之间轻轻旋转。一圈圈，沙子、麦糠以及瘪麦籽就浮到了水面，笊篱迅速抬起，捞出去顺手扔给院子里正在觅食的一群鸡。

淘好的麦子摊晒在席上，等傍晚太阳落山时，捏一颗麦粒丢嘴里一咬，便听到了咯嘣一声欢喜的脆响。将这些晒干的麦子再次装进麻袋，用架子车拉着，去磨坊磨面。

过了小年二十三，人们开始张罗着蒸馒头、炸油条，这两件事可是头等的。因为那一篮馒头油条去亲戚家撑的不仅是面子，还有实实在在的心意。如果谁家的馒头碱大蒸黄了，谁就有点抬不起头。

正屋里两条大板凳放个大簸箩，蒸半簸箩雪白的馒头，炸半簸箩黄灿灿的油条。这些小山一样慢慢堆起来的吃食，过年去瞧长辈串亲戚全靠它了。一篮子一篮子地提出去，再提着对方"回"过来的，往往送出去一簸箩，回来两簸箩的情况也不少见呢。

记得小时候，大年初三，和兄姐翻山越岭，一根小竹竿抬着满满一篮馒头油条去瞧舅。走到一个山顶，我忽然看到了一只美丽的锦鸡，便大叫着让哥去逮，他连忙放下油条篮子去捉锦鸡。费了一番力气，大冷的天一头汗，硬是没把锦鸡逮住，油条篮子却骨碌碌滚下了山坡。顿时我们都不知所措，没了油馍篮怎么好空手去舅家。更不能这么回家，丢了馒头油条不说，还丢了篮子呢。想着一定会挨父母骂，我们几个坐在山顶，不知怎么办好。每年都是初三去瞧舅，他在家里左等右等，怕我们路上出什么事，就带着表哥一路叫着我们的名字迎过来了。

到了舅家，舅妈已经做好了一桌饭菜。吃饭时，舅妈知道了油馍篮滚到沟底的事，笑了起来，并说，放心吧孩子们，只要你们好好的就行，爸妈不会骂你们，瞧你们吓的。我们几个也不再担心了，还在舅家住了两天，白天看戏，夜晚听舅讲故事。

两天后回家，刚爬到半山腰，舅舅和表哥跟了过来，笑道，娃子们跑得怪快，你舅妈还没装好呢。一看，舅舅提了一个篮子，里面满满一篮，不仅有馒头油条，还有苹果、核桃、柿子和花生，最底下还用红纸包了两块猪肉。

我们小心翼翼地抬着篮子，朝回家的方向再次翻山越岭，心里那个欢喜哟，在山间飞……

咀嚼细碎光阴

　　玉米是很大众化的农作物，普通、廉价。但从播种到收成，也是一粒粒汗水凝结而成。在我的餐桌上，玉米以另一种姿态出现，碎碎的小颗粒，添上水熬，便是每晚几乎必喝的玉米糁汤，这早已常态化，连父母和公婆都认为不可思议，惊讶于我的食物习性居然几十年一成不变。当然，在这个城市里，没有属于我的哪怕是一寸土地，奢侈到让我可以播种一粒玉米，认真看着它从春到秋的成长，直到最后被磨碎，变成糁。那些细细碎碎的碎金子般的糁，却常常从家乡远道而来，携着一些独特的味道，使我总是想起那些和糁有关的细碎光阴。

　　读小学时，其实还是很辛苦的。听见鸡叫了就赶紧爬起来，摸着黑去喊邻居家的同伴去上学。穿过由黑黢黢的树木和乌压压的庄稼分开的一条小路，走到大路上，才舍得点着松木或干竹竿做的火把照明，几乎是半跑着到三里多外的学校。常常到了学校，学校门紧闭，天怎么等都还不会亮，终于等到校长打开校门，才傻傻地恍然大悟，估计是鸡叫第二遍就起床了。进到校园里，还要等早操时间，全体同学围着操场跑步，一圈圈跑，几乎没有尽头，早上跑步是我小学时期最大的噩梦。跑完步，各班回教室背书，每个人面前一截蜡烛，或油灯，或是用油桐籽烧着照明。老师会事先下"通碟"，背不会不能回家吃饭。我们就嗡嗡地背书，背得饥肠辘辘头晕眼花，好在背书对我来说不成问题。背完书，再半跑着回家，毫无悬念的早饭，是玉米糁稀粥，里面放着红薯或土豆或红白萝卜块儿，还有一片玉米面馍，大多情况下是没有馍的。

吃完了再跑三里路上学去。现在想想，不等跑到学校，刚吃进去的热量可能已经快消耗光了。回来吃晌午饭，是那种超稠的糁粥，老家叫稠糁饭，熬一锅，跟米饭一样稠，那种木柴烧的铁锅让饭格外香。吃这种饭需要菜，可那时候有什么呀？腌红白萝卜丝算是最高级的了，常常吃的是在初冬时节用萝卜叶子腌了一大缸的叫"黄菜"的菜，调味只用盐拌一下。记得谁说过，有种香叫饿，的确如此，饿让任何食物都变得很香。吃晚饭我们叫喝汤，所谓汤就是不稀不稠的玉米糁粥里下一把面条，煮几粒黄豆，当然还要放一把黄菜进去。玉米以什么方式出现我都没有意见，但是就是这一种让我非常抗拒，我装着样子舀半碗，只挑黄豆吃。

村里面来了个破衣烂衫的要饭的，肩上搭着个布袋，每到一家，举着饭碗伸出手来，连小孩子都知道赶紧跑到粮食桶里给他挖上半瓢糁出来，倒在碗里。若赶上饭点，会讨得一碗热糁粥，要饭的就顺势坐在地上呼噜呼噜地喝下去，喝完就头也不回地走了。那时候山里交通不便，很少陌生人进村，来个要饭的，我们也觉得好奇追着一家家地看。不到一会儿，他身上的布袋里就装了不少玉米糁，运气好时还会讨到一块干玉米面馍。邻居大伯就笑我们这帮娃子，说你们不在家好好学习，跟着要饭的跑，长大准备要饭吃呀！其中一位回道，我要是以后要饭吃就要白面馍、白面条，糁才不要呢，到嘴里扎喉咙。大人们听了都笑得直不起腰，说你还真是精哩。

上中学要住校，内心除了新奇还有期待，期待着伙食的改变。结果却是和家里一样的复制版本，不同的是吃饭的感觉和姿势不一样了，一大群学生端着碗，比赛似的跑向饭堂，无论跑得再快总是还有人在前面，还是要排长龙。一开学，要往学校交粮食换饭票。一袋玉米糁换粗票，一袋麦子换细票。粗票颜色是黄色的，跟玉米糁一样的黄；面票是灰白色的，还有绿色的菜票，有两角的、五角的、一元的。早上起来仍是要跑步，开始也是围着操场跑，后来让每个同学制作一张卡片，上面编上号，去公路上跑，体育班长在终点等着，要把自己编号的卡交了，如果哪天收不到谁的卡第二天就罚双倍跑。在中学，这个晨跑以及体育课、数学课是我又一个噩梦，让我现在每每做梦还是气喘吁吁地跑，跑着跑着被路上的石头绊倒了，或者是做数学题做不出来急得出一身汗。再说吃饭，早上和中午仍旧是雷打不动的玉米糁汤，但那是超大的锅煮的，烧的是煤不是柴，煮的粥不香而且夹生，粗票可真是用得快呀，因为使用频率高。细票倒是显得慢些，因为只有晚上的玉米糁里下面条，才用一两细票，外加一两粗票。手里的细票想用快也可以，那就买馒头，可是大家都从家带，吃完了也不舍得买。并不是我一个人不舍得吃，是同学们都这样俭省，发自骨子里的。菜票就更舍不得花了，就是从家里带，那年代谁家还没有一缸黄菜呀。学校里最好的伙食就是偶尔中午的一顿蒸卤面，还有晚上不下玉米糁的纯正的汤面条，卤面里没有肉，汤面条里没有一根青菜。

总有人会打趣我们那里未嫁的姑娘说，你以后可要找个远点的婆家，以后不用天天喝糁汤，姑娘必定红了脸轻轻说，才不呢，我就喜欢喝糁汤。生活总是会好起来，人的饮食习惯却早已定型。在农村，食物的丰富，只不过是多了些诸如米和挂面之类，我这一辈后来喜欢吃米，孩子们比我们更甚。父母辈们却不喜欢米，像我父亲就如此，但凡母亲偶尔做一次米饭变变样，父亲就会赌气不吃，说是刻薄他。他还是喜欢喝玉米糁饭，永远吃不厌。少年时期、中学时代结结实实陪伴了我九年的玉米糁饭，随着离开家乡去南方等地，以为会永远淡出自己的胃，可是偏偏不是这样，那些年每每从外地回家，母亲问我想吃啥，我张口就是想喝糁饭。

老家的山地比较多，沟沟岔岔的，没有大地块。现在几乎都不种麦子了，收割不方便，大家都买面买挂面。许是感情深厚，玉米却没有退出舞台，仍是大女主的角色。一到春天就播种，秋天也好收，不怕焦麦炸豆坏地里。

闺女在老家由爷爷奶奶带，自然也是陪着喝了不少的玉米糁汤，八岁时才来到我身边，现在快十一岁了。她刚来时我早上鸡蛋面汤和牛奶，晚上是大米汤，中午一般是面条和米饭，可是不到一周，意想不到的是，女儿竟然严重抗议，义正词严要求晚上喝玉米糁汤，而且要放红薯。这也太出乎我的意料了。玉米糁当然不缺，都是家里通过各种渠道捎过来的，想喝也并不难，在她来之前我也天天晚上这样喝。于是，从那天起，天长日久风雨未动，只要我在家，必然会精心熬粥，放上红薯，有时放上各种豆子或者花生、栗子等，从来喝不厌烦，也熬不厌烦。玉米糁粥熬得黏稠会透出一种香味，比大米的香气还要浓郁。我从没想到，在如今这个年代，作为"00后"的女儿竟然也和我一样，把喝玉米糁粥演绎到如此程度。最为普通的玉米糁喂养着我们同样平凡的生命，平凡的日子。

熬玉米糁粥时，每过一会儿要用勺子旋着圈儿搅动，防止粘锅底。看它们碎小的颗粒在锅里翻滚旋转，竟有些恍惚，觉得像飞速转动的年轮，当粥熟盛到碗里，一口一口又像是在咀嚼一去不回的光阴。

大　河

有一条河，恒久在心头流动。

这条河，它的名字叫大河。其实大河真的很小很小，比小溪只宽了那么一点点，只不过一米多宽，大孩子们一个大箭步就能跨过去。而我们却叫它大河。之所以叫大河，是因为大家之前没见过比它更大的河，而且还认为"一条大河波浪宽，风吹稻花香两岸"歌中唱的就是这条河。

过了大河上的小桥，走过庄稼地，就是一条路。路，跟河一样，被称作大路。大路也不大，不过几米宽的土路，一天大概过不了两辆车。对于距镇上四十多里，离县城快二百里的小沟人来说，走出大山去外面看看的机会实在是不多。那时，当小孩一哭闹，大人们就会抱着去路边，边走边拖长了腔调哄着"走，看车车去……看车车去……"为的是让孩子看看车是咋跑的。可是，孩子都不哭大半天了，车还没过来一辆。

交通不便，山又高，没见过比大河更大的河，也没有见过比大路更宽的路的我们却很自豪，跟别村的孩子炫耀说，看，你们没有大河也没有大路。不过，我隐约听大人们说过，它最后是流进了我们的母亲河黄河的，又怎能不说它是一条大河呢？

这条河由无数的山间溪流汇合而成。外面来的人，是"平地人"，平地的人到山里来，说是进山或上山，连我们自己也说，住的地方是"山旮旯里"。在"山旮旯里"住的人，"平地人"叫我们"山憨子"或"山憨儿"。"山旮旯里"这个词非常形象，大河的两边是庄稼地，地的旁边是山，朝前走，错落着几户人家。若从空中俯瞰，真的像是被夹在山的皱褶里。山水相依，在这里是最好的见证。大路的旁边更是连绵不断的山，因此每隔一段都会有一股清流从山上流下来，而村子里的后山、连枷沟、南坡、杨凹流下的小溪也都汇入了大河。

大河的水，每天都清凌凌的。早上起床第一件事就是去大河洗脸，那时，没用过洗面奶，见大人们捶麻时在河边掐灰灰菜一起捶，能把手里的麻捶得像银丝一样白，于是我就也掐灰灰菜在手里揉了洗脸、洗手，也不知脸到底白了没有，反正洗完，用河水照照，感觉好像白了不少呢。夏秋之交时，大河最是欢腾。刚从地里刨出的花生、红薯要去河里洗掉土泥；褪了皮的核桃也要去河里淘洗干净；还有担着麦去河里淘麦的。有人端着饭碗去叫在大河边干活的家人回家吃饭，自己却坐在河边吃起来。还有人和家人吵了架，独自跑到河边坐着生气大哭，后边又跟了一个人过来劝的。窄窄的大河就是这样容纳着人们的悲喜，容纳着天长日远的生活。

大河更是孩子们的乐园。平时好像没写过作业，暑假也没有暑假作业。吃过早饭，大人们上地了。女孩们端着盆里大人留下的脏衣裳去大河，男孩们则准备去捞鱼逮螃蟹。河边上有棵大皂荚树，只要女孩朝树上指指，男孩们便立马心领神会地哧溜一声爬到树上，摘了皂荚往河里扔，于是大家在水里嘻嘻哈哈地抢皂荚，拿棒槌捶碎了洗衣裳，谁也没用过洗衣粉。河里有许多光滑的洗衣石，洗衣石后面一般都有一块坐着的石头，洗衣裳时，脚放进水里，鱼游过来把脚都碰得痒痒的，甚至有人的脚还被螃蟹夹过呢。男孩借女孩的洗衣盆捞鱼，他们先把水用沙和石块堵起来，然后薅一捆草围一下，再把水搅混，就开始凭感觉拿盆捞鱼。河边还有种小灌木，开着紫色的小花，叫闹鱼花，女孩子们也会分头去找，采了大把大把的，丢到河里，认为能把鱼毒死。不过从没见闹鱼花毒死过一条鱼，就像山坡上的打碗花，偷偷摸摸地拽一朵，回家吃饭时也没打过碗一样。千万别以为我们是嘴馋捞鱼抓蟹吃，其实我们那时根本不知道鱼蟹能吃，大人们也说味道太腥不让拿回家去，养的猫狗倒是有福了，扔到大门外头全让它们吃了。

天旱的时候，大河里的水也变小了，人们选择在晚上用河里的水浇地。如果白天浇地，河里的水就会被抽干。白天，河水是给人和牛羊鸡鸭的，晚上才属于禾苗和土地，被河水浇过的庄稼，第二天黑绿青壮，看着喜人。

一天，从很远的城里来了一个叫元元的孩子，他穿着我们没见过的衣服，说着我们没听过的那种好听得像播音员的话，吃着我们没见过的零食，他妈送他来六婶家过暑假。他好听的声音说出的一句话却把我们全体激怒了。他说，你们那也叫大河，真好笑，不就是一个小渠沟嘛，哈哈，笑死我了。他那夸张的动作和表情，首先引起了康子的不满。康子正坐在河边的石头上剜核桃，拿了核桃就砸过去，叫你再说我们大河是小渠沟！对，叫你再说我们大河是渠沟！一帮孩子附和着，然后凑在元元耳朵边大唱"一条大河波浪宽"，元元委屈地哭了起来，边哭边说，真的有很大很大的河，我见过呢。还有很大很大的海，我爸爸就是海军。一听元元爸爸是海军，大家好像安静了下来，眼神里满是羡慕和崇拜的光芒。从那以后，大家都和元元成了朋友。元元在大河旁玩时还跟我们一起唱"一条大河波浪宽"呢。

很大很大的河，很大很大的海，这两句话从此在我心头不停回响，就连大河流过的水声都不能淹没。究竟有多大的河多大的海呢？我常常陷入沉思。

一天晚上终于憋不住了，我问母亲，真的有比大河还大的河吗？母亲说，肯定有。真的？我又问。一转身，却发现母亲已经睡着了。父亲在外地工作，家里有好几亩地，都是母亲一人忙活，可能白天在地里干活太累了，根本顾不上回答我的问题。第二天早上我正熟睡，母亲唤我起床："想不想跟我去岭上地里？"我摇摇头接着睡。母亲推了推我："想不想看看大河的源头在哪里？"大河源头？我赶快从床上爬起来，穿好衣服跟着母亲走。家里离岭上有一里多，种的是玉米和黄豆，夏季正是施肥的时候，母亲背着锄头和半袋化肥，让我扛了一个竹篮拿了一把勺子。这时太阳还没升起来，山里笼着薄雾，还有点凉意。到了岭上，母亲把袋子里的化肥倒在篮子里让我扛着，吩咐我在每棵玉米苗的根部上方倒两勺化肥，不能撒在叶子上，也不能撒得离根太近，苗会被化肥烧死的。要撒到离玉米根一指头的距离，必须还是下方。母亲让我一次可以撒两排玉米。"撒到地那头的坡根儿，你往远处看，那个岭下有人家的地方叫分水岭村。就是那条岭，分开了伊河和汝河的源头，咱门前的大河就是从那里流下来的，一路聚集山上流下来的水，流到了伊河里，最后入了黄河。"哦，入了黄河，之前我听村里人也是这样说的。

母亲用锄头翻起一层土把化肥盖住，再弯腰薅掉一些杂草。她的速度明显比我慢很多，我很快就到了地头，放下篮子向东边望去，无数座山岭相连，我看不出哪条岭是分水岭，但是，我心底生出一种小小的骄傲来。长江黄河呀，只在课本上学到过，没想到门前的河居然是黄河的一条支流呢。这时母亲赶了上来，又指着坡根儿地边的一条小溪说，看，这水就是从分水岭那里流下来的，你顺着这条溪走，它有时候宽，有时候窄，有时候是个潭，有时候又浅得很，真是想咋样就咋样，谁也管不住哩。用水洗洗脸吧，这水对眼睛好，你看这坡边长多少药。母亲说的药，是野生药材，我那时虽小，但认识了许多。早上收工回家路上，母亲说，可不要小看大河，大河了不起呢！

我在这条河清越的流淌声中度过了童年以及大半部分青春时

光。河边的大路后来越修越好，已经由土路变成了柏油路，每天路上都有开往县城或市里的班车。于是我顺着这条路和这条河向前走，在人生旅程中看到了奔腾激越的滚滚黄河，看到了辽阔浩荡的长江。歌中唱"大河向东流"，我们的大河却是向西流的，母亲说像我的性格，叫我向东我却偏向西。只要我认定的，就别想改变，一身犟筋。小时候我在河边等候从远方归来的父亲和田里回来的母亲，现在，父母亲经常站在河边等我回去，只是我回去的次数是越发少了。我还总是回想起母亲带我遥看分水岭的那个早上我心底那小小的骄傲。门前的水是汇入黄河的呀，黄河的波涛里，也许有一滴曾经照过我与一只鸟的影子，也映出过家乡的日月星辰、山水草木。

交通的便利，使寂静的山村喧哗起来。村后的高速路正在修建，荡平山头横穿田野，阻断了一支支汇入大河的小溪流。一拨拨的城里人来势汹涌。每隔几里，就有景区、度假村，楼也越盖越高，城里人买了楼养生休闲，俨然这里的半个主人。而这片土地上正值壮年的主人们却在城里的角角落落干着流汗的活。大多数老人守着村，等待着周末归来的孙子孙女，等待着春节归来的儿子儿媳。大河从此再没有孩童的欢声笑语，更奇怪的是，掀开石头，再也找不到半只螃蟹，河里再也没有碰到脚的小鱼。就连河边的金银花藤、野蔷薇花也消失了，更别说蜜蜂蝴蝶。河边酸甜的牛铃铛和野刺莓一串都没有了。皂荚树不知何时，树干被虫蚁蛀空，倒在草丛里成了段段朽木。

周边的景区越来越多，大河的水越来越少。只有暴雨过后，那水会升起一点来，响起久违的歌声，但是，怎么听，我觉得都有点悲切，像找不到家的瘦骨嶙峋的老人的悲鸣。不到三天，又快成了干河。河干了也没人在意，毕竟家里都有了自来水，洗衣服有洗衣机。反正河边的地再旱也不用浇了，早都不种庄稼了。大河已经丑陋得不像一条河的样子，在它裸露的被杂草侵占的河床上，偶尔有一个黑色淤泥中的小水坑，里面能看见一蜷一缩蚯蚓状的红色小水虫。这样的河，大家早都习惯了对它熟视无睹，甚至把一些旧衣物、鞋子等抛进河里，每天从小桥上走过，仿佛忘记了这条河曾经的存在。是呀，一条没有水的河还叫河吗？

大河没有了歌声，长久无声地沉默。每次走过，眼前总是晃动着它曾经的水波，和曾经浮动在水面的时光。我有点想哭，假如一滴泪珠滴在河里，能起一层涟漪，那么我愿意站在河边，让泪水狂流，使河水丰沛如昨。我希望有一天，它的歌声再次长久地响起，不被岁月吞噬。

曾经有一段时间，我翻遍了家乡所有关于河流的记载和地图，怎么都找不到关于大河的身影，也许是它太小了，小到被堂而皇之地忽略，连个名字都没有，因此我深深地失落了好几天，可是它真的是流入了黄河呀！忍着大河无水和无名的双重失落，我在心底缓缓画出了它曾经的模样，大河奔流起来了，随着我的生命一路轻唱，流过黑夜和白天，穿过山间和田野，不是向东，一直向西，流入了黄河。

虽然，它已快成一条干枯的河，虽然它很小，我仍是叫它大河，永远的大河。

借居时光

火池子里架着栎木树疙瘩，两个表姐用火钳子翻来翻去，围坐烤火的人头上都落了厚厚一层灰。山里人从来都是敞着门子的，烤火也是。火烧得再大，也是一面热。母亲和二姨一边纳鞋底一边讲着陈谷子烂芝麻的事。

我往外看看，不知何时飘起了雪花。趁着母亲出去抱柴，我赶紧跟了出去。"二姨咋还不走？夜里咋住……"母亲看了我一眼："你姨前晌才到，咋，这会儿你就想让走？"

家里一共三间瓦房，烤火的屋是正间，剩下的两间算是卧室。我们不叫卧室，叫"里旮旯儿"。东边的放两张床，一张住着奶奶，一张住着晚上还要照顾奶奶的大姐和二姐，里面放着大麦圈和面缸。西边屋里也是两张床，一张我和母亲睡，一张放满了衣服和被褥，墙上还挂着几件怕放院子里被偷的农具。三间瓦房，厨房接在山墙外。我们这道沟，一共住了七八户人家，家家几乎都是这样。

麦苗一泛青，可算进入了农闲时节，走亲戚串门的人就多了起来。现在几百里的路程当天都可打个来回，那时几十里地都不通个车。所以翻山越岭来家里的亲戚，总是要挽留住下的，一住下，少则三天，多则十天半月。住的时间越长，越显得亲。

于是，我心里最怕冬天，最怕有客来。可是我阻挡不了。

吃过晚饭，地上已经落了厚厚一层雪。母亲把另外一张床上的被褥和衣服拿下来，放在唯一的家具——一个褐红色大木箱子的盖子上，铺好床，让两个表姐睡，她和二姨睡一张床。

我拿着松木火把照明，母亲抱着被子，一步一滑地去苗苗家。苗苗比我大三岁，是堂婶家闺女，推开门，她们正边烤火边烧栗子吃。堂婶给我剥着栗子问："听说你二姨来了，会住上几天吧？你跟苗苗睡，也暖和些。"

刚钻进被窝时，我和苗苗谁都不让对方碰到自己冰块似的脚丫子，不小心碰了一下，都很夸张地尖叫。睡了一会儿还觉得冷，起来把棉衣棉裤都搭在被子上。被窝稍稍暖热的时候，天也差不多亮了。

小学六年级时，进入冬天后，毕业班晚上要上自习。离学校三里多，一路上没有人烟。一开始学校有间教室上有层木板阁楼，做学生宿舍，后来漏雨，就没有了。学校附近的学生还好，下了晚自习回家，而我就遇到了难题。虽然我可以和村里几个男生结伴而回，但是往我家岔的那条路还有一里多，必须自己一个人走。我提心吊胆、战战兢兢走了一次，到家后居然莫名其妙发了高烧。直到如今还经常做那样的梦，黑漆漆的夜里，手电筒微弱的光，我跟在走得飞快的几个男生后面，内心充满着恐惧感，忽然就剩了自己一个人，而且怎么也找不到回家的那个岔路口了。

母亲在我发烧的第二天，去了同学喜梅的家，她家离学校不远。母亲求了喜梅的妈妈，以半竹篮黄豆、一小篮子红枣，和攀了个八竿子打不着的亲戚的代价，让我借住在她家里。母亲拿了被子、褥子、枕头到她家，下了晚自习，我和喜梅一起回去，早上一起去学校跑操和早课。下早课了，我回家吃早饭，然后再跑着去学校上完上午的课。

有天晚上回去，看见喜梅妈妈在火池上架着一个铁锅，锅里炖一只鸡，大约已经快熟了。里面放了红萝卜块和白萝卜块，还有烧饼花的根，香味飘得满屋都是。那味道，对于下了晚课的我，真是有种致命的诱惑。鸡煮好了，喜梅妈妈并没有忘记给我盛了满满一碗，可是，我硬是控制住自己叫嚣的肠胃，偷偷吞咽不争气的口水，谎称自己不喜欢吃鸡肉，怎么也不肯接过来。我知道自己能住在这里已经不错了，怎么还能吃人家东西呢，怕惹人不喜欢。我在喜梅家里住了整整一个冬天，放寒假时，还是喜梅的哥哥骑自行车把我的被褥送到了我家。

长大之后的第一次借居，是刚高中毕业那会儿。

我们那条沟里，女孩子里只有我读书最多，剩下的早就开始学会织毛衣、纳鞋底、做饭了。她们还经常出去挣钱，比如春天时去给人家种木耳、种香菇，秋天时去刮桔梗、摘山萸肉。能够赚钱这件事令我非常羡慕，因为她们可以买好看的裙子。

秋收过后，堂叔受邻乡一个王姓人家相托，需要几个女孩子去他家摘山萸肉，于是，我就说通了母亲和她们一起去。那户人家住的地方也是不通车，先是步行二十多里，然后是翻山过河，总算到了。那次我们一共去了六个人，白天去山上摘山萸肉，晚上捏山萸肉。捏，就是把核挤出来，留下皮晒干卖。我们摘一天，最后由主家过秤，一斤给五毛钱，摘十斤就是五块，捏枣是一斤三毛。

这家的活不到半月就完了。我们几个想着出来一次不容易，想问问村里谁家还需要摘山萸肉的，再摘上几天。终于打听到过岭的那一边有户姓刘的人家需要人。

吃过中饭，主家给我们结了工钱，我们就开始翻岭去找下一家。也许是因岔道走错了方向，越走越觉得不对头，当初说的翻一道岭，可是我们翻了好几道岭，仍看不见人家。而且路也没了，就在高大的密林和灌木丛中来回走。这时，几个人中年龄最大的凤说，咱们好像是迷路了，要不咱们先爬上面前的这座山头，到山顶往下看看，要是有人家，不管是哪，咱们先下去就走到那儿，要不等会儿天黑了，这山里太吓人了。我们纷纷点头同意，艰难地爬到山顶，果然远远看见山下有人家。

但是，下山根本没有路，只好边走边扒开一些一人高的荒草，折断一些挡着的树枝，有时候遇着那种窄窄的都是沙子和落叶的沟壑，我们就坐在叶子上滑下去，省了不少力气。到山下，天已经擦黑，好歹离人家是越来越近了，但是不知下到了什么地方。看着同伴们，其中一个衣服袖子都被荆棘剐破了，突然很想家。

遇到了一个正在坡底摘山萸肉的大伯，凤问这是什么地方，有没有姓刘的。大伯说出的地方吓了我们一跳，我们竟然翻到了另一个地区的另一县。大伯听了事情经过，说，跟我回去吧，我家和二弟家也都需要人摘山萸肉。于是，我和凤、小燕三人留在大伯家，剩下的几个去了另一家。晚上大娘给我们做了青菜汤面，我们三个挤在一张三米多的床上度过了漫长的一夜。就是这次，我挣到了一百多块钱，就是这次让我想去闯荡世界。

我和芳每人揣着摘山萸肉挣的一百块钱跑去省城。从家到镇上，镇上坐车到县城，县城坐车到洛阳，洛阳转车到郑州，车费一共花了五十多。我们白天跑着找工作，一天只啃一包方便面，晚上就暂住在芳的妈妈的姑妈家里，我和芳一起叫她姑婆婆。她家住在一座平房里，进去门是客厅兼厨房，也是只有两间卧室，一间小小的储藏室。姑婆婆和姑外爷住一间，他们一个半身不遂的儿子一间。

姑婆婆家的儿子四十多岁，看墙上的照片，穿着警察的制服，曾经的英姿飒爽和现在对比起来，判若两人。原来他是在一次执法中受伤，导致落下病根，更大的打击应该是妻子的离开，让他精神也出了问题。姑婆婆总是叹气说，命啊，这都是命啊……晚上我和芳就临时在储藏室支了张小折叠床睡。我们管姑婆婆家的儿子叫舅舅，每天晚上，到凌晨两点多时，总听见他在房间里发出奇怪而恐怖的声音，吓得我和芳赶紧蒙头，大气都不敢出。一到那个时候，就听见姑婆婆打开门，走到舅舅屋里，然后是高一声低一声的呵斥，接着好像是让他服下了一种什么药，才会安静下来。但没过一会儿，又会被他的大笑或大叫或大哭吵醒。

看着姑婆婆一家，我不知道为啥心里会有点难受。我跟芳私下商量好，不能吃姑婆婆家任何东西，但是一定要帮着干些活。于是晚上回去后，我们就打扫卫生、洗衣服、整理屋子。

在那里住了四个晚上之后，芳在一家私立的幼儿园做了生活老师，那里管吃管住，芳就搬走了。而我选择了给《郑州晚报》发行部跑发行，每天早上到离我最近的发行点领样报，然后带上收据沿着街道，进到各个单位和店铺推销报纸，让人家订报。这种沿街的方式叫"扫街"，进到小区推销的叫"扫楼"，订出去一份一年的报纸，可以拿到四十多块钱，有时候两天也订不出去一份，但是至少有了收入，可以不用一天只啃方便面，还可以去买两个包子。

芳搬走后，我想出去租个房子，毕竟这是芳的亲戚，而不是我的，芳都走了，我怎么还好意思呢！但是如果出去租房，手上的钱根本不够。于是，我也只好厚着脸皮对姑婆婆说，让我再住一个月，等我的工资发了，我就搬走。姑婆婆拉着我的手说："傻孩子，想住多久就住多久吧，只要不嫌这里不好，你看你舅舅……"看着姑婆婆差点掉泪，我也就不再说什么了。

一个月之后，正当我考虑准备搬离姑婆婆家时，主任告诉大家，要在平顶山成立一个《郑州晚报》发行站，需要三个人去，我首先举手，因为二姐家在平顶山。于是我再一次开启了一段借居时光。

从姑婆婆家走的前一天，我请了半天假，陪着她去洗了澡，记得给她买了件红色带扣子的毛衣，一袋蛋糕。临走时，姑婆婆一遍遍挥着手喊："再来呀……再来呀……"

多年之后的今天，姑婆婆那声"再来呀……"依然清晰可闻，不同的是，带着岁月的痕迹和温度。

画栏开处冠中秋

清秋时节，洛城虽无桂香十里，但也有桂花静静开。"何须浅碧深红色，自是花中第一流。"这是千古第一女词人易安居士心中的那一朵桂花，堪称第一的花。不必过于浓艳，不必过于华丽，小小的一朵，有香就够了，什么都遮不住。

幼时居于山中，草木深深，花摇月影，亦不知人间有桂。唯祖母在明月高悬之夜，指月给我，她讲月亮里有棵桂树，还有个吴刚，吴刚被惩罚，砍倒了桂树才可见到嫦娥仙子。

时常在月夜想，月宫里的桂树何时才能倒，桂树倒了，是不是会有满天的桂花落下来呢。亦觉得我盼桂花从月亮里飘到人间的心思比吴刚更切。

后来年长，读书，求学，渐不再关心砍树的吴刚和桂树。地理课上，老师讲到桂林，内向羞涩的我却突然举手站立，桂林是不是有许多桂树，开了很多很多的桂花？老师含笑点头，我亦满面羞红。后方知，广西简称桂，是唯一以花木简称的省级行政区。于是心向往之。

某年初秋，与友千里行程抵达桂林。行走街头，路两旁绿树成荫。友说那便是桂树。其形与普通树木并无二致。这是我初遇桂，也无太深印象。也许是去得太早，花还未及开，我们便因俗务缠身离去，只带回几瓶桂花香水。

少时爱读红楼，书中第一回便讲香菱之父甄士隐，在中秋之夜邀请寄身破庙的贾雨村至他府中吟诗赏桂。后来，这个忘恩负义的雨村，面对恩人之女香菱竟无半点怜悯之心，实在可恨。真是辜负了那一夜的桂花明月。

史湘云居于大观园中的藕香榭。书中第三十八回，她邀请贾母等去园中赏桂吃蟹，凤姐答道："藕香榭已经摆下了，那山坡下两棵桂花开的又好"。那夜必定清香缥缈，姑娘们吟诗吃蟹赏花，何等风雅欢乐。

红楼中，还有一个与桂有关的反面人物夏金桂。在金陵十二钗香菱判词中出现过这个人物："自从两地生孤木，便使香魂返故乡。"两个土为地左边一木，组成桂字，寓意香菱被她折磨而死。至于曹雪芹为何赋予她一个"金桂"之名，尚待仔细研究。

真正识桂之香是去岁。在寄居的洛城，历经数次搬家之苦，生活之艰辛不可言表。犹记那个细雨霏霏的秋夜，把最后几件家具、杂物、书籍等搬上十一楼，已是凌晨。立于窗前，竟有一缕缕清雅幽香淡淡袭来，带着绝尘缥缈之味温柔缭绕，数日来的烦恼、疲倦皆慢慢散去。想起从桂林带回的香水之味，遂问身边人，楼下莫非有桂花树？那人回答说，楼下园中，有小小的一片桂树林。这时恰有亲友深夜致电问候，我便脱口而出，明日来赏桂花吧，对方亦是欣喜回应。有亲人、有友、有桂花，还有一颗易感美好事物的心，真好。

今，桂花已开数日。金黄的桂花瓣盈满枝头。细细小小，暗香浮动。走过园中，树下竟有落花，不忍双足踏之，我便弯腰捡拾了，装于衣袋中。后，每天清晨，我便来捡。很快就满满的一瓷盘，清水冲洗，晾干，我来泡茶。

所有桂花诗词中，我仍是最喜李清照的"梅应妒，菊应羞，画栏开处冠中秋"，她早已让桂花冠在了寒梅霜菊之上。千古第一的她，半生温柔，半生落魄，留下的诗词却亦如桂花，香飘千古。此时，我想打开一坛桂花酒，和宋代的她举杯对酌，忘却人间烦忧事，只闻花香不闻愁。

千古最美真爱告白

"5·20"，我爱你，真情告白日，应该是数字控们玩的游戏。生活枯燥，找点情趣，翻遍古往今来的告白诗，并为此排行，北宋李之仪的《卜算子·我住长江头》实在应雄踞榜首。

> 我住长江头，君住长江尾。日日思君不见君，共饮长江水。
> 此水几时休，此恨何时已。只愿君心似我心，定不负相思意。

其实词的名声远远盖过词的版权主人李之仪。所有人大概都是通过这首词而知李之仪这个名字，甚至知道了也记不住，譬如我。

该词诞生那一年，已经六十五岁的李之仪被贬太平州，那里地处温润江南，四周江水环绕，风景秀丽。但是美丽的景色总难抵消他满腹的伤感和生死离别。刚被贬到此处，便相继失去自己的女儿和儿子，接着，陪伴自己四十余年的夫人也离开人世。仕途失意，亲人死别，沉重的打击，让他的愁痕与离伤如江水滔滔。

恰在这时，一个年轻美丽的女子出现了，她就是杨姝，一个可以称他为祖父的女子，一个才貌出众的十几岁的歌女。二人成就了一段惊世之恋。

杨姝年纪虽小，却具备了不凡的正义感，在年仅十三岁时就曾弹起古曲《履霜操》为同样被贬到太平州的大书法家黄庭坚鸣不平。在一个偶然的场合，李之仪与杨姝相识，杨姝再次为他弹起《履霜操》，让李之仪大为感动，一见倾心，引为知己。

滚滚长江东流，浩浩荡荡千秋。一日，李之仪偕杨姝立于长江边上，面对着自己的红颜知己和汹涌奔腾的长江水，心底激起豪情与绵绵柔情。于是一首千古绝唱，一首如长江水般深情的词作临世了：我居住在长江上游，你居住在长江下游。天天想念你却见不到你，共同喝着长江的水。长江之水，悠悠东流，不知道什么时候才能休止，自己的相思离别之恨也不知道什么时候才能停歇。只希望你的心思像我的意念一样，就一定不会辜负这互相思念的心意。

借助浩瀚的长江为背景，以长江头与长江尾作为距离，抒发共饮一江水却又不能见的相思，爱如江水，江水不竭，相思不止，也愿君心如斯，才不辜负。李之仪用简白如话般明净的语言，深婉的情思，借女子之口，表达出江水长流情更长的古典爱情。这是世间古今最美的真爱告白。

据说，李之仪与杨姝恩爱和谐并育有子女，一直生活在一起，并无分别。至于该词所呈现的意境意蕴，应该是多重多层次的，既有对爱情的坚贞，也有对美好事物的渴望，更有对理想的执着追求。

"语尽而意不尽，意尽而情不尽"让该词妙不可言。短短几行，浅白婉转却又款款情深。读来，仿若长江横亘眼前，一女子临江而立，弹奏江水无弦万古琴，一声声都是爱的告白……

收藏一朵雪花

雪花飞舞，是春天到来的序曲。没有雪的冬天是干冷灰暗的，没有生机，仿佛离春天太过遥远。人们念雪等雪，是为了更快地抵达春天。

当雪花怒飘时，春天真的已经苏醒。人们借着春天的眼睛，看到世界又温暖又明亮。雪花也是可以收藏的，藏一朵于心底，纯粹而洁白。

由于种种原因，少时的我自卑、羞怯。于是常常躲在那些无人注意的角落里，偷偷读着几本不知翻了多少遍的书，后来又渐渐萌生了写作的念头。在文字中，僵硬自闭的我开始鲜活灵动。于是，我让语言难以表达的事物，试着从笔尖流淌。

身在南方的那个写诗男孩，他从未见过雪的样子，而他在我的笔下看到了中原的雪，他让我在冬天来临之时，给他寄一张雪景照片。而为了寄照片，我要乘车三十多里到镇上的邮局。就在照片寄出去一个月后，他竟巧合地伴着一场雪山水迢迢来到我山中的家，给我带了《苏菲的世界》和《简·爱》。

那时，雪仿佛下得很容易，一场接着一场，天地间总是湿润润的。雪后初晴，山野间雪厚盈寸，和他踩着雪爬山，在山顶歌唱，在雪地上写诗，一行又一行。他在雪野上写道："春天，是雪花唤醒的／沉睡的我，是你唤醒的／你的精彩，不需要呐喊／我的姑娘。"
我已经感受到，他在鼓励我走出自卑，勇于挑战自我。

他走后一周，已经临近春节，又下了一场大雪，雪封山路。待雪融化，万物萌春，收到一封来信和一本诗刊，诗刊首页有他一首诗《收藏一朵雪花回南方》。他的信中依然是对我不变的鼓励，说你们北方那么冷，那么大的雪你都不怕，还怕什么呢？只要再勇敢、自信一点点，就离春天不远了。他把南方的文学刊物《南叶》地址给了我，不久，我的一首散文诗《飘来的叶子》便发表了。他得到这个消息之后比我还激动，从此我的文学梦真正开始，并且性格也渐渐开朗起来。

那时候通信不便，除了书信交流之外，几乎没有第二种方式。在第二个冬天来临之时，我也去了没有雪的南方，但是不在他那个城市。从此与他竟渐渐失去了联系。许多年之后我回到家乡，一个和我同名同姓的女孩的父亲，把一摞没有拆过的书信递给了我……我站在黄昏的雪里，用指尖触碰着一朵朵雪花，把一份美丽的遗憾悄悄藏在了心底。

每一年的冬天，我都急切地盼雪等雪。我知道，雪花漫天的时候，就像他诗里写的，春天已经醒了。我会小心捧起我收藏的那朵雪花，和正在飞舞的雪走进永远的春天。

少年依然在风中歌唱

归家途中的大巴车上，"那白衣飘飘的年代，那白衣飘飘的年代……"歌手叶蓓具有质感、真实坚韧的声音突然就叫醒了我的耳朵。曲终，歌词和旋律仍在耳畔盘旋。"那唱歌的少年，已不在风里面，你还在怀念。"那少年去了哪里？那白衣飘飘的少年呢？我依然相信他还在风中。

蒲思恒主编的《愿你走出半生，归来仍是少年》让我光看书名，便极是喜欢。我更愿意把它当成对所有人的祝福。你颠沛流离，你泥泞曲折，你身心俱疲，你为爱所疼，你获得掌声，你半生有成、情有所归，无论如何，作者都愿你走过半生，仍是来时路上那个白衣翩飞的少年，是那个历经磨砺不改初心的少女。

我们无法抵挡岁月的洪流一次次咆哮而来。也不是每个人都能扼住命运的喉咙，推开一些磨难和绝境。我们需要在一些困境中，成长、坚守，等待云开月明。也许需要半生甚至一生的时间去找寻。但不管如何，我们仍是那个风中歌唱的少年。

对于白色，一直偏爱，年岁却已渐近不惑。翻开衣橱，尽是白衣白裤白裙，叶蓓的《白衣飘飘的年代》旋律又在回响。瞬间觉得白衣飘飘，应是少女时，而自己是不是该换换色彩了呢。有友让我传些照片，再次发现，居然照片中也大多身着白衣，友瞬间笑称我为不老的白衣少女。莫非，在鸡零狗碎的生活当中，在青春年少的奔波曲折之途，在养育儿女的艰辛里，我的潜意识里仍旧藏了一颗少女之心？

此刻让时间的河流倒回。夕阳下，手捧一本书的白衣女孩，坐在河边，身旁是低头吃草的云朵一样白的羊儿。羊儿吃草，女孩读书。夜晚，女孩借着月光写诗，然后枕着梦想入睡。她想长大后也写出一部像《简·爱》和《红楼梦》那样不朽的作品。当真正长大之后，梦想，许多时候竟变成了不敢再想。女孩此时已为人母，但对书籍的痴迷，对写作的热爱，一直未曾改变。她认为唯有如此，才会不负少时的初心。那个女孩便是我，是那个已经将要走过半生，仍旧喜欢白衣的我。

请允许我做一次冥想。我是不是前世剪取过天边一缕白云，收藏过千年前的一朵雪花呢？所以它们今世，悄悄走进我的心脏，染白了一切，素心如雪，白雪似我，让我走进一个长长的白色梦境，醒来依旧是少女。

好久不看电视，偶一打开，竟是叶蓓在画面中吟唱："那唱歌的少年，已不在风里面……"我想，只有我知道少年去了哪里，那少年依然会在风中歌唱，就算走过半生。

驿动的心

  这首歌是以一列火车长长的鸣笛声开始的。"曾经以为我的家，是一张张的票根，撕开后展开旅程，投入另外一个陌生。"每年，在春天来临之前，在节后的车站，看到那些背着行囊不知是归家还是离乡的少年，姜育恒的老歌《驿动的心》的旋律和歌词便在心底流淌，触动我无边的思绪。我也曾经满怀着豪情奔向远方，更不惧岁月流逝，以青春为翼，一次次与大山和父母告别，独自踏上远行的路。无所畏惧的青春，天地之大何处不能安放？

  那些展开旅程之后的陌生，并没有把内心升腾的豪气湮灭。陌生的人和物、陌生的一切只当是最新的体验。于是在我青春的行程上，从不甘于守着远离家乡之外的一个个旧地，一次次重新出发，一次次与异地挥手，与家乡告别。在这样一个长夜，我仿佛看到那个喜欢着一身白色衣裙，喜欢书和诗的瘦小女孩投在南方路灯下的身影，和她在奔驰的列车上，望着车窗外广袤无垠的土地时，眼里所呈现的光芒。

  "路过的人我早已忘记，经过的事已随风而去。"可是，路过的人我怎么会忘记呢？那一件件的小事，每一个细节，一起走过的日子，讨厌和喜欢的人，任风而过，却总能被我留在心底。风何曾记不住一朵花和许多花的香呢？路过的人还时常闯进我的梦里，与我

227

相聚，如同不曾离去。

此刻，身上一套红色贴身旧衣，便是十几年前蕊姐所送。那年我二十，独闯省城。给父母的理由是：省城报社杂志社多，我给编辑寄稿能快点到达。于是，随身带了几本书和一沓方格稿纸，在晨光中上路。我寻到了一份报纸征订的工作，每天奔走于各大单位，也去敲住宅区户主的门，让他们订一份报纸。没有交通工具，唯有步行，晚上脚磨出大大的血泡。那个落雪的黄昏，我敲开了一扇门，遇到了美丽的蕊姐，那个独立美丽善良的女子，是我生命中最完美的偶像，她订了我一年的报纸，把我让进屋里说话，给我端了热水，临走时还留了她的电话，说以后有事可以找她。再去方知她是一个画家的女儿，自己还经营着一家有名的音乐主题酒吧，再后来，我便在她的酒吧做了仓库管理员，并在那里认识了许多热爱音乐的人和来自全国各地的歌手。一年之后，有人于另一个城市召唤，我便离开了蕊姐。蕊姐送我的红衣，神奇的是多年后仍不显旧，如同永不褪色的属于生命旅程中的感动和情意。

"疲惫的我，是否有缘和你相依？"虽然不是最娇艳明丽的花朵，即便是一棵草，也会被太阳爱慕吧。于是我遇见了他，他说他是我的白马。青涩与单纯夹杂着青春的懵懂，和隐隐的不安与忧伤，不知那是不是生命最初萌发的爱意和暖意。我的倔强与固执最后致使自己的白马受伤，仿佛从未开始就早夭的感情，消逝在一场纷飞的杏花雨里。从来不曾疲惫的我，但今生怎可与你有缘再度相依？

这些过往，从来不敢认真细数，却又如影随形，我珍爱收藏。躁动的心，会平息吗？我觉得不会。今夜，翻看着手中一张张的车票，一遍遍听着姜育恒的老歌，火车的鸣笛声一遍遍响起。仿佛，我又在启程。是呀，是辞去旧年，奔赴下一个春天。

永远的远方

思绪于冬夜翩飞，像一只只逆袭的蝶，带我返回那些印着我青春脚印和身影的远方……

远方，是儿时的一个个梦，光影闪烁，如幻如醉，以至于每次不舍的返回，都令人心思驿动。

在十六岁之前我从未走出我的山。我一直称家乡为"我的山"。童年和少年在山中自由地生长，像一株野草。糊了报纸的墙上有一只神奇的喇叭，开启了我思想之门和一生梦想之旅。让我知道山外还有一个世界，这个世界有过去更有未来。

"江南好，风景旧曾谙，日出江花红胜火，春来江水绿如蓝，能不忆江南？"女播音员优美的声音飘出来时，立刻渲染了我的情绪。以至今日每每读到此句，那女播音员的声音犹在耳畔。于是，江南，那个日出江花红胜火的江南，便深深根植于我少女时期的梦里。我无数次独自坐在山顶遥想，江南，我的脚步何时才可抵达？更无数次用我渴望的目光，穿透一座座青山组成的屏障，仿佛她已经就在眼前。

我多想在一个星光未落的早晨，背着行囊离开，去寻找远方。

当这颗去远方的种子蓬蓬勃勃萌发的时候，三毛的那本书《撒哈拉的故事》更加点燃了我的热望，我觉得不能再等了！

那个三月的早晨，杏花朵朵如雪，绿草如茵，弯桥下的溪流浅唱，青山默默无言，我肩挑着梦，迷茫而又兴奋地走在一条未知的路上。

目的地不是江南，也不是撒哈拉，而是离家三百余里的一座古城。这是人生的第一次远行，由于对陌生城市和陌生人群的无法适应，三个月之后结束。归家途中在车座底下捡了一本《鲁滨孙漂流记》，视若珍宝，翻了几十遍，深深被主人公荒岛生存的故事吸引。闲居数月，再读撒哈拉，决心再走一次。

至此，我的脚步走到了省城，谋得一份工作，租居一间小屋，夜晚啃着馒头看书，梦里还在继续向远方。

又一个春天来临，南飞的燕子归来，我却挥着并不丰满的羽翼南下，以为可以找到更好更烂漫的春天。广东东莞小镇清溪。清溪，多么清澄美丽的名字，一听就爱上了。但是，在那里的时光，和来自全国各地的打工妹一样，火热澎湃的青春在一座座工厂里的流水线上，在不分昼夜的加班里流掉了。还好，一个图书馆成就了我的读书梦和文学梦。读书写作，当文字不断变成铅字出现在报纸和杂志上的时候，我觉得即使青春在流水线上，也没有被浪费。

在南方小镇的天空下，午夜梦回，总还是有许多莫名的忧伤。我看的书越多，我了解的天地越大，我越觉得自己渺小。当读到杜甫的"无边落木萧萧下，不尽长江滚滚来"时，心底无尽苍凉之感顿生。远方，我不能停止脚步。于是，舍弃所有杂物，独拉着一箱书和文稿离开。

之后，我做了一次纯粹的旅行。在山水甲天下的桂林，漓江之上泛舟而行；在北方的胡杨林前无声静立，为它们的悲壮、美丽、死而不枯感到无比震撼；在长城烽火台前让自己穿越，于狼烟四起、号角连天时，做一回身穿铠甲的将领，阵前厮杀；在西湖苏堤漫步，与东坡对话。

最后，你一定知道我去了哪里。对！是我的梦里江南。我怎么可能不去呢？江南水乡小镇，苏州木渎。街上阿婆叫卖的一块钱一枝的栀子花和茉莉花，那种香，不要想，一想连梦都是香的。临水而居的人家，吃的却还是院中的井水。井沿放一只水桶，系着一根粗粗的草绳。吃水时需要去井中打水，打这样的井水，是需要技巧的。不能把水桶垂直下去，那样会打不到水，而是要斜着抢下去，迅速提上来。在苏州数年，到过桃花坞，逛过虎丘，见过越王勾践的宝剑，倾听过寒山寺的钟声，那江上日出、春水如蓝早已被我的目光抚摸千遍，我青春的最后行程也止于那风景旧曾谙的江南。

恍惚，以至人生之秋。我像一枚叶子落在大树脚下。曾经远离，终归不离。此时，我依旧在想着远方。这个远方与脚步无关，与心怀和视野的广度相连。世界有多大，远方就有多远。

从此后，远方在哪？远，在远方。

Silijie 和铃木明

人生旅途中，遇到的一些人和事，虽然时隔多年，却会在某一个时刻清晰起来。

就如此刻，眼前的这架琴，让我想起了我认识的第一个老外。罗马尼亚人，大家叫他"三六九"，他的名字应该是Silijie。

那时，我是家音乐酒吧的仓库管理员，他是老板蕊姐请的DJ，一口流利的普通话说得比我还标准。

我和他发生过两次不愉快。

一次是一帮女孩子轮流做饭，轮到我时他要求吃米饭，而我做了面条，这个和我年龄差不多的小老外居然气呼呼地丢下碗不吃了。

一次是因为我和他争一架德国罗兰德电钢琴，这架琴是以前演出的乐队丢下的。在争夺过程中，稳压器掉在地上摔裂了一道缝隙。不过最后，这个和我一样热爱音乐的老外还是发扬了中国的君子之风，把琴让给了我这个小女子，并且跟我握手言和。

于是，这架琴，被我从信阳坐火车抱回洛阳，又抱回老家，在某年春节回家路上，还因此换过一张回家的车票。

"三六九"算是老外同事，那么另一个老外则是我威严的上司了。十年前在苏州一个中日合资的企业里，每个部门的主管几乎都是日本人。我的工作证上盖的便是铃木明的大红印章。

这个铃木先生戴着厚厚的眼镜，会说简单的中文，每次去车间都带着一个美女翻译。一次，铃木先生刚进车间门，我忘了是因为什么事正慌慌张张往外走，竟一下子踩到了他的脚，当时这个日本人大叫了一声，我脑子瞬间一片空白，冷汗直冒，声音发颤，一个字都说不出。

　　本想着他会发作，谁知这个一向板着面孔、时常对员工训话的上司却说了句非常中国式的幽默话："小姑娘，对不起，我的脚硌到你了！"旁边的翻译以及同事们都被铃木的话逗笑了。我也不再紧张，赶紧顺畅地一连说了好几声"对不起"。

　　那张盖着铃木明印章的工作证还一直保存在我的抽屉里，那架从"三六九"手里争来的琴也在身边，而那些在人生旅途中遇到过的人早已不知何处，就像歌中唱的，各自散落在天涯……

得失一念间

《吕氏春秋》里有个楚王失弓的故事，说的是楚王去云梦泽打猎，不小心把心爱的弓丢了。侍从们要回去寻找，楚王说，算了吧，不必去找了，"楚人失之，楚人得之"，到不了别处的。侍从们听后都很佩服楚王的胸怀豁达。

孔子听闻此事后说，这句话如果去掉"楚"字就好了，不妨说"人失之，人得之"。

老子听说了孔子的评论后说，再去掉"人"字会更好，那样就是"失之，得之"，这样才符合天道。

圣人看似简单地去掉一个字，但仔细想来，人生就是这"得""失"二字。

有失，有得，无失便无得。得失平常心，全在一念间，"得勿喜，失勿悲"，靠的是用好心态来对待生活中的大小事情与纠葛。不为一些蝇头小利斤斤计较，不为一些鸡毛蒜皮闷闷不乐。具备了良好的心态，就不会有许许多多烦恼，就不会有时时刻刻的怨天尤人。比如猫喜欢吃鱼，可是猫不会游泳；鱼喜欢吃蚯蚓，却不能上岸。但是猫能在大地上奔跑，鱼可以在大海中遨游。上帝给我们关上一扇门，一定会为我们打开一扇窗。我们捡到的不管是芝麻还是西瓜，同样是一种得到。

得与失，不过是相对而言的，没有绝对的得到，也不会有纯粹的失去。人生往往就是这样，当你认为得到时，可能你正在失去其他东西；当你觉得正在失去时，或许你已经得到另一些东西。得与失，是一种选择，也是一种放弃。没有一种选择十全十美，没有一次决定万无一失。只要搞清楚自己想要的究竟是什么，人生就不会失落与迷茫，生活就会卸去许多沉重的包袱，你也会变得步履轻松、勇往直前。

一切事情想通了，人生就应当豁达一些，该放下的放下，该拾起的拾起。

回头再看楚王，他的境界依然是受制约的，他自认为他的弓丢在他的王土之内就不用计较了，可是他还是没明白，比王土更大的则是人的内心，无限大的内心才能够让得与失游刃有余。

前方请转弯

在一本书上看到这样一则故事：一位老者年轻时为了求取功名，发奋苦读，却无奈屡试不第，于是就寄希望于儿子，省吃俭用，全力供其读书。

谁知，儿子和老子一样，也是屡考屡败。在最后一次赶考途中，儿子身上所带盘缠被劫匪一抢而光。幸亏一位卖葵花子的老婆婆相救，带其回家。不久，他与老婆婆的女儿结为夫妻，并做起了生意。不想这书生经商天分极高，很快就成了远近闻名的富商。

老者知后寻去，苦劝儿子再考，儿子已无意科场。老者极其失望，觉得儿子不争气，枉费了自己一番苦心，越想越心寒，便去寻死。这时，遇到了一位大师，大师问明缘由，居然拍手叫好，老者认为大师是落井下石。大师说，你这一生过得不可谓不苦，你若坚持让儿子回家读书，你的一生便是他的一生，你的今天便是他的明天。老者听后似有所悟。"此路不通，不如转弯。"大师说后，转身离去，老者终于释然。

科幻片《超人》曾风靡全球，电影里"超人"的扮演者克里斯托弗·里夫也因此蜚声国际影坛。可就在他的演艺事业如日中天时，一场横祸袭来：在一场马术比赛中，这位"超人"变成了高位截瘫患者。当他从昏迷中苏醒过来，第一句话就是："让我早日解脱吧!"

　　为了抚平他肉体和精神上的伤痛,妻子带他外出旅游。在蜿蜒的盘山公路上,里夫突然发现——每当前面看起来没有路时,就会出现一块"前方转弯"的警示牌,而每次拐过弯之后,前方顿时柳暗花明,豁然开朗。"前方转弯"这四个字,一次次冲击他的眼球,也渐渐叩开了里夫紧闭的心扉:原来不是路到了尽头,而是该转弯了!他恍然大悟。

　　一年后,里夫当起了导演,他执导的《暮色之中》获得多项大奖。还出了一本自传《我仍是我》,一问世便成为畅销书。美国《时代周刊》说:"十年来,他依然是超人。"在接受采访时,里夫回顾自己的人生历程时说:"当不幸降临的时候,并不是路已到了尽头,而是在提醒你——该转弯了。"

沐一身天下书香

打开窗户，我稍微探探身子一伸手，就能摸到房后山上的树木，还能掐一枝野花。每当一些场合必须做自我介绍时，我会半分骄傲半分想引起听者羡慕地说我是山里的。我就是在大山里长大，开门见山，连夜晚都觉得自己是枕着山在做梦。

生长在山里，我却不知怎么就有了个阅尽天下好书的梦。要知道二十世纪八十年代初，能够读上一本书，拥有一本课本之外的书是多么不易，更莫说是在封闭的山沟里。大概是抢了被奶奶引火烧饭用的一本没头没尾的《爱丽丝漫游仙境》之后，反复翻看，并为之补写了开头，续上了结尾，才萌发了阅尽天下好书的愿望吧。

上中学是在离家三十里的镇上，初二时，学校建立了图书室，只是里面可供阅读的书极少，不过好歹是有书看了。

直到在郑州，偶然认识了一位开酒吧的姐姐，做了酒吧仓库管理员。看似和书籍没有任何关系，但是正是这份工作，让我读了很多书。酒吧门口有个书摊，摊主是个朴实的中年人，在我费尽口舌软磨硬泡之下，摊主特许我租他书看，一天租金五毛。我上晚六点到晚上十二点的班，白天尽可以看书，上班时大多也清闲。于是我把王朔、海岩、王小波、余华、贾平凹等国内作家的作品看个遍。夜晚的酒吧，灯红酒绿歌舞翩翩，道不尽繁华与暧昧，而我几乎充耳不闻，躲在那个小小的仓库里，捧一本书时就拥有了另一个天地。

后来跟村里的女孩子们南下东莞，一同面试进厂，没过多久，她们因受不了严格的规章制度而纷纷辞职，唯有我独自留下。因为在这个东莞清溪最大最有名、工资待遇最高、全封闭式的合资企业里，有一个我从未见过的大型图书馆，我因图书馆留下了。这期间，我在工作中不断努力，运用了书籍带给我的启迪和智慧，得到了回报，被上司从辛苦枯燥的流水线上调至行政部，做了一名让外来妹们羡慕的文案职员。工作时间缩短，便有了更充分的读书时间。工作之余我全都泡在那个图书馆里，慢慢圆着自己阅尽天下好书的梦。

从南方归来后，也曾换过无数次工作。万万没有想到的是，最后落脚在洛阳。更没想到的是，会在一家书吧有过一段时光。看着书吧不断上架的最新优秀经典图书，总是会想起我小时候那些饥渴的读书时光。对于前来看书的孩子，我总是极力引导他们多读书，读好的书，用书籍去点燃思维、开阔眼界、成就幸福未来。假如在儿时我有这么多书读，我的人生会不会还有更大的改观，有一条截然不同的轨迹呢？现在的孩子们是幸福的，优越的读书条件必将会造就更多的栋梁。

当下的我每天都深切感受到坐拥书城万事足的无限喜悦。书架上一排排的书，全为天下人所著。而我每天都陶醉其中，洗涤身心，沐一身天下书香，万事朴素澄明。时时觉得宠辱皆忘，富可敌国。

让阅读带着灵魂去旅行

  人生，本来就是一场从生到死之间的旅行，每个人都要认认真真地用双脚丈量出属于自己的那段路程。每一个人的灵魂也是独立的，在这趟单程旅行里，我们的灵魂注定要独行。而阅读可以使我们的旅途不再孤独，也可以使我们变得谦卑。

  若站在高处俯视，看着茫茫人海，无边的风景，心里会顿生一种渺小之感，这个时候，才会深刻地反思。这也如同我们平日里的阅读，走进书里，也会发出这样的感叹，人，真的是世界上微不足道的物种！是阅读，让人认识自己，对一切心生敬畏，不再妄自孤高、目空、傲视。不管人的一生漫长或短暂，在历史的书卷里，其实不如一个符号。人，大多数时候在精神国度里作茧自缚，而通过阅读可以破茧成蝶，找到再生的自我。

  世界的奇妙与博大，历史留下的痕迹，社会的进步与发展，先贤们留下的脚印，五千年文化的璀璨光芒，未来的太空与宇宙，你翻开一页书，让三千多个汉字引领你，去领略去探秘，当你抵达一处处风景，你仿佛就站在这世界的中央。

  只有自己做了父母，尝到了养育小生命的乐趣，才会知道不当一次父母是多么大的损失；也只有走进了书籍的宝库，品尝到与书中灵魂交谈的快乐，你才会明白不读书是多么大的损失。读书的目的不在于让你取得多么伟大而卓越的成就，而在于你被生活打回原形、逼上绝境，备受挫折打击的时候，给你一种内在力量的支撑。一直以来像《钢铁是怎样炼成的》《平凡的世界》便是此类书的代表。

阅读，是属于个人的事情，就是和自己的灵魂牵手走路。山里的少年读书，那书会为他铺开一条通往山外世界的路，给他一双站在山顶读天下的眼睛，给他一片大海般宽阔的胸怀。于是这少年走出山去，开始人生的历程。人到中年读书，就像走过旅途中的一座长桥，来处了然去处也明白，人生仿佛已参透了一半，一切的浮华与躁动都趋于坦然。人至老年读书，犹如再也回不到从前的游子，书中依稀还是年轻时的模样，却已两鬓霜华，伸出双手握住一把苍凉。陈继儒说："吾读未见书，如遇良友，见已读书，如遇故友。"伏尔泰也说："第一次读到一本好书，我们仿佛找到了一个好朋友，再读这本书时如同和旧友重逢。"这两个不同国度的人的话如出一辙。

邂逅一本好书，是人生途中忽然而遇的善良美丽的知己，让你怦然心动，心生敬意，你心底埋藏多年的话都被它说了出来，你尘封的心也为之打开，在相逢的一瞬间情投意合心旷神怡。读书可以分为谋生和谋心两种：谋生的读书是从小学读到大学；谋心的读书是为了心灵的寄托和安慰，丰富和安宁，独立与强大，这才是真正意义上的读书。

也只有真正意义上的读书，灵魂才可以无所羁绊地去旅行，从而使自己的脚步坚定，勇敢地用双足丈量每一寸土地，让灵魂得到丰盈和自由。

追寻阳光的柿子树

　　山下的河边，错落有致地长着十几棵柿子树，其中一棵长得又高又直，其余的却是又低又矮还分了许多杈。接着我便发现了不同，并且产生了疑问。

　　时值阳光灿烂，普照着其余的几棵柿子树，唯独那棵又高又直的，正好长在一个低洼里，恰巧又被三个小山脊挡住了阳光，好像所有的坏运气都被它赶上了。但是为什么缺少阳光的直射，却又长得那么壮那么高呢？

　　苦苦思索，我明白了其中原因。这棵树，虽然生长在低洼处，也一样需要得到阳光。但是从自然界到人类社会，都没有绝对的公平，有许多事需要争取需要努力，为此付出全部。如果甘愿接受平庸，那就会一直平庸，如果不妥协，奋起直追，人生或许会走向精彩。同理，这棵柿子树是受到了生长环境的制约，得不到更多有利的条件而变得强大，于是它就更加无所畏惧地向上！向上！这就是势不可挡的向上的力量！

　　这棵柿子树，为了寻找阳光，得到阳光，拼命地一天天从低洼处奋力生长，竭尽全力，它想着，只有心无旁骛地朝着天空的方向，才能早日见到阳光。就在这种求索的过程中，不知不觉间，它已卓然超越了同伴的高度。

而这段时间，我正面临着诸多烦心事并深陷生活困境，连续数周，夜夜失眠，脱发严重，情绪低落到谷底，我总是觉得人生就如此了，再也不可能有任何转机。这种悲观情绪时时刻刻萦绕心间，就像一堵厚墙挡住了本该照进来的阳光，让心田一片荒芜。过度的哀伤与忧愁是打在心头的死结，缠绕心上的迷雾，使我跌入其中。而眼前的柿子树使我密闭的心墙突然裂开一道缝隙，洒进了一缕阳光，由灰暗瞬间转向明朗。

　　生活的一切艰辛和磨砺，或许都是一种恩赐与考验。没有困难，我们怎么去发现自己身上的潜在力量；没有困难，我们如何去蜕变与成长；没有困难，我们怎么去感知拼搏过后的喜悦和甜美。没有困境和逆境的强烈对比，就会丧失感知幸福的能力。因此，让一切抱怨和牢骚都统统让路，所有的事情完全取决于自己如何去面对的态度。

　　就像那棵追寻阳光的柿子树，站在那里，不依附，不低头，一直在阴影处独自向上，不知不觉中超越了同伴也超越了自己，终于成长为自己的风景。

明月清风自在心

中秋之夜，月亮好像倦了。

拒绝万众仰望，躲进了厚厚的云层，倔强而固执得像个孩子。人间的千呼万唤，歌舞升平，诗词吟咏，一点都没打动它，这是月亮的拒绝。

但是，我不会因为月亮的拒绝而拒绝月亮。那皎洁，依然明亮地藏于心中。明月最知心底事。

幼时的月亮静静照着院落，山里无论什么季节，月光总是有冰凉的质地，照着并不算远的山脉和门前的小河以及树木。我趴在母亲膝上，她用手梳理着我的头发，我问着数不清的问题，感受着母亲指尖传递的温暖，竟然慢慢睡着了。

少时，最喜欢有月光的晚上。在院里的石桌上写字、看书、画画，只为省一点蜡烛和煤油。姐姐们在月下织毛衣，父母剥玉米。

青年时期的月光，总是照着我回家的路。从求学到初入社会，每次归家，因交通不便，都要辗转倒车、步行，有时甚至翻山越岭，因此出发时为了赶车，都是月光送着走出村口，返回同样是披着一身月光。这样的情景如在眼前，清晰如昨日。我能看见自己在清冷的月色下，沿着小径，背着行李，心底还藏着小小的梦，走向未知。

婚后，婆家离娘家三里路程。在这条路上，月光仍旧留下不知多少母亲送我的影子。每次回家，母亲总是挽留吃完晚饭再走，可是吃过饭，如果在冬天，差不多天已经黑了，于是母亲就走着送我回去，走着走着月亮就挂在了天上，我催母亲回去，说有月亮陪我走。母亲总是不听，硬是坚持送到那个位于总路程一半的岭上，还总要看着我再走一程她再往回走。我回一次头，她还在岭上站着，我再回一次头，她还在岭上站着，我就开始有点发火，并大声喊着，妈，赶紧回去。同时泪在眼眶打转，这个人是世界上最爱我的人哪。

后来，自己也有了女儿。她喜欢搬个小凳子，在天气不冷不热的晚上去院里看月亮。她说，月亮会变身呢。有时变眉毛，有时变镰刀，有时变成胖腰，最后变圆圆的像个月饼。女儿最喜欢月亮变月饼，她说，那时候，爸爸就该回来了。

倏忽，人至中年。人生太多的无奈和挣扎，是在许多经历之后。曾无数次独自徘徊在月光之下，想平静自己澎湃的痛苦和烦恼，希望找到一个出口，看清方向，不要继续迷失在弯路上。那时的月光就像密友，聆听内心的倾诉，让我与现实和解。

中秋的月亮，倦了。看不到，也请不要呼唤，不要惊扰。

心之辽阔无垠，能装下日月星辰万里江河。不如在这清秋的风中，升起自己心底那轮明月，感念岁月中的爱与记忆。

常扫心尘得清明

　　我总是不知尘土从哪里来的。问题似乎很幼稚，但我真的不懂。窗台上的、书架上的、器皿上的，还有植物叶子上的灰尘，到底都从哪来。

　　每天清扫，第二天便又卷"尘"重来，这些神秘的灰尘，无声无息，有时借助光线，我们偶尔会看见它们没有灵魂地舞蹈，有点虚空地舞蹈，细听，似乎还有幽暗缥缈的叹息。

　　当它们落下，依附在某一种物体上，注定也不会生根。所以，当我们去擦拭那些灰尘时，它们几乎一模一样，没有大小，没有重量。存身于浩大无垠的世界，在成为一粒尘时，我们无法猜度它们的思想，当它们被一双勤劳的手主宰命运的那一刻，会不会预知？有没有颤抖？

　　从成为一粒灰尘到结束那一刻，谁也不知道，它们有过几年几月、一周一天甚至一分一秒的存在。灰尘没有表达，我们也不是先知，不会知道。但是所有事物的遭遇又如此雷同。

　　在这宇宙之间，一粒一粒的尘，一边消失，一边再生。

　　我从来不敢去嘲笑一粒尘的渺小，更不敢认为它无用与多余。它是一面可以反射自我的镜子，也是参照物。大多数时候，人根本不如蝼蚁，甚至不如尘土。就算认为自己是那粒渺小的尘，也只可以说自己卑微，却不敢用这个词来形容尘。尘哪有人如此无助不堪，患得患失，背负种种，瞻前顾后。尘在空中狂欢，没有钱权富贵温饱之欲，然后潇洒落下，即使尘命短暂不幸离去，也没有劣迹，没有绯闻，没有恶评。所以，人不如一粒尘。

或许，尘还会窃笑郑重其事的扫尘日。它们会凑在一起议论，窗明几净扫去旧尘迎接新年，固然重要，那人心上的尘该如何清扫？一屋不扫何以扫天下，一心不扫如何对世人呢？

人心上的尘是贪欲，是妄念，日积月累忘记打扫，便沉陷成自己都跨不过的沟壑，天长日久，形成深渊，无边无际的尘把自己最初的心埋掉了，围困了，吞噬了。

当然这世界上还有一种无私无畏的人，是闪着万丈光芒的星辰。他们的心上，没有尘的容身之地。尘闻到他们的气息，赶紧绕行，远远避开。他们的身上充满着一种浩然能量，拥有抵御诱惑的强大气场。

打扫心尘需要像打扫家里的卫生一样，成为一种习惯，晨钟暮鼓，每日不忘用善意的清泉濯洗，用坦诚的意念擦拭。拂去心上之尘，便得清明世界。

常抱心头一点春

苦中苦，人间人，大抵这人世，万般滋味，我们所尝唯苦尤多。每个人心中都有一片属于苦的海域。

因为每个人都有自己的苦，所以便要诉苦。诉的方式有多种。最为通俗的方式就是诉给朋友，诉给亲人。再有，还可以诉给一只飞鸟、一片流云、一朵落花。《红楼梦》里林妹妹的诉苦最有诗意，她对着园里满地落花，对着潇湘馆窗前千竿翠竹，对着秋风秋雨柔肠百转，把一腔悲苦诉到了最高境界。

佛教有一种说法，人来到世上就是受苦的。人，这独立的单位和个体，在这世上蚁行，孤独、无助常常相随，忍受苦痛更是必经之路。曾经如我，心底何止一片苦海呢。我已经早被翻卷的苦潮吞没，从这片海抛向那片海，始终靠不了阳光洒落的海岸。

所幸，我用文字做了一叶小舟，把我的苦渡出心海去，在心里紧紧抱住一点春天，淡扫阴霾，映射出满园春光。有许多知道我生活境遇的朋友曾说，你简直就是处在水深火热的煎熬中，也不见你如何抱怨，反而风清月明。是，我开始不抱怨这个世界，我若过得不好，那是自己不够努力；经历一些苦痛挫折，那是生活给予的奖赏般的经历。何况，我所生活的时代是多么稳定，我所在的国家山河如此壮丽多娇，我没有颠沛流离居无定所，没有深重的苦难，而是拥有健康的父母、可爱的儿女和诚挚的友谊。同时我告诉自己，不要拒绝苦难，苦难也是一笔财富。

"常抱心头一点春，须知世上苦人多。"能够忍受身体的摧残和心灵屈辱双重之苦的司马迁，是怎样怀抱春天写下"史家之绝唱，无韵之离骚"的《史记》呢？杜甫虽苦，却高吟"安得广厦千万间，大庇天下寒士俱欢颜"，他心里抱的是安得广厦的春。曹雪芹也苦，他瓦灶绳床"满纸荒唐言，一把辛酸泪"，他心里抱的是愿世人都解其中味的春。路遥也是苦，他在平凡的世界里经历苦难，又在《平凡的世界》里书写苦难，他心里抱的是真善美的春。

我们每个普通人心头的那一点春，应该各自不同，因为万紫千红总是春。只要"常抱心头一点春"，尘世之苦，又有何惧，皆在春前低头，皆为春天让路。

在南方的天空下

　　每个人在这个世界上都要走长长的路，不管是平凡也好，不凡也好，但凡随着时间的流逝依然不被遗忘的，没有被岁月之尘覆盖的那一程，每一段每一步都值得纪念和重返。

　　我的青春像只迷茫的候鸟，对于未来缺少长足的考虑，总是飞来飞去，不知该如何落脚。当我踏上南国的土地，第一次离家千里之外，停留在广东东莞一个叫清溪的小镇，心里是慌张的、不安的。感觉那里的天空好低好低，仿佛随时会压下来，让我产生一种呼吸困难的错觉。

　　从早晨八点到中午十二点，从下午一点到五点，从晚六点到十点，大多数情况下到零点，甚至连续不眠不休加班三天三夜，流水线就一直流着，许多人站着都能睡着了，手还在机械地干着活。在清溪，我没看到过一条溪。看到的全是大大小小的工厂，还有操着全国各地口音的打工仔和打工妹。绿色的流水线，也像一条流动的溪，我在机械地检验着从眼前流过的每一个产品是否合格时，这条溪是冰冷的，甚至是无情的，流走的每一秒，仿佛是我生命不可倒流的青春。

　　那个脖子上戴着大粗金链子，手上戴着大戒指，身材肥胖且黑亮的老板，发现员工一点点失误，张口就骂，同样指着主管的鼻子骂。我亲眼看见，主管挨老板骂时，他头深深地低着，不敢抬起来，身子还不自然地微微发抖。当接受完老板的骂，主管又原封不动地把那一顿骂传递到工人的耳朵里。所有的人几乎都习以为常，都麻木，没有一个人敢表现出不满。

当初，去广东时，是通过邻县的一个劳务输出公司，说那里遍地都是厂，比地里的麦苗都要多，工资高，活又轻松，吃得还好。负责人还对我们几个说，初中毕业的过去做品检，就是检查产品质量，高中的可以到厂里的写字楼做文员。但是到了之后，说好让我们进的电子厂员工已经招满了，要等半年之后的下一批。于是，我们就住了下来，天天被一个女的带着去各个厂应聘。

折腾了快一个星期，耐心都耗光了的几个女孩子去了珠海，我和另外三个留了下来。为了尽快有活干，赶快挣钱，我们妥协了，不再奢望进那些有名的大厂，接下来很顺利地进了一个叫展毅的小电镀厂。刚办好各种进厂手续，我往家里打电话，母亲告诉我，在家乡郑州的一位姐姐联系我，要我去她那里工作。可是我已经千里迢迢来了广东，刚刚安顿好，我决定不回去了。如果当初回去，我觉得我的命运至少会被改写一大部分。

刚进去时，我和表妹被分到了样品班。车间流水线上的产品要先做一些样品出来，带着试验性质，做成之后，做一些分析，例如上线后的注意事项等。样品班的老大是一个又高又瘦的男孩，起初不知道他也是河南的，因为一到南方，无论谁都要讲普通话，不管标准与否，否则没人能听懂你在说什么。他讲普通话我们也没听出是河南口音，我和表妹说话时还是用家乡方言，所以他就对我说，咱们是老乡，说他是河南商丘的。然后看看四周没什么人就说，你高中毕业怎么来这里了呢，有机会还是去别的厂吧。我说，那你怎么不离开这里。他说，他的身份证是借的，自己的身份证再有半年才能寄过来。借的身份证不敢去大厂应聘，怕被查出来，等新身份证寄过来，立马辞职。

我的老大，也就是这个河南男孩很照顾我。我是那种从小自卑内向胆怯，除了看书还偷偷地做着作家梦的人，而且动手能力极差，做样品需要手工和眼力，可我不停地犯错出错，做出一堆残次品。这样的情况如果被发现，不被炒掉也被骂死，而我还没做好离开这里的勇气和准备，打算再干几个月，拿到工资再跳槽。老大话不多，是个沉默的大男孩，做出的样品精致好看，看得出老板很欣赏他。对我犯的那些错，他极力帮我掩饰、掩盖，当然露出马脚的部分遮掩不住，他就会被上一级骂。但他从来没有对我抱怨什么，甚至一些怕被我搞砸的样品，都偷偷替我完成。

　　没过一个月，样品班就解散了。老大去了销售部，我和表妹被分到了车间，刚开始都是普通员工。后来可能组长看我居然能用一些简单的英文快速分辨产品，加快生产进度，就让我去流水线上做了品检。别看老板冷酷严厉，管理却混乱得很，可以称得上乱七八糟。组长连哪个车间哪个组具体有多少人都不清楚。流水线上也是不停换人，别的部门，特别是手工的一些组，一会儿换一个场地，一些人出去几个小时都不会有人注意。其中就有一个男孩几乎每天都在楼顶睡几个小时，有一次车间停电，组长跟电工到楼顶查看线路，这个男孩就暴露了，因此当时就被炒掉，卷了铺盖走人。

　　还有件令我至今都觉得不可思议的事，也不知道有个又黑又瘦的男孩究竟做了什么。连续一周，每次饭点，大家排队去饭堂打饭时，他都会站在人流最多最显眼的地方，脖子上挂着一个长方形的纸板，上面用毛笔写着三个黑色大字"我有罪"。我觉得他好可怜。可是没有人看他一眼，他就像空气似的站在那里，我真害怕，头顶的太阳会把他晒化了。我曾暗暗问过一个老员工是怎么回事，他们说不知道，也不知道这孩子叫什么。一周之后，再也没见到他挂着牌子站在那里，更不知道他去了哪里，但愿他是回他遥远的家乡了。

　　厂里天天弥漫着一股油漆味、橡胶味，当时也没人想着戴口罩防护。刚开始进去时，几乎不敢大口呼吸，这两种味道混合在一起，还带着一些苦味，慢慢地竟然适应了。一天，一个云南的姐姐在流水线上站着站着就晕倒了，大家纷纷猜测是怎么回事。听说她是工龄最长的员工，干了九年，也是一位品检，可之前我几乎没见过她。原来那段时间她在另外一个厂驻厂，就是这个厂的产品要销往的地方，她要在那里做一些反馈，每天发传真回来。自从她晕倒后我便再也没有见到过她，听她云南老乡说去医院检查是白血病，厂里给她结了双倍的工资，派人送她回老家了。

一天下午，主管突然叫我，让我去樟木头镇一个叫力凯的鞋厂驻厂。本来第一次到几千里之外的南方，对一个环境从陌生到熟悉都需要一个过程，然而我对这里刚刚适应，虽然和表妹一起挤在一个上铺，天天加班。我不想去另外一个更加陌生的地方，但是，没有任何可以不接受的理由，我几乎带上了所有的衣服，跟着厂里去力凯送货的车一起走了。这是我进厂以后第一次离开厂区，清溪三中去往樟木头的路上，仍到处是厂区，几乎都是玩具厂、电子厂和鞋厂。一路上很少看到民居，偶尔远远看到一些小丘岭和香蕉树。清溪的香蕉非常便宜，在街头，不是论斤卖，而是论堆，一块钱一堆，一堆至少有二斤多，那时真真过了吃香蕉的瘾。

到了力凯鞋厂，司机把产品送到仓库，经过对方检验，拉回不合格的产品。我就留在了那里。主管安排我跟一个叫王春花的仓库主管对接。这是个漂亮的湖北姑娘，一双大眼睛，忽闪忽闪的长睫毛，身材也好，我瞬间对她充满了好感。但是她不叫我的名字，总是叫展毅的，展毅的，刚开始不知道是叫我的，后来一想，自己是代表厂里来这里驻厂的，叫厂名也没错，也慢慢接受了。这边厂给我分的宿舍条件还是蛮好的，六个人一个宿舍，我是下铺，宿舍还有阳台可以晾衣服，卫生间和浴室也都挺干净，而且给我发的饭卡是干部食堂的，可以去吃干部餐。对于从大山里走出来的我，是善于吃苦和适应各种环境的，总体上，到这个厂的感觉还是挺好的。

其实我在的那个展毅就是给力凯厂加工一些名牌休闲鞋的配

件，比如后跟、鞋底、饰带等。厂里员工是七点半上班，我一般九点到仓库去一趟，看看有没有我们厂的产品上线，如果没有，我就在仓库帮着他们整理一些东西，如果有，我就去那个车间的流水线，看自己厂送过来的产品在上线时有没有出现色差、残次品等。下午四点，我准时发一个传真到展毅厂反映当天出现的情况，一天的工作内容就是这样。

这个厂是封闭式的，如果有要事出厂，必须由科长批准。但是厂里生活学习娱乐设施配备齐全，在一般情况下，也完全没必要出厂门。因为，这个厂就像我当时初到清溪时想进的某个大厂一样，有超大的图书馆，还有电影院、邮局、超市、银行、美发店、足球场、游泳池、歌厅、咖啡店等。晚上我可以不用加班，吃过晚饭我就去图书馆看书，那时还没有手机，看书能让人享受到最大的乐趣，有时候一个人也会去看一场电影。

南方的天空下，我似乎有点淡淡的孤独，在这个几千人的厂里，下班的铃一响，从各个车间、部门、办公楼涌出的人跟潮水一般，我常常想，怎么会这么多人哪，想着想着感觉自己就快要被淹没了一样恐惧。

这批鞋子两个月终于赶完了，用的是展毅的鞋饰，我马上就可以回清溪了。那里除了表妹还有一个老乡在，除此之外也没多少让我留恋的。家乡那么远，在南方，我觉得我是一棵细小的野草，却没根，又觉得自己是一片叶子，飘都不知该往哪儿飘。这个感觉让我写了一篇大概是散文诗的东西吧，发表在打工类杂志《南叶》上。文章发表后，我收到好多信件，全是在南方打工者的来信，有时候一天都会有五六封，而且全部是男生。

回到清溪后，才知道，表妹也被派去别的厂驻厂了，从此后和表妹失去联系长达一年多，直到回河南前夕才通过许多曲折联系上。一同进厂的老乡欢欢也"拍拖"了，南方管恋爱叫拍拖，和一个四川男孩。大家都觉得那男孩油嘴滑舌不是很靠谱，然而十七岁的欢欢说男孩对她很好，我们还吃了他俩的一把"拖糖"，不过不知道他们最后的结果。表妹不在这里，我就更不打算继续干下去。一个大姐对我说，前面的展翅厂在招工，那边工资高，条件也好。展翅是加工电脑主机和面板的，在管理上比较正规，厂里有两千多人，也有公休加班费，我在这里屈才了。

于是，我就递了辞职报告，工资七扣八扣结完后，带着简单的行李独自去找了一家最便宜的旅店，一间破旧的小屋，却怎么也无法躺到那看起来脏兮兮的床上去，一个人心里感觉还有点害怕，生怕突然有坏人出现。不敢睡觉，干脆就在地上铺了张报纸坐着看书，看了整整一夜。听说展翅厂上午九点在厂门口招聘，我早早地就去了。在厂门口又碰见了之前厂里的两名员工，我刚进厂时这俩人对我和表妹可凶了，不过此刻，在这里遇到了，瞬间感觉亲近了不少。她俩也是来应聘的。

终于到了九点，厂门准时打开，保安放我们进去，被带到C楼车间的一个办公室。办公桌后面坐着从台湾来的吴经理，我们排着队接受面试。轮到我时，身份证拿出来，吴经理一看，对身边的一个女孩说："这个过了。"这么说，我就是被留下了。经过各种程序，谢天谢地总算是通过了。如果那两位员工也应聘上了，我还能有熟人做伴。结果这个厂要求学历最低要初中毕业，而她俩都没有毕业证。

应聘上的几个人需要去清溪镇上办理健康证，第三天带着健康证报道。于是我又回到了那个又破又旧的旅馆。欢欢和她男朋友还有一个叫宋海波的男孩来看我，我没想到，宋海波也会来。我去广东那年，刚过二十四岁，但这样的年纪在南方的厂里已算大龄了，厂里除了一些少数结过婚的，剩下的几乎都是十七八岁的少男少女，我的年龄处在一种很尴尬的位置。所以，我从不主动跟男孩们说话，但是一些东西是很有意思的，能从对方的眼神中读出来。这种预感一般都不会错，欢欢告诉我，宋海波喜欢我，我一点都不感到惊讶。欢欢说，原来你早就知道，那你还走？那时的我，有一颗孤傲的心，裹着薄薄的冰屑，是不会被谁轻易融化的。可是我依然会为像宋海波对我那样的喜欢而感动，现在想起依然会。当初那些喜欢都是多么的纯粹，像透明珍贵的水晶……

以前的厂叫展毅，这个厂叫展翅，厂名一字之差。在南方，如果在一个厂里只要知道是同一个省里来的，都能直接升级为朋友。到展翅后，我认识了南阳的女孩马云和小鲜，全厂人都叫小鲜"大个儿"，这个十七八岁的小女孩有一米八多，高高胖胖，白白的圆脸，性格活泼，大家都很喜欢她。来自平顶山的高可个子娇小，染着黄色的头发，大家都叫她"小黄毛"。还结识了河南三门峡的男孩浩强，他长得清秀帅气而文静，大家都叫他"靓仔"。他很少说话，在上午休息十五分钟时，他会偶尔会来到我旁边，找一些话跟我聊，我是天生的内向，他一过来，我就紧张和脸红，话都说得磕磕巴巴，非常尴尬。

以前在展毅时我一直在做品检，就是检验，到了这里，是要在线上有一个固定工位了。我的工作特别像是男孩子做的。上班第一天，一个女工无意中用产品擦破了我的手，鲜血直流，包扎完刚止住血，这边，我又被一个不会使用电批的新员工手中的钻头打到了手指。我刚来，不敢去请假，一请假怕主管说让回去养着，那么就意味着没了工作，我就忍着疼痛坚持上班。我们这边流水线的班长，也是大个子，每天很凶的样子，我们都很怕他。他在时，我们工作特别认真，总怕出错被骂。这个人可不会像我在展毅时遇到的样品班老大一样一开始就关照我。越是他在场，我越是高度紧张，出错频率越高，好几次被他骂哭。后来，我硬是在别人休息时，偷偷练习自己的工序，几次让工具扎伤了手指。天天在下班后练习的我，终于成为做得最好最快的那一个，班长再看我时的眼光才有所改变，后来知道他竟然也是河南的。

马云过了段时间辞职走了，从陌生到熟悉，到离开，刚开始我很不适应，很难过，后来慢慢适应了，知道这是一个必然的经过。所幸还有"大个儿"和"小黄毛"陪着我，我们三个正好分的是同一个工位，上班时偶尔也可以聊天，聊得最多的是家乡的食物，家乡的亲人和上学时的趣事，当然少不了聊聊哪个男生和女生。我们总结出来，每个厂里，基本上最漂亮的妹仔都是山东和河南的，最帅的男生都是江西的。正好我们的组长是江西的，长得像古代的美男子，他的女朋友是山东的，真是绝配。

在公休时，我们去街上吃炒河粉、炒面、炒米粉，然后去买衣服。在那里，几乎不见裙子和高跟鞋，街上全是休闲衣服，我们买得最多的就是牛仔裤和T恤，还有"波鞋"。这段时光是很开心的，有朋友，工资也还可以。"小黄毛"高可和一个江西男孩蒙地养恋爱了，这时包装车间一个安徽的男孩常常在休息时间跑到我们车间来，一来就找我问东问西，一次竟然还给我买了一堆零食送来，我不知道这是怎么回事，高可和"大个儿"说，那个安徽靓仔在追你啊，你傻呀。哦，我只是茫然地应了一声。

在厂里不加班或者生产淡季的时候，我就去厂子附近的桃园电脑培训，交了三百多块钱，每次去学一小时，先从五笔打字学起，再学习简单的制表和文档制作。这个时候厂里一个叫白雪的行政文员不知道从哪知道我会写东西，而且还发表过文章，找到了我的宿舍，要看我写的东西。我就拿出了在家乡时发表第一篇文章的《热风》杂志，和刚刚在清溪发在《南叶》上的那篇《飘来的叶子》给她看。她说她以前也喜欢写，不过没有发表过。她问我，你想做文员吗？有机会我推荐你试试。过了两周，我们的班长叫我，说你被调走了。调哪儿？行政部。我几乎不相信自己的耳朵。新的工作岗位比较轻松，就是一些接单、派单、制表、整理资料等，正好在学电脑，要不这些事我也做不下来呢。行政楼对于车间里的员工们来说是比较神秘的，他们觉得很高不可攀，车间员工也不可能随便进去。于是，就挡住了那个安徽男孩去找我说话的路，有时候在饭堂里遇见了，他就过来一桌吃饭，常被"大个儿"嘲笑"癞蛤蟆想吃天鹅肉"。后来再吃饭时，经过我们，他就笑笑独自去别的桌上吃饭，再也不到我们桌上来了。

一转眼，我已经在这个厂一年多了，不久马上要搬新厂，也快到腊月了，这时意外接到了失去联系一年多的表妹的电话，她居然能把电话打到厂里的办公室。之前我们互相写信联系，好像曲曲折折地都没收到。我们也都去找过对方，也没见到。她电话里说过年想回家，我也想回。于是就递了辞职报告，半月后才能批下来，我们准备一起回。三门峡的黄浩强知道我要走，比我小了整整八岁的他给我写了一封很长很长的信，他记述了从第一次看到我一直到现在的事情，让另一个河南男孩刘仕友交给了我。这时才发现他的文笔挺好，怪不得我总觉得他身上有种忧郁气质。

他在信上的深情远远超出了他的年纪，我真的不知道这个清秀的男孩会一直默默喜欢我，却从来没有表达过。当初我还在车间时，一共ABC三条线，我在A线，他在C线，中间隔了一条线，线上都是生产电脑主机，每天流水线一开，线上的主机隔着相同的距离一台台流下去。他在信里写，他每天都隔着主机之间的空隙看我，如果主机放得太密，看不到我，他就会骂放线的刘仕友，让他把主机之间空隙留大一点，就是为了看我。说我到行政做了文员后，他每天都给我写一封信，但是不敢给我，也怕别人看见，就扔掉了。还说我是他在这个厂里最喜欢的女孩，虽然知道我比他大八岁，但他说他不管，他希望我不要辞职，留下来。说以前他不好意思表达，也知道我是个害羞内向的女孩，更怕我拒绝然后骂他。说只要我不辞职，一起去新厂后，会好好照顾我。我当时没有回他信，但我被感动得一塌糊涂。他又让高可给我一张他的照片，照片上，他穿着白色的衬衣、牛仔裤，忧郁的眼神，干净的笑容，青春飞扬。他还让高可跟我说，让我不要走，说我走了，他以后怎么办。在最后的几天里，他天天分别让刘仕友、"大个儿"、高可来劝我不要走，但是他自己从来不找我。我这才给他回了一封信，也送给他一张我的照片，信的具体内容也不记得了，我让高可在我离厂之后再给他我的回信。

离开展翅的那天正好和全厂搬到新厂是一天，出厂门时，我一回头，看见清瘦的少年黄浩强站在厂里的一株大棕榈树下，似乎哭了的样子。我也知道，从此后一定不会有再见的时候，不禁泪水也溢出了眼眶。三天之后，回到家乡的那个山村里，一切都变得遥远了。一周之后，陆续收到高可、"大个儿"、黄浩强的信。黄浩强在信中说，我走的那天，他一天都不知道如何度过的，由于走神，手指头被产品擦伤了，不过没事，已经到医务室包扎。还说等什么时候从广东回三门峡了就来看我。忘了是一年还是两年之后，那时候刚有手机，他发短信说他来洛阳了，当时我在离洛阳三百多里的老家，也没能与他见面。

在外漂泊，有很多因素，加上频繁换厂或者回乡，总是无法保证信件让彼此联系上。最终，再也无法联系上他们几个。在南方的日子却始终留在我的记忆里，不时地翻涌出来，提示这一段青春岁月的存在，让我反复咀嚼那种美好难忘、纯净纯粹的味道。这味道里混合了友谊、青春，还有淡淡的朦胧的喜欢，每一次回味，都像是重回南方的天空下，看见自己孤独的影子，也看见自己像一棵草，虽然细弱，却一点点认真演绎着生命的每个一部分，无法使其精彩，却从不敢潦草。

纸上日月

　　时间的面孔总是冷冰冰的，用孔武有力的双臂不露声色推人前行，直至岁月尽头。它从来不管你多留恋你的青春，不管你还有多少未竟的梦，也不管你的遗憾。它会让你后悔，却不曾给你一剂后悔药。它窃笑着留给你惶恐与苍凉，留给你一个无限无解的背影，扬长而去。

　　无论如何，人的身体都行进在分分秒秒中，无法倒回，无法回放一些画面，不能昨日重现。因此，为了避免这种流失，这种瞬间即逝的上一秒，幸福的、悲凉的、欢乐的、忧伤的上一秒，不让过去成为一片空白，仁慈的造物主赐予人类记忆。但是，大部分记忆也会随着时间慢慢而化为缥缈云烟，痕迹全无。

　　那么有什么方法可以留住时光，能够精准地溯洄时光，清楚地看到某年某月某日里的自己在做什么想什么呢？其实，我觉得有一种方法，并不需要什么高科技或者神仙魔法，一个本子和一支笔就可以实现。本子无所谓纸质是否高档和精美，笔也是，只要能写出一撇一捺一笔一画便可。把每一天的阴晴或雨雪，把每一天所思所想、所遇所悟花十几分钟记录下来，这就是日记。

　　如果从小学开始记起，到初中便可翻阅往日，会发现自己的成长的轨迹。再从高中起至大学，直到走上社会，恋爱、婚姻、生

260

子、人到中年、变老，当儿女又有了儿女，若一生都保持了记日记的习惯，人生会因此十分完整。

　　保留住一本本日记，就像是自己的人生脚印，也像是自己平凡一生的生命册，一页页，一行行，虽然普通，没有辉煌闪耀，可是仍泛着一点一点的光芒，总有一些事能够照亮自身。

　　能想到在一个秋天，阳光灿烂的午后，小院的银杏树下，满头白发的你，打开一本本日记，所有走过的日月又越过山海完整回来了。穿行在字里行间的脚步和身影，印在纸上的年月日都清晰无比。在你的指尖下，一幕幕画面徐徐展开。看到美好的片段，必定淡淡微笑，看到伤心和忧愁，想必已经无比坦然了。那个时候，你会通过这些文字记录，去与你生命中曾经遇到的人重逢，和过去的事相聚，再一次踏上走过的路程，再一次做回青葱少女、白马少年。

　　当合上一本本日记，纸上的日月便和现实完整重叠。一辈子坚持把年月日记在纸上的人，是比不记日记的人富足的，因为，可以拥有两次人生经历。一次在行进的时间里，一次在纸上，都是同样丰富和精彩，这些经历，属你独有，无法复制。

红格子背带裙

那个夏天，我读五年级，十一岁。十一岁的女孩，早已懂得美。

趁大人都不在家的暑假，偷偷使用姐姐的紫罗兰香粉，偷偷在镜子前梳各种辫子，偷偷摘了院子里的花插在头上，偷偷把床单束在腰间垂下来当裙子扮古代女子。

其实，我最渴望一条裙子。但从来不敢跟任何人说，我们那里是不愿意女孩子穿裙子的，说穿裙子很丢人。我既渴望着有一条裙子，又为自己的想法感到羞耻。

从我记事起，一年四季，除了过年时的一身新衣服外，平常是没有新衣服穿的。二八月里，穿夹袄、夹裤，就是把冬天穿的厚棉袄厚棉裤拆拆洗洗，减去大半的棉花重新缝制。等到夏天了，再抽掉所有的棉花，做成单衣，以此循环往复，直到穿到褪色，裤子磨出洞来，衣服的使命才算完成。

每个女孩都希望自己有穿不完的漂亮衣服，但是我们小小年纪出奇地懂事，从来不曾对大人们说出自己的心事，我们懂得山里人生活的艰辛。哪怕只要表现出一点点这种想法，都会觉得是罪过。

在隐秘的期待中，奇迹发生了，仿佛我的想法被哪个魔法仙女知晓了一样。嫁到平原地区的三姨回山里探亲，给我带了一件红格子背带裙，这是我平生第一次见到这么漂亮的裙子，也是属于我的

第一条裙子。终于盼到了裙子，我却没有穿出去的胆量，我怕被别人说。还有一个原因，我觉得裙子太短，刚刚过了膝盖，这要穿出去会被人议论的。我反复纠结，最后还是将它压在了枕头底下，也不让同伴们知道。但每次看到裙子，我都想象着自己穿上会是什么样子，如果穿出去了，我的伙伴们会不会羡慕。山里温度低，夏天也很短。眼看不长的暑假都马上要过完了，我心里无比焦灼。我想让太阳照得更毒辣一点，让每个人都汗流浃背，这样我就多了一个穿裙子的理由。

暑假的最后一天，我一大早便听到母亲和奶奶商量着一起淘麦，说今个儿温度高，前晌淘好，一晌午火红大日头就都晒干了。这该是我穿裙子的机会了吧，我下定决心鼓起勇气，要穿上裙子。麦子淘好就摊在院子里的竹席上，吃过午饭，家里人都去地里给玉米锄草了，说趁着日头，锄掉草好让杂草被晒死。透过窗子，我看到奶奶搬了椅子坐在院里，手里拿着一根竹竿，敲打不时过来偷吃麦子的鸡鸭。

我找来一件姐姐不穿的旧的确良白衬衣，脱掉了身上灰扑扑的旧衣服，套上了红格子背带裙。整个过程，我能听到自己的心咚咚直跳，手心、背上全是汗水。我不敢去镜子前照一下自己，也不敢走出屋去，就忐忑不安地坐着。就在这时，我听到大门外有人叫我出去玩。

当我小心翼翼走过奶奶面前时，或许是我破坏了不兴穿裙子的风气，或许是裙子太短，她流露出一种恼怒和嘲讽的眼神，并且恶狠狠地说出了一句令我一辈子都不会忘记的两个字，那两个字，词典里没有，是我们山里的方言，常用在议论一个女孩子品行不端或者爱臭美爱显摆时。那两个字的词语像针一样扎遍我的全身，也突然间定住了我走出院门的脚步，我愣在那里足足有两分钟，感觉全身一阵发冷，我不由自主哆嗦了一下，躲避着奶奶的目光退回了屋里。我想自己家的人看见我穿裙子都这种反应，更何况外人呢，那可能会被骂得更惨烈。于是我没有片刻犹豫地换掉了裙子，从那以后整个学生时代再没穿过。

从那天起，原本就性格极度内向的我，更增加了一份自卑。我总是不由自主地低着头走路，跟人说话也不自信地低着头，很长时间这成了我的一个标志，因为我很害怕别人看过来的眼光。直到走上社会还是如此，永远喜欢躲在角落里，永远希望不被人注意，永远认为自己什么都不行。在公众场合我从不敢发言，不得已站到台前时，会浑身冒冷汗和打战。我想过突破自己，但是总是一次次放弃和退缩。

那件红格子背带裙，由于我再没勇气穿，最终只好让母亲剪了做了鞋面，我便有了一双红格子的布鞋，一双红格子的棉鞋。穿上红格子鞋走路时，每每低头，我总恍恍惚惚看见一片小小的阴影，使红格子变成了灰色。

母亲的小井

　　小井与小路之间横着一条窄窄的小溪，母亲在小溪与井之间架了两条木板。每天早晚，母亲会到小井提水。每次归家，路过小井，我都走过去用井水照照脸，再掬一捧水喝。

　　母亲说小井的水好喝，甘甜。渴的时候可以咕咚咕咚喝一瓢呢。其实小井原本不是井，应该是个泉眼。有年大旱，河水干了，井里的水也干了。男人们都跑出几里地去挑水。父亲在外地工作，家里吃水的重担就落在母亲的肩上。许是老天恩赐，母亲无意间发现了这个泉眼。她拿了铁镐，挖了一米多深，水便涌出。母亲又搬了石头围成井壁。后来村里人都来挑水，直到现在。不管天再旱，小井从来没有枯竭过。

　　隔段时间，母亲就拿着铁锨和笊篱去淘井。她用铁锨挖出淤泥，用笊篱捞出浮叶，然后跪在井边虔诚地磕头。母亲说，井里面住着龙王爷呢！龙王爷爱干净，一淘就下雨了，下雨了庄稼就有盼头了。说来也令人难以置信，只要母亲淘完井，天就阴了，接着就是一场雨。这是至今仍让我感觉不可思议的事情。

　　因了这小井，我一直认为我的身体里住着一轮月亮。有年中秋节，刚吃完月饼，我又闹着吃煮玉米。母亲拗不过，就去烧火，缸里却没有水了。我跟着母亲去挑水。站在井沿，我看到井里有一轮月亮，那么圆那么美，离我那么近，手就不由自主伸进去想要摸摸那月亮。母亲笑了笑，打了一桶水上来，娘给你捞了一个月亮！说着又打了另外一桶水，于是我又看见了一个月亮。那是多么奇妙而神秘呀！母亲挑水回家，我跟在后面，看着桶里的月亮随着母亲的步子晃来晃去……那天晚上，我吃到了最甜美的煮玉米，因为煮玉米的水里住过两轮月亮，而且，月亮也随着玉米走进了我体内，让我身在异地思念家乡时，总会想起母亲和小井。

山里偶有远方的客人来访，临走除了装一些板栗核桃花生，还要装一瓶小井的水。母亲便以此为荣，说小井水也要见见大世面去了，你长大了也要去山外瞧瞧！如果不是母亲的这些话，我的脚步也不会走那么远……

转眼，母亲已经七十多岁，去挑水已经不便，只能一桶一桶地提水。我们姐妹回去，最首要是赶紧看看缸里有没有水，然后争着给母亲挑一担去。所幸母亲身体健朗，为人和善，提水也并不让她觉得是个难事。我在想，一定是这小井里的神秘力量在护佑着母亲吧。

我走到小井边，朝着小井深深鞠躬。这是天地自然的小井，也是母亲的小井，更是我走到天边也忘不了的小井。

远去的麦秸垛

五月，麦子成熟，麦香遍野，一粒粒麦装进了粮仓之后，每个紧邻麦地的麦场上就长出了一个个大大小小的麦秸垛。

作为庄稼人，比的就是"粮食满仓流，吃饱饭抬起头"。麦子打得多不多，一看麦秸垛大小就知道。邻村的人走过，总是议论谁家的麦秸垛堆得又高又大，眼里盛满了羡慕。

那时候割麦还是用镰刀，割完之后担到麦场。打麦时，要许多人协作，比如堆麦秸垛，刚开始需要一个人完成，等堆得越来越高的时候，这个人需要站到垛顶上，由下面的人用桑杈把麦秸扔上去，他再来垛好。这也是一项技术活，既要堆得瓷实又要外观好看才算过关。

为了防止雨淋，秋收过后人们会把黄豆秆盖在麦秸垛顶上，再搭上一张塑料布，然后又用玉米秆把麦秸垛四周围起来。

麦秸垛成为孩子们的乐园，最有趣的是在这些麦秸垛之间玩坏人追好人的游戏，一玩就是半天，乐此不疲。孩子们还喜欢在麦秸垛上掏洞，掏得越大越好，留出一个屋檐来，下雨了，就躲在里面打扑克牌。

麦秸垛还会收留一些无家可归的人。早上人们去收麦秸回来，就会说，谁谁家麦秸窝里睡了个人，大家都很习以为常。

每到做饭时间，大人们就吩咐小孩子们，去场抓把麦秸回来引火。我们就乖乖地去了。麦秸极易点燃，我们那里形容谁性子急，脾气火爆，就会说谁是"麦秸火脾气"，意思是一点就着。抓一把麦秸先塞进锅底洞，点着以后再放入大木柴，不一会儿炊烟便袅袅升起。如果是烙饼，根本就不用大柴火，只需用麦秸就行。

　　麦秸除了引火烧锅喂牛之外，还可以铺在床上当褥子。那时候穿的盖的都缺，更别说铺的了。麦秸每年都有新的，于是人们每年都把陈麦秸丢掉，换上新的松软的麦秸来，铺厚厚一层，上面再铺上一条竹席，讲究的人家铺个粗布单子，大部分人就是光席子。

　　农村住土坯房子，脱坯需要和泥，我见过大人们把泥里掺入麦秸，然后用模子脱成长方形的坯，房子建成后还能用手从墙壁上抠下麦秸来。

　　进入冬天，也进入农闲时节，靠着麦秸垛晒暖便成为日常。女人们带着针线筐，有的织毛衣，有的做鞋，有的纳鞋垫，做着活聊着家常，有的人从家里带了一把炒黄豆或炒玉米粒，挨个分了吃。就这样，度过漫长的冬天。

　　一垛麦秸从一个麦天走到下一个麦天，正好被人们用完，这时新麦子又成熟了，麦场上会再次生出新的麦秸垛来。

　　一般一个打麦场由四五家人使用，那时候走过村庄，必定会看见许多打麦场和麦秸垛。现在，割麦已经使用收割机，麦秸也就碎在了地里，打麦场、打麦机已经退出了乡村。

　　远去的麦秸垛，曾经带给孩子们快乐，给一个流浪汉一夜的温暖，给一顿饭加上草木的气息，给晒暖的人挡着背后的冷风，给我们留下了许多关于岁月的温暖记忆。

最忆爬格子的年华

对"爬格子"一词，和我同年代的文学爱好者大概都不会感到陌生，而对年轻人来说大约是个难解的词。那个年代没有电脑手机，一根总是下水不畅的钢笔，一瓶英雄蓝的墨水，一本积攒了好久的零花钱买来的稿纸，带着对文学殿堂朝圣般的心情，写下略带幼稚而又激情澎湃的诗句，我想大多数人的文学梦，应该都是从写诗开始的。那时候席慕蓉、汪国真就是我们的偶像，热切地幻想着有朝一日，自己的诗歌也能印在报纸上，印在书上，让人带着崇拜来读。

格子稿纸上是一行行整整齐齐的方格，边缘淡绿色，似乎散发着幽幽的清香，整张看起来，就像一片片绿色的、尚待播种的田野。那时候觉得手中的笔就是母亲手中的一把锄头，在田地里忙碌，如果想庄稼丰收，就得不断付出汗水，辛勤耕种，而我那时已经有些明白。要不，怎么会有个词叫笔耕呢。

那时候读书是偷偷地读，总怕大人发现。而一个女孩子写诗更加觉得羞耻。于是，我爬格子的地点就不停地转换。所幸，长在山里，山野阔大，人烟稀少，稍做隐藏，即可拥有一大片领土。

我偷偷去房后的小山坡上，那儿有好多野生的中草药，车前子、桔梗、柴胡、鸡头跟、血参等。高大的橡树林里是低矮的槲树，槲树的叶子又大又宽，拽上三四片铺开便可以舒服地坐在青山之上。山顶有块平整的石头，我拿本书垫上，铺开稿纸，拿出蘸满墨水的钢笔，远望大山连绵，被云朵温柔抚着额头。有无数条小溪在山下村子流过，有的绕着菜地，有的经过门前，有的紧紧依着山势，最后都汇聚到一条被人们称为大河的小河里去，于是我写了一首《小溪流啊流》。以如今定义诗的标准的话，其实《小溪流啊流》就是大白话，不过丝毫影响不到我那时的写作热情。在山上写诗时，橡树上熟透了的橡籽伴着橡壳一同落下，常常砸在稿纸上或我的头上，也有鸟儿在树林里无忧无虑地飞。我在想，这些鸟儿啊，既然上天赐予你这么好一双翅膀，应该往更远更远的地方飞呀，想着想着便生出一丝忧伤。

春夏之交时，最适合在月亮底下爬格子。院中有个简单的竹棚，用四根半人粗的大木柱子做支撑，中间再横几条胳臂粗的橡子，上面用粗细均匀的竹竿一根根并排系牢，就叫棚，家家户户院里都有一个。上面可以晒麦子、玉米、大豆、芝麻、花生、核桃、板栗，还可以在上面缝被子，冬天喊了四邻上到棚上晒太阳。上棚的时候，要架一个木梯子。我就在夜深人静时，悄悄爬上去，月光如灯盏般明亮，我就伏在棚上写诗。在深夜，常常会听到一些很奇特的声音，不大，却好像可以穿透山与天地，奇妙无比。后来我在书中读到一个词：天籁。我想，那个声音大概就是天籁了。和棚一般高的有一棵枣树和一棵苹果树，秋天的时候，在棚上，我伸手就能摘到一枚果子。棚下是一小片竹篾围起来的小花园，母亲种了好多花，我在月下的花香中，写了一篇《山中花月夜》。

山里的冬天，寒气仿佛钻进了骨头里似的冷，我只有老老实实地待在屋里爬格子。那时和七十多岁的奶奶住一个屋，为了不影响她睡觉，就把灯熄了，用手电筒照着趴在床上写。并且春夏秋冬都挂着蚊帐，还要用布再遮挡一下光亮。夜晚在帐子里，又是一个爬格子的小天地，手往往被冻得生疼。但凡听到奶奶有醒来的迹象，我就赶紧关掉手电筒。

后来，离开家乡，到处漂泊。十年光阴，在不同的城市留下过深深浅浅的足迹。在广州打工妹聚集的集体宿舍，在苏州小桥流水边的出租屋，在郑州寄居的如同亲姐姐的人家里，在从新疆喀什回洛阳的火车上，我都在孜孜不倦地爬着格子，抒写着如清水般平淡而又平凡的人生。

那些写在格子稿纸上的文字，有一部分被我重新誊写在另一张崭新的稿纸上，装进白色的信封寄往一个个刊物。终于有一天，我真切看到这些写在格子稿纸上的文字被印在了文学杂志上……

如今，以前爬格子的人早已都用键盘打字了，给刊物投稿也是发一个邮件即可秒到编辑邮箱。但是在岁月中留下那么多关于爬格子的记忆，总在我享用高科技的便捷时，产生一些小小的障碍，有一点点影响了自己文字表达的顺畅。所以当记忆阻碍了表达时，我便会再次拿起笔和稿纸，重新找到那个在往昔岁月中认真爬格子的自己。

我的芳邻

终于有了机会，要返回山中的家住上一阵。

山中岁月很长，很慢，如同一碗放在眼前静止不动又透明的水。看似静止的时间，却让我对这种生活充满了热爱，有一种失而复得的欣喜。更何况我的周围有那么多芳邻呢，回来拜访它们，我很乐意。

我的芳邻们朴素，真实，素面朝天，自然天成，温柔而善解人意，虽不善言辞，但它们有声的或无声的语言，我都懂。沟通毫无障碍，而且很愉悦。不用互相猜忌，不用小心翼翼留着心眼。我去串门从不敲门，它们天天开着门玩耍，休息，做工，歌唱，它们在大自然界中各自做着自己，和谐相爱。

大门外那棵高大的白杨估计已经长到了七八十岁，枝繁叶茂，相比于人类的年龄，完全没有老态，也算是我的老邻居了。我出生时它就在，现在看起来仍然风华正茂。风吹过来，叶子合起力唰啦唰啦地歌唱，节奏韵律都显示出充沛的精力。

最顶端的树杈上常年住着喜鹊一家，我不知道它们是第几代了，或者是已经换过多少次主人，但是它们都是我的好邻居。我小屋的窗户正好对着这棵杨树，喜鹊就是我的对门邻居。相对我的偷懒，喜鹊一家就比较勤劳了，每天都早早地出门，喳喳喳地叫着，飞东家、串西家地报喜，似乎有永远报不完的喜。当然，我作为它的首席邻居，它们不仅优先给我报喜，而且还担当了叫我起床的重任。在报喜的叫声中醒来，可比被闹钟吵醒幸福多了。听到这欢快的叫声，一天满溜溜的好心情。若是真有喜来了，隔壁大娘会说，咦，麻野雀儿叫可真灵验哩！看看，这不俺家大娃子有人提亲了哩！即使一天没啥喜事，人们也不怪罪这个爱报喜的好邻居，还特别希望每天，喜鹊都到自家门前叫几声呢。

早晨起来后，并不赶着做什么，也没什么紧要事要做。那就看看这些一夜未见的邻居们吧。不能小看这短暂的一夜，昨天门口粉色的蜀葵才开了三朵，一夜过后，又开了三朵，月季和指甲草花也都比昨天饱满了好多。真不知它们在我睡着的时候，经过了多少次努力，才绽放了自己的。

门口的小路，一边是小溪流，一边是庄稼地。小路两边平常踩不到的地方长着许多小花小草，这也是我可爱的邻居呢。它们一直很安静，一句客套话都不会说，只会趁着微风对我微微摇摇手臂，我喜欢这样打招呼，因为我也不喜欢客套。

谦卑匍匐在地面的车前草，稳重地结出像小谷穗模样的一串籽。车前，车前，念着车前草的名字，忽然对这个邻居有点心疼，同时感觉车前草这个名字充了悲壮意味。眼前便浮现出车辚辚马萧萧的场景，车前草，像一个徒步而行、无所畏惧的兵卒。它本身的生命也是如此，整个身体都可以入药，明人目，祛人火，治愈各种疾患。

蒲公英和车前草一样普通，但是若比起来，蒲公英则通透聪明。花儿金黄惹人眼，偶尔也引得我另外两位邻居，美丽的蝴蝶小姐和勤劳的蜜蜂女士落上去问个好。蒲公英内心是有梦想的，借助一个小女孩嘴角吹起的童真，或一阵风的力量，就可以拥有一段自由飞翔的旅程，落于哪儿都能开拓一个新地盘，树下、河边、土垃、田埂，到哪儿都能安家。

小土桥一次只能过一个人，桥下不过是一条一米宽窄的小溪流，它也是我单纯可爱的邻居。盈盈的水波，清纯真挚的目光，可爱又清甜地发出叮咚叮咚的声音，常常邀请我和它聊天。于是我拉着艾蒿、黄蒿、白蒿的手，顺便问候了有点清高的野百合与喜爱热闹的野蔷薇。下了小桥，坐在石头上，小溪很慷慨，我用它的水洗了脸，并用溪水当镜子梳了梳头。我用手掬水时，听见小溪在清脆地笑，它真热情啊，小鱼小虾也都喜欢在它这里住下来，一住都是天长地久。

　　跟小溪说了再见，然后去看看老邻居，小井。其实我不知道称呼它是井还是泉更贴切一点，不过，我知道，作为资深邻居，叫它啥，人家都不会不高兴。它的井口只有筛子那么大，也不过一米多深，井壁还是母亲当年自己找来石头砌的，能看到水从井壁的缝隙渗出来。到大旱的时候，母亲就去淘井，一盆一盆舀水泼出去，最后把落进井里的树叶呀，枯枝呀等等和井底的一些淤泥挖出去，这时候也能清晰地看到井底会渗出一股股干净的水，所以说，这井也可以再拥有一个小名，泉。每次淘井，都会淘出几条拇指般粗细，中指般长的鱼。这鱼被孩子们看见了，总想要拿回去喂猫，但是母亲不让，母亲说，还要放回去，让鱼吃井里的脏东西和虫子呢。

　　别看这泉不大，不，还是叫井吧，它可供养着十几户人家吃水呢。虽然这几年有了自来水，但是夏天缺水不会流，冬天上冻更不会流。所以小井便是人们命脉的责任担当。小井的水不会干，不会尽，水质甘甜，在大夏天里，我常常看见从地里下工回来的人，走到小井边，把身上的锄头或镰头往旁边一扔，趴在井沿就大口喝水。我也去喝过，但我会顺手在旁边的树上揪一片叶子，折一下，就可以舀水喝。有月亮的晚上，经常跟母亲去打水，往井里一看，一轮月亮浮动着，好像童话，打出来一桶水，月亮又跳到了桶里。母亲担着月亮回去了，小井一定说，没事，我这儿还有呢。

　　小井就在一大片竹林旁边，竹林是我和小井共同的邻居。这些竹子身姿秀拔挺立，令我非常羡慕。几万竿竹子站在一起，随风摇动，阳光碎得满地都是，落下的笋叶铺了厚厚一层，踩上去柔软舒服。竹子最顶端的部分叫竹梢，上面的叶子最青最嫩。路过竹林时，掐一把回去，洗了，丢锅里煮个十几分钟，水就变得碧绿碧绿。盛到碗里，撒一勺白糖，十分败火生津。竹子在乡间已不是那种文人笔下虚心的象征，而是充满了人情烟火味。我们砍了竹子，破成竹篾，编成担麦担玉米的笈头和盛麦的笈圈，编成竹篮、筛子、竹席、笕篓等，然后竹竿还可以扎成篱笆守护菜园子。竹篱笆一般过了两年就拆掉换新的，这些风干了的竹竿，极易燃烧，正适合烧饭引火用，可谓良柴。

后坡，就是门后的小山。其实山也不小，只是门后的略低了点，一直绵延到南边高高的毫无尽头的群山去。出了后门，就是上山的小路，五六步就到了山上。靠北边，当年父亲砍去了灌木，除去了一人高的杂草，一镬头一镬头开垦出来一整面坡的地，种上了芝麻、花生、黄豆、玉米，又嫁接了板栗、核桃、苹果、柿子、甜梨等树。秋天，我最喜欢偷偷上去，检阅花生熟了没，核桃熟了没，柿子熟了没。第一个熟的那个果子，必是我悄无声息吃掉的。等到差不多整棵的果子都熟了的时候，我就会常常抱一本书坐到树下，啃着果子看着书。在树下坐着时，看见许多蚂蚁邻居进进出出地忙碌着，没有一刻的悠闲。

四周的山，围着村庄，它们的大名叫伏牛山，八百多里。它们沉稳、浑厚、亲切，是我可亲近、可依赖的重磅邻居，是它的坚韧改变了我生命里柔弱的一部分。夜晚，天空的星辉洒下来，月光洒下来，山色朦胧壮美，我跟我的芳邻们暂时告别，明天继续我的拜访。

被我暖过的冬天

　　玉米刚在檐下金灿灿挂起，麦子刚刚播进新翻耕的地里，大山里的冬天就飞奔而来。不能有半点喘息，人们开始准备在来年的第一缕春风拂过山头之前，和长长的寒冬打一场持久战了。

　　与寒冬对抗简单直接，干起来却非常艰苦，那就是上山"拾柴火"。风雪里跑二三里地，带着干粮，全家都锁了门一起去。门前堆满了柴火证明这家不仅勤劳，而且整个冬天不会挨冻，来年也有一整年烧火做饭的柴。

　　我们那时还是六七岁的孩子，现在回想，似乎在小学时代根本没做过什么作业，却对很早就参与劳动有着十分清晰的记忆。

　　大人们上山砍柴之前交代，别光玩，去河边地边坡边拾些"葛棒儿""穰柴火""蜀黍茬"。孩子们对这种交代习以为常，帮大人干活谁都不会说半个不字。第一种是指河边那些灌木和葛藤之类被自然风干后落在地上的小节小段，捡回去后可以引火用。第二种是山上砍柴人背走了树干，留下的枝枝梢梢，可以引火之后添柴。第三种"蜀黍茬"确切地说是玉米秆的根部，带着根须深入泥土的部分。人们带秆砍倒玉米，留了有两寸的根在地里，等到种麦犁地时才用镢头一个一个刨出来，耙地时候拢到地头一堆，再把这些"蜀黍茬"扔到地边的小沟里或地圪沿上，这活一般也是小孩子来做。

这时候的"蜀黍茬"还是青的，等到太阳晒几天，麦苗露出了小尖尖芽，就干了。这几样东西不管冬天烤火还是平时烧锅做饭都用得着。

晒干后的"蜀黍茬"躺在各自的领地晒太阳，属于谁家地边的谁捡，这活于是有点孤独。冬日午后的阳光慈爱而静寂，也分不清是阳光环围着群山，还是群山擎着阳光。穿着花棉衣的我好像是站在画面之外，有一瞬间感觉天地之间有种我所不知的神秘。但这种感觉很快就消失了。然后我在大自然的一片静寂之中捡拾着可以抵御一点寒冷的"蜀黍茬"，磕掉茬须上的土，一篮一篮地提回家去。

相比之下，拾"穰柴火"就热闹多了，可以提前约好几个伙伴，连篮子都不用拿，大家一起出发。说好地点，去北洼还是里沟，去大河边还是前湾。一路打打闹闹地就走了。往往几个人中总有一个脑瓜灵活、手眼比较快的，总能拾得最多，最后也能捆得最好。我们最喜欢去北洼拾。两座山之间有道沟，顺沟而上有些平地。我们喜欢去的原因是，沟里种了好多山楂树，还有核桃树，半坡之上还有几片花生地，以及野生的木胡梨、棠梨之类。就看谁的运气好了，核桃树下捡到一个核桃，山楂树上剩了一颗红果，土里扒出一颗花生，就高兴得能跳很高。山上的木胡梨和棠梨最好找，叶子都掉光了，一眼都能看到。不太好吃，却是那时的美味，我们都会摘了装进口袋，然后用手再把这些枝干折掉，整整齐齐地捆好背回家。

去河边拾"葛棒儿"虽然要喝顺河风，但还是比较有趣的。那些从河的上游冲下来的树枝光滑得闪闪亮，形状也好看，有的像动物，有的像人。每次去河边捡柴都有收获，回去路上伙伴们都互相比自己捡到的宝贝。记得我捡到过一根铅笔形状的树枝，带回家后，藏在枕头底下，怕被奶奶引火烧掉。之后常拿这支笔在地上写字、画画、演草用。还记得一次，邻居五奶奶也在河边捡"葛棒儿"，别看她头发白了，但腿脚还好，比小孩子们都捡得快。傍晚时候已捡了一堆，然后又按长短折好码齐，用布条捆了，准备回家。谁知没放好，整捆小柴掉进了旁边的大水坑。我们围着水坑谁也没有办法，五奶奶跺着脚唉声叹气，叫她一起回家她也不走。这时，我突然提议，我们几个一人分五奶奶一根柴，先让她回家，这河边太冷。大家都表示同意，纷纷从自己的柴捆里抽出一根出来放在五奶奶脚边。五奶奶笑了，说几个娃子真好呀，走，回家，我给你们炒黄豆吃。嚼着喷香的豆子，想着五奶奶被我们那几根柴温暖的屋子，不觉间自己身上也暖和起来。

山里的冬天格外漫长，那时的雪不用如现在般千呼万唤，而是隔几天就厚厚地下一场，仿佛整个冬天被冰雪包裹着一样。河里的冰，水缸里的冰，房檐下的冰都结得厚厚的。屋里，用土坯和青砖砌的四四方方的火池里，从早到晚都燃着柴火，我拾的那些小柴有时也会被丢进火池里，看着光和火，内心充满了自豪和骄傲，觉得这光里和热里都有我的温度。

在记忆中渐渐远去的冬天，不管多么寒冷多么漫长，我都曾经温暖过你，直到春天来临。